DER FREMDE UNTER UNS

PRIME SUSPECT 2

Lynda La Plante

ZEILENFLUSS

KAPITEL EINS

Der junge Schwarze war äußerst gutaussehend. Groß und geschmeidig, mit wohlgeformten Schultern, hielt er sich durch regelmäßiges Training fit. Er saß an dem quadratischen Holztisch im Verhörraum, die langen, schmiegsamen Hände im Schoß gefaltet, sein Körper aufrecht und sein hübsches Gesicht ausdruckslos. Sein Anzug war vorteilhaft geschnitten, sein weißes Hemd makellos und seine Krawatte sauber und präzise geknotet. Er wirkte sehr ruhig, sehr selbstsicher. Die ferngesteuerte Videokamera, die oben in einer Ecke angebracht war, zeichnete all dies auf, während er seinen Kopf leicht nach hinten neigte und der Frau ihm gegenüber mit einem Hauch von lässiger Anmaßung direkt in die Augen blickte.

Sie starrte unbeirrt zurück. »Ich bin Detective Chief Inspector Jane Tennison von der Southampton Row Police Station. Wir befinden uns im Verhörraum in Southampton Row. Ich befrage …« Sie stützte sich mit den Ellbogen auf dem Tisch ab. »Würden Sie bitte Ihren vollständigen Namen und Ihr Geburtsdatum nennen?« Als der Mann nicht reagierte, versuchte sie es geduldig noch einmal in demselben ruhigen, gelassenen Ton. »Nennen Sie bitte Ihren vollständigen Namen und Ihr Geburtsdatum.«

»Robert Oswalde. Der dreizehnte August 1961.« Seinem Aussehen nach hätte man eine gebildete schriftsprachliche Aussprache erwarten können, doch man hörte stattdessen einen starken jamaikanischen Akzent, bei dem die Ts und Ds deutlich betont waren.

»Sie haben das Recht, jederzeit mit einem Anwalt zu sprechen«, teilte Tennison ihm mit, »und diese Rechtsberatung ist kostenlos.«

Oswalde starrte zurück, schwarzer Mann zu weißer Frau, die Anmaßung in seinen dunklen Augen fast wie eine unverhohlene sexuelle Herausforderung.

Vor der Honeyford Road Nr. 15 stand ein halb gefüllter Müllcontainer, sodass das Polizeiauto schräg geparkt war und mit dem Heck auf die Straße ragte. Schon wenige Minuten nach seiner Ankunft hatte sich eine kleine Menschenmenge in der Novemberdunkelheit des späten Nachmittags versammelt, die unter Regenschirmen hervorlugte, während das Nieseln immer dichter wurde und im gelblichen Schimmern der Straßenlaternen verwirbelte. Die hiesige Nachbarschaft bestand hauptsächlich aus Menschen mit karibischen Wurzeln sowie ein paar Asiaten, und Gerüchte verbreiteten sich hier viel schneller als in einer weißen Mittelklassegegend. Und seit dem Fall Derrick Cameron vor einigen Jahren erregte jede polizeiliche Aktivität gleichermaßen Neugier und Misstrauen; die Anwesenheit weißer Polizisten bedeutete nicht etwa Schutz für die örtliche Gemeinschaft, sondern immer Ärger.

Die Haustür von Nummer fünfzehn stand weit offen, ein uniformierter Polizist wartete auf der obersten Stufe, sein Kollege im Flur sprach mit dem Bauunternehmer. Oder er versuchte, ihn zu verstehen, was schwierig war, da Mr Viswandha, der Eigentümer des Hauses, am Telefon auf Urdu vor sich hinplapperte. Seine Frau und die beiden Kinder standen zitternd und verwirrt im Foyer, während der Luftzug von der Eingangstür durch das Haus peitschte.

»Einer meiner Männer hat es gefunden.« Der Bauunternehmer zeigte mit einem schmutzigen Daumen nach hinten. »Wir verlegen neue Abflüsse. Scheint in Polyethylen eingewickelt zu sein …«

Die Menschenmenge am Gartentor wuchs von Minute zu Minute. Mehrere junge Schwarze waren auf die Mauer geklettert und versuchten, durch das offene Tor zu spähen. Einer hatte sein Fahrrad gegen den Torpfosten gelehnt und drängelte sich zu einem günstigen Platz vor. Das Gemurmel und Stimmengewirr setzte sich unter dem Prasseln des Regens auf die Schirme und Plastikhauben fort, als das Nieseln in Dauerregen überging. Dann machte sich Aufregung breit. Zwei Autos waren vorgefahren, Beamte der Kriminalpolizei stiegen aus und bahnten sich ihren Weg durch die Menge. Gerüchte und Spekulationen machten die Runde: Der hochrangige Mob tauchte nur auf, wenn ein schwerwiegendes Verbrechen begangen worden war, und so wie es aussah, handelte es sich um das schwerste von allen.

Als die Beamten an ihm vorbeikamen, meldete sich der Junge mit dem Fahrrad: »Haben die Pakis jemanden ermordet?«

Detective Inspector Frank Burkin ließ sich nicht beirren. »Halt die Klappe und schieb das Fahrrad weg!«

Der ältere Bruder des Jungen, der eine Perlenmütze trug, aus der seine Dreadlocks nach unten hingen, war von Burkins Verhalten nicht gerade begeistert. »Wie kommst du darauf, dass du so mit ihm reden kannst?«, platzte er wütend heraus. »Wir leben hier, Mann, nicht du … Was ist dein Problem?«

Ungeduldig schob sich DI Tony Muddyman an ihm vorbei und überließ es Burkin, sich mit dem Jugendlichen auseinanderzusetzen. Diplomatie hatte noch nie an erster Stelle auf Burkins Liste gestanden, aber warum zum Teufel musste er die örtliche Gemeinschaft verärgern, kaum dass er einen Fuß auf die Honeyford Road gesetzt hatte, dachte er bei sich. Die Leute auf die Palme zu bringen, war kein guter Anfang.

Mr Viswandha war mit dem Telefonieren fertig und begegnete Muddyman, als dieser durch die Eingangstür kam. Mit glitzernden Augen und hin und her wackelndem Kopf beobachtete der Inder, wie die Männer an ihm vorbei den Flur hinunterliefen.

»Sind Sie der Verantwortliche?«

»Vorläufig, Sir.« Muddyman nickte.

»Dann bitte …« Mr Viswandhas braune, dicke Hände paddelten nervös in der Luft. »Nehmen Sie es einfach mit.«

»Das werden wir, Sir, so bald wie möglich …«

»Nicht so bald wie möglich.« Er sah seine Frau an, die die beiden Kinder, einen siebenjährigen Jungen und ein fünfjähriges Mädchen, an sich drückte. »*Jetzt*. Ich zahle schließlich meine Steuern.«

»Ich fürchte, es handelt sich um einen verdächtigen Todesfall, Sir, und als solcher muss das alles ordnungsgemäß erledigt werden.« Muddyman winkte einen Detective Constable vor. »Würden Sie jetzt bitte mit diesem Beamten mitgehen und seine Fragen beantworten?«

Mit einem Nicken zu Mrs Viswandha ging Muddyman weiter. Er war stets bemüht, sich höflich zu verhalten, besonders den verschiedenen ethnischen Gruppen gegenüber, aber warum hatte er jedes Mal das Gefühl, Burkins grobes, unsensibles Auftreten kompensieren zu müssen? Als ob der verdammte Job nicht schon schwer genug wäre.

»Sie hat also dem Sex mit Ihnen zugestimmt?«

Tennison hielt ihre Stimme absichtlich flach und emotionslos. Sie wollte ihm gerade genug Seil lassen, um sich selbst aufzuhängen.

Oswalde grinste träge. »Was hast du vor? Sie hat darum gebettelt, Mann.«

»Wenn sie eine willige Partnerin war, warum haben Sie dann Gewalt angewendet?« Beiläufig gewährte ihm der Inspector etwas mehr Seil. »Warum haben Sie sie geschlagen?«

»Du kennst diese Dinge«, sagte Oswalde achselzuckend, »und wie es dazu kommt …«

»Nein, tue ich nicht.«

»Einige Weiße mögen es hart.« Wieder die unverhohlene sexuelle Provokation in seinen Augen, neckisch, spöttisch. Während Tennison ihn beobachtete, beschloss sie, die Schlinge enger zu ziehen. Sie warf einen Blick auf das Blatt Papier vor sich.

»Aber der Arzt berichtet von ›schweren Griffprellungen an den Oberarmen‹.« Sie blickte auf. »Prellungen an den Stellen, wo Sie sie festgehalten haben.«

Oswalde starrte ins Leere. Dann drehte er sich um und schaute stirnrunzelnd zu DCI Thorndike, der an der Seite saß, die Arme über dem doppelreihigen Revers verschränkt, das schmale, blasse Gesicht und die wässrigen Augen knapp außerhalb des Lichtkegels der Lampe. Thorndike senkte den Blick, als wäre ihm die Deutlichkeit des Verhörs peinlich. Aber Tennison war nicht im Geringsten verlegen. Es schien, als könnte sie nichts schocken, nicht einmal, wenn Oswalde sich ausgezogen und einen Handstand auf dem Tisch gemacht hätte.

»In Ordnung, Robert, ich möchte Sie Folgendes fragen.« Tennison beugte sich vor, der Vorhang aus honigblondem Haar fiel ihr schräg in die Stirn. »Woher wussten Sie, dass dieses Mädchen es hart mochte?«

»Ich wusste es. So wie sie aussah.«

»Nun … wie hat sie ausgesehen?«, drängte Tennison ihn.

»Sie hatte blondes Haar.« Oswalde starrte direkt zurück. »Sie trug eine rote Bluse …«

Tennison hatte eine rote Bluse an.

»Und sie trug einen engen, schwarzen Rock … wie du.«

»Ich verstehe. Sie hat also nicht wirklich etwas gesagt, um Sie zu ermutigen?«

Tennison ließ das Schweigen einen Moment lang auf sich wirken, dann wurde ihre Stimme härter. »Aber das ist nicht verwunderlich, denn Sie haben ihr die Strumpfhosen vom Leib gerissen und sie ihr in den Hals gestopft.«

Oswalde versteifte sich. »Das ist nur ihr Wort gegen meins.«

Auf seiner glatten, breiten Stirn bildete sich ein schwacher Schweißfilm.

»Nein, der Bericht des Arztes, die gerichtsmedizinischen Beweise *und* ihr Wort stehen gegen Ihres«, korrigierte ihn Tennison. Sie zog die Schlinge ein wenig fester. »Wie viele weitere Frauen haben Sie angegriffen? Wie lange dauert es noch, bis Sie dabei jemanden töten, Robert?«

Oswaldes hübsches Gesicht wurde missmutig. Vielleicht spürte er, wie sich die Schlinge um seinen Hals enger zog.

Als Superintendent Mike Kernan in der Honeyford Road eintraf, war das in der Southampton Row stationierte Area Major Incident Team, kurz AMIT, bereits vor Ort im Einsatz. Kernan hatte sich auf einen ruhigen Abend zu Hause gefreut, mit hochgelegten Füßen, einem Glas Famous Grouse und etwas Anspruchslosem im Fernsehen. Gerade als der Anruf kam, war er schon mit seinem BMW losgefahren und hatte überlegt, ob er antworten oder es die AMIT-Jungs alleine regeln lassen sollte. Aber lange hatte er darüber nicht nachgedacht, denn die ersten Berichte vom Tatort deuteten darauf hin, dass es sich um weit mehr als einen gewöhnlichen Fall von häuslicher Gewalt handelte – die Ursache für die meisten Morde. Und da der Gesprächstermin zu seiner Beförderung bevorstand, wollte der Superintendent nicht bei einem Fall durch Abwesenheit glänzen, der sich als eine bedeutsame Mordermittlung herausstellen könnte. Also war er an der nächsten Kreuzung umgedreht und zurückgefahren, fand sich grimmig mit seiner Pflicht ab, während der Fernseher und der Scotch bereits in Vergessenheit gerieten.

»Ha – Polizist! Kernan!«

Eine kleine, pummelige karibischstämmige Frau in einem unförmigen dunklen Mantel versuchte, ihn am Ärmel zu packen, als er sich mit seiner kräftigen Gestalt durch die Menge auf dem glatten, nassen Bürgersteig schob. Kernan ärgerte sich – nicht so sehr über die Frau, die er als Nola Cameron wiedererkannte –, sondern darüber, dass der Bereich nicht geräumt und abgesperrt worden war. Wo waren die uniformierten Männer? Die Sache könnte den Grad der öffentlichen Unordnung erreichen, wenn sie nicht im Keim erstickt wurde.

»Was ist los? He, Polizist, reden Sie mit mir! Wenn das meine Simone ist da drinnen …«

Kernan wandte sich an sie. »Nola, Sie sehen doch, dass ich gerade erst angekommen bin. Geben Sie mir die Chance, herauszufinden, was wir haben. Wir werden heute Abend ohnehin keine Erklärungen abgeben. Gehen Sie jetzt nach Hause.« Er sah sich um und erhob seine Stimme. »Sie sollten alle nach Hause gehen.«

»Du hast nie versucht, meine Tochter zu finden«, beschuldigte ihn Nola aufgebracht und verbittert. »Wenn sie da in diesem Garten liegt …«

Auf halbem Weg drehte Kernan seinen Kopf herum und war jetzt richtig wütend. »Ihr Leute *solltet nach Hause gehen*!«, fuhr er fort und biss die Zähne zusammen, als Nolas klagende Stimme ihn weiterhin verfolgte.

»Wenn das meine Simone ist … dann werdet ihr uns nicht daran hindern können, zu ihr zu gehen …«

Kernan machte sich auf den Weg zu Muddyman, der von der Küche aus den Einsatz zu leiten schien.

»Riegeln Sie den Bereich ordnungsgemäß ab«, schnauzte er. »Wenn sich herausstellt, dass es sich um Simone Cameron handelt, könnten wir ein echtes Problem bekommen.«

Den Notizblock in der Hand, seine muskulöse, eins achtzig große Gestalt direkt vor ihr befragte DI Burkin Mrs Viswandha, während sich die beiden Kinder an ihre Mutter klammerten und mit großen braunen Augen eher neugierig als verängstigt nach draußen blickten. Burkin kam in Schwierigkeiten. Sie musste ›Viswandha‹ für ihn buchstabieren, und als er nach ihrem Vornamen fragte, antwortete sie: »Sakuntala.« Burkin seufzte.

DC Jones und Mr Viswandha befanden sich gerade im vorderen Zimmer, das vom Flur abging. Die Brille des Constables war beschlagen, und er schaute darüber hinweg. Mit seinem frischen Gesicht und dem gewellten braunen Haar erinnerte er an einen eifrigen jungen Wissenschaftler.

»Und die Steinplatten waren bereits an Ort und Stelle, als Sie das Haus gekauft haben?«

»Natürlich.«

»Sie haben selbst keine Arbeiten im Garten durchgeführt? Oder durchführen lassen?«

»Ich sage Ihnen, nein«, erwiderte Mr Viswandha mit zusammengepressten Lippen, da sich seine Geduld dem Ende neigte.

Superintendent Kernan nahm Muddyman am Arm und führte ihn zur Hintertür, von der aus man in den Garten sehen konnte.

»Sind die Jungs von der Spurensicherung hier?«, wollte er wissen, zufrieden damit, dass die Befragung der Familie reibungslos verlief.

»Die warten schon auf Sie, Chef.« Tony Muddyman öffnete die Tür. Kernan ging als Erster die Treppe hinunter. Der gesamte Gartenbereich war so hell erleuchtet wie eine Filmkulisse, und der stetige Regen erschien wie ein wallender Nebel unter den Bogenlampen.

Als die Viswandhas eingezogen waren, war der hintere Teil des Gartens komplett mit Steinplatten ausgelegt gewesen. Doch dann hatte es Probleme mit den Abflüssen gegeben. Eine örtliche Baufirma war beauftragt worden, neue Rohrleitungen zu verlegen, um diese an das Hauptabwassersystem anzuschließen, das durch eine weiter hinten liegende Gasse verlief. Also hatte man die Bodenplatten angehoben und mit dem Ausgraben der alten Rohre begonnen. In etwa einem Meter Tiefe waren die Arbeiter auf etwas weitaus Grausameres gestoßen als marode Rohre. Ihre Spaten hatten einige Polyethylenfolien aufgeschlitzt und den blassen Schimmer menschlicher Knochen freigelegt.

Kernan stand mit hochgeschlagenem Regenmantelkragen am Rande der provisorischen Konstruktion aus Plastikplanen, die die Forensiker errichtet hatten, um den Regen abzuhalten. In dem flachen Graben hielten sich drei oder vier Personen auf, sodass es schwierig war, etwas zu erkennen. Wasser war durchgesickert, und der Untergrund und die Seiten waren zu klebrigem, anhaftendem Schlamm erstarrt. Kernan sah, dass Peter Gold, der aufgeweckte neue Junge bei der Spurensicherung, in seinem weißen Overall und den grünen Gummistiefeln auf den Knien im Matsch hockte. Über ihm, auf den Gehwegplatten kauernd, suchte Richards, der Polizeifotograf, nach der idealen Position, um eine gute Aufnahme zu machen.

Weiter hinten im Graben lehnte sich der korpulente, glatzköpfige Oscar Bream, Chefpathologe, die Regenkleidung bis zum Hals zugeknöpft, die behandschuhten Hände auf den Knien, ein Stück nach vorne. Breams Augen mit den schweren Lidern verrieten wie so oft rein gar nichts. Er verfügte über lediglich einen Gesichtsausdruck – *unergründlich.* Vielleicht fühlte er tatsächlich nichts, empfand keine wirklichen Emotionen, sondern das alles war für ihn nur ein weiterer Einsatz; oder vielleicht hatten ihn die Jahre, in denen er in die Abgründe jenes Schreckens geschaut hatte, den Menschen ihren Mitmenschen anzutun fähig waren, dazu gezwungen, sich diese Maske mit den toten Augen als eine Art Schutztarnung anzueignen.

Gold benutzte eine kleine Kelle und einen Pinsel, um den Schlamm zu beseitigen. »Hier drüben, Sir … Sehen Sie?«

»Gut«, brummte Bream und beugte sich tiefer. »Schauen wir es uns an.« Aus der Wand des Grabens ragte ein Teil eines Brustkorbs und eines Beckens etwa zehn Zentimeter aus der Oberfläche heraus und schimmerte im Schein der Bogenlampen. Bream trat zurück und gab Richards ein Zeichen. Die Kamera blitzte dreimal auf. Bream beugte sich wieder vor und wischte mit seinem Handschuh einen Schlammfleck weg. Die Überreste eines menschlichen Schädels starrten nach oben, mit schwarzen Augenhöhlen und einem Ausdruck, der fast so unergründlich war wie der von Oscar Bream.

»Erzählen Sie mir, was passiert ist«, sagte Tennison, »als Sie sie vergewaltigt haben.«

Oswalde erhob sich aus seinem Stuhl. Sie trieb ihn jetzt vor sich her; sie wusste es, und er erkannte es schnell.

»Ich weiß, was hier läuft …« Er blickte auf Tennison hinunter und dann zu Thorndike hinüber, der versuchte, seinem Blick nicht zu begegnen. Oswalde nickte und rang sich ein schwaches Lächeln ab. »… auf diesen kleinen Zehenspitzen.« Sein Akzent verdichtete sich. »Sieh sie dir an«, spottete er und forderte den anderen Mann im Raum auf, sich gegen diese gerissene weibliche Verschwörung zu verbünden.

»Setzen Sie sich bitte, Robert«, wies Tennison ihn ruhig an.

»Sie liebt es.« Oswalde schnippte mit den Fingern. »Eine

Schwanzfopperin, nicht wahr? Das, was ich angeblich mit der Schlampe getan habe, macht sie einfach an …«

»Setzen Sie sich bitte, Robert«, wiederholte Tennison, und unter der Wucht ihres starren Blicks sank er langsam in den Stuhl zurück. »Der Gedanke, dass eine Frau gedemütigt wird, macht mich nicht an, Robert, oder dass jemand halb zu Tode geängstigt wird. Aber Sie schon, nicht wahr?«

Oswalde zuckte mit den breiten Schultern.

»Das muss so sein. Warum sonst sollten Sie sich jemandem aufdrängen müssen? Sie sind ein sehr attraktiver Mann. Wie groß sind Sie?«

»Eins achtzig.«

Tennison hob eine Augenbraue. »Tatsächlich? Ich bin sicher, dass sich etliche Frauen in Sie verlieben. Diese gehörte allerdings nicht dazu.«

»Manche Frauen sagen ›nein‹, wenn sie ›ja‹ meinen.«

Tennison riss den Kopf hoch und kniff die Augen zusammen. »Sie hat also ›nein‹ zu Ihnen gesagt?«

»Ich sagte ›manche‹ Frauen.«

»Aber sie hat ›nein‹ zu Ihnen gesagt?«

»Ich habe nichts zu sagen …«

»Sie sagte ›nein‹, und das ist kein Betteln. Das ist kein Einverständnis.«

»Blödsinn.« Oswalde leckte sich über die Lippen. Er wurde unruhig, wandte sich wieder an Thorndike und beschwerte sich: »Sie legt mir Worte in den Mund.«

»Sie sagte ›nein‹ – das ist Vergewaltigung.« Tennison zeigte mit dem Finger auf ihn. »Okay, lassen Sie mich Folgendes fragen –«

»Gut«, unterbrach Thorndike und stand auf. Er räusperte sich und fuhr mit einem Finger nervös in seinen kurzen Kragen. »Ja, das scheint ein geeigneter Punkt, um innezuhalten.«

»Oh nein – Mr Thorndike«, protestierte Tennison, »ich bin noch nicht fertig.«

DCI Thorndike schob seine Manschette zurück, um sein dünnes, sommersprossiges Handgelenk zu offenbaren, und tippte auf seine Uhr. »Leider müssen wir unterbrechen, da es schon weit nach achtzehn Uhr ist.«

Und damit öffnete er die Tür und ging hinaus.

Tennison strich sich mit der Hand durchs Haar und rollte mit den Augen zur Decke.

»Unglaublich«, murrte sie mit zusammengebissenen Zähnen.

Oswalde starrte sie an, das Lachen brodelte in seiner Brust. Er unterdrückte es mit einem Husten. Tennison schüttelte nur den Kopf.

Als DCI Thorndike durch die Tür des provisorischen ›Befragungsraums‹ trat, der in einer Ecke des Konferenzsaals aufgebaut worden war, wunderte er sich, was es mit dem Grinsen und Schmunzeln auf sich hatte. Über neunzig grinsende und schmunzelnde Gesichter der an Tischreihen sitzenden Polizeibeamten, die das Verhör auf Bildschirmen verfolgt hatten. Sie hatten Jane Tennisons letzte Worte mitbekommen, ebenso ihren Gesichtsausdruck, er jedoch nicht, also würde er nie erfahren, was es da zu grinsen gab.

Mit seinem ruckhaften, steifbeinigen Gang schritt Thorndike zur Vorderseite des Saals und stellte sich der Versammlung. Es handelte sich um die zweite Sitzung eines dreitägigen Seminars über Befragungstechniken: Es gab Vorträge und Arbeitsgruppen mit simulierten Befragungssituationen, die von leitenden Beamten durchgeführt wurden. Im Saal kehrte Stille ein, als Thorndike seine Hand hob.

»Ausgezeichnet … aber ich möchte noch eine Anmerkung machen. Einige von DCI Tennisons eher unkonventionellen Fragen könnten einen weniger erfahrenen Beamten in Schwierigkeiten bringen. Denken Sie daran«, fuhr er pedantisch fort, »gemäß PACE darf kein Versuch unternommen werden, einen Verdächtigen einzuschüchtern oder zu bedrohen.« Damit bezog er sich auf die Regeln und Vorschriften für den Umgang mit Festgenommenen, die im *Police and Criminal Evidence Act* festgelegt waren. »Abschließend gratuliere ich Detective Sergeant Oswalde, der seine Rolle so überzeugend verkörpert hat.«

Dazu gab es die eine oder andere abfällige Grimasse. Das ging für ihn in Ordnung, denn es schien ihm ziemlich gut gefallen zu haben, dass ein einfacher DS eine weibliche DCI anbaggerte – eine von nur vier weiblichen leitenden Beamten im ganzen Land. Und obwohl Tennison den Ruf einer Spielverderberin innehatte, gab es kaum einen Mann in diesem Raum, der sie nicht mochte.

Sie gesellte sich zu Thorndike an den Eingang und schlüpfte in ihr maßgeschneidertes, dunkles Jackett. »Und zu guter Letzt: Die erste Sitzung morgen wird die Befragung von Vergewaltigungsopfern zum Thema haben. Ich sehe Sie alle um zehn Uhr.«

Als sich die Veranstaltung in das Zusammenraffen von Papierseiten und das Scharren von Stühlen auflöste, gab Thorndike ihr einen gönnerhaften Klaps auf die Schulter, und sie erwiderte ein kurzes, angespanntes Lächeln. Gott, dachte sie, der war ja wie eine kleinliche, alte Tante. Bei ihm drehte sich alles nur um die Theorie, das Lernen aus Büchern. Wenn er einem echten Verbrecher begegnet wäre, wäre er völlig ahnungslos gewesen; wahrscheinlich hätte er das PACE-Handbuch durchgehen müssen, um die richtigen Fragen zu finden und in welcher Reihenfolge er sie stellen sollte. Er gehörte nicht zur regulären Polizei, sondern war Mitglied der MSI5, einer Abteilung der Metropolitan Police, die Beschwerden der Öffentlichkeit bezüglich polizeilicher Verfahren und mutmaßliche Regelverstöße untersuchte – mit anderen Worten, er zog über seine Kollegen her.

Als sie im überfüllten Aufzug zu ihrem Zimmer hinauffuhr, blickte Tennison hinter sich zu DS Oswalde. »In so was sind Sie einfach gut, Detective Sergeant.«

»Danke, Ma'am.«

»Gehen Sie nachher noch etwas trinken?«

»Mal sehen. Vielleicht gehe ich auch früh ins Bett.«

Die Glocke kündigte den zweiten Stock an, und die Türen öffneten sich.

»Oh, nun, wir sehen uns«, sagte Tennison und stieg aus. »Gute Nacht.«

»Machen Sie so schnell wie möglich«, drängte Bream Richards und trat zur Seite, worauf der Fotograf eine weitere Serie von Aufnahmen machte. Als er damit fertig war, warf der Pathologe einen erneuten Blick auf die bröckelnde Grabenwand. »Ich brauche sämtliche Knochen, wenn ich den Mistkerl wieder zusammensetzen soll«, sagte er zu Gold. »Stellen Sie also sicher, dass Sie auch die Erde um die Leiche herum einsammeln.«

Gold genoss dies alles. Es war seine erste wirklich spannende forensische Untersuchung, und die Zusammenarbeit mit Professor Oscar Bream setzte dem noch die Krone auf. Begeistert wies er seine Helfer an: »Wir packen alles in diese Kisten und bringen es zur genauen Sichtung in die Labors. Wir suchen nach kleinen Knochen, Stofffragmenten, Schmuck, Münzen … nun ja, eigentlich nach allem.«

»Der Schädel ist stark zertrümmert, also sammelt die Teile vorsichtig ein«, mahnte Bream die beiden Assistenten.

Kernan, der direkt unter dem Plastikdach stand, sagte düster: »Hoffentlich veranlasst der Regen die Leute dazu, wieder nach Hause zu gehen.«

Gold schöpfte vorsichtig kleine Mengen Schlamm ab und füllte diese in Plastikboxen, seine Assistenten versiegelten die Deckel und kennzeichneten jede Box, um die Reihenfolge festzuhalten, in welcher die verschiedenen Fragmente ausgegraben worden waren. Stück um Stück wurde die Leiche freigelegt und die größeren Knochen in schwarze Plastiktüten verpackt und markiert.

»Sieht aus, als wäre es eine Frau, Oscar …«

»Ach ja, und wie kommen Sie darauf, Mr Gold?«

Der junge Wissenschaftler sah auf und strahlte. »Sie trägt einen BH.«

Kernan rieb sich das Kinn und stöhnte. »Oh Gott.«

»Keine Panik, Mike«, sagte Bream, wie immer emotionslos. »Sie könnte sich immer noch als Danny La Rue herausstellen.«

»Ja, und wenn das der Fall ist, wird Nola Cameron sie als ihre eigene Tochter beanspruchen.« Kernan hatte genug gesehen. Er wandte sich an Muddyman, dessen braunes, gelocktes Haar nach unten hing, wodurch die kahle Stelle darin deutlich sichtbar war. »Tony, Sie übernehmen, bis Tennison hier ist.«

Muddyman blinzelte. »Sie ist doch auf diesem Seminar, Chef, oder nicht?«

»Jetzt nicht mehr«, entgegnete Kernan, stapfte über die schlammigen Pflastersteine zurück und stieg die Stufen hinauf.

Muddyman verkroch sich noch tiefer in seinen Regenmantel. »Na großartig …«

Der Kuss war lang und tief und brachte ihre Sinne in Wallung. Er hatte eine herrliche Haut, so glatt wie bei einer Frau, aber mit dem harten, sinnlichen Gefühl fester Muskeln, die sich darunter kräuselten. Jane zog sich zurück, holte tief Luft und blickte in Bob Oswaldes dunkelbraune Augen. Er lächelte, als ihre Finger von seiner Brust zu seiner Schulter unter den Frotteebademantel glitten.

»Jetzt schon?«, witzelte er.

»Mmmm …« In seine Arme gehüllt, schenkte sie ihm ein verruchtes kleines Grinsen.

Sie hatten hier, in ihrem Zimmer, zu Abend gegessen, die Flasche Chateauneuf-du-Pape leer getrunken und dann miteinander geschlafen. Insgeheim war sie erstaunt darüber, wie selbstverständlich es dazu gekommen war, ganz ohne den Anschein, als wäre es geplant oder vorbereitet gewesen, ganz gleich, von welcher Seite. Sie war keine promiskuitive Frau, hatte nur eine flüchtige Affäre seit der Trennung von Peter gehabt, mit dem sie knapp sechs Monate zusammengelebt hatte. Die Anforderungen und der Druck ihres Jobs waren der Grund dafür gewesen; die Leitung des Marlow-Falls, ihrer ersten Mordermittlung, hatte jeden wachen Moment in Anspruch genommen – sogar die meisten schlafenden. Peter war bis zu einem gewissen Grad verständnisvoll gewesen, obwohl er selbst eine harte Zeit durchmachte, da er seine Baufirma zum Laufen zu bringen versuchte, und sie beide hatten sich zwischen Baum und Borke befunden. Irgendetwas hatte nachgeben müssen, und irgendetwas hatte es schließlich auch getan. Die Beziehung.

Ihre Arbeit hatte zwar immer noch Vorrang, aber die Anziehungskraft, die sexuelle Chemie zwischen ihr und Bob Oswalde war einfach zu groß, um zu widerstehen. Und sie hatte gedacht: *Zum Teufel, warum nicht? Nur Arbeit ohne jegliches Vergnügen macht Jane zu einem langweiligen Mädchen.* Jetzt jedoch fühlte sie sich nicht langweilig und abgestumpft; ihr Körper pulsierte und war voller Lebendigkeit, und die Nacht war noch jung.

Sie griff seine neckische Stimmung auf und meinte spitzbübisch: »Was sagten Sie noch gleich darüber, dass weiße Frauen es gerne hart mögen?«

In dem Moment, als sie die Worte aussprach, wusste sie, dass es genau die falschen waren. Bob Oswalde richtete sich ein wenig auf, seine Arme erschlafften, und sie verfluchte ihre eigene Unbeholfenheit. »Hey, das war nicht ich«, protestierte er verletzt. »Ich denke nicht so.«

»Ich weiß – es tut mir leid.« Sie küsste seine Brust und dann die Seite seines Halses, kuschelte sich an ihn, es war gemütlich und warm an dem flauschigen, weißen Bademantel, und sie spürte die Hitze seines Körpers. Dann hatte sie eine Idee. »Weißt du, was ich jetzt gerne tun würde?«

»Nein, was?«, fragte Bob Oswalde mit einem schiefen Grinsen.

»Lass uns den gesamten Inhalt der Minibar trinken.«

»Warum denn das?«

»Och, ich weiß nicht – mir ist einfach danach.« Jane setzte sich plötzlich auf und grinste ihn an. Ihr kurzes, zerzaustes blondes Haar und ihr schelmisches Lächeln ließen sie wie einen verschmitzten Wildfang erscheinen, ein verblüffender Gegensatz zu ihrer konventionellen Rolle als kühle, manchmal obsessive Berufspolizistin mit einem einschüchternden Ruf.

Bob Oswalde schwang seine langen Beine herum und setzte sich auf die Bettkante. »Okay, was möchtest du zuerst?«

Jane klatschte in die Hände. »Champagner!«

»Gut.«

Als er zur Minibar hinüberging, ließ sie sich in voller Länge auf das Bett plumpsen und streckte wohlig die Arme aus. Sie hatte sich schon seit einer Ewigkeit nicht mehr so zufrieden und völlig entspannt gefühlt. Und dabei hatte sie sich überhaupt nicht auf diese dreitägige Konferenz gefreut, wähnte sich eingesperrt in luftleeren, verqualmten Räumen und Konferenzsälen (zumal sie versuchte, sich das schädliche Rauchen abzugewöhnen!), wo sie von männlichen Kollegen ausgequetscht wurde, die es wahrscheinlich zutiefst hassten, von einer Frau belehrt zu werden. Der Superintendent hatte ihr vorgeschlagen, sich ›freiwillig‹ zu melden, was seine wenig subtile Art war, indirekt einen direkten Befehl zu erteilen.

Tja, nun hatte er den Schaden. Sie amüsierte sich, und das auf Kosten der Öffentlichkeit.

Das Telefon klingelte, ein leiser, trillernder Ton. Bob Oswalde war dabei, die Folie von einer kleinen Champagnerflasche zu entfernen, und Jane sagte schnell, bevor sie abnahm: »Das ist die Hausdame Sybil. Verhalt dich ruhig.«

Aber es war Kernan, und Jane setzte sich aufrecht hin und hielt ihren Morgenmantel eng an ihren Hals, als ob das einen Unterschied machen würde.

»Oh, hallo Chef. Ungefähr zwei Stunden … warum?« Sie lauschte mit ernstem Blick und nickte mit dem Kopf. »Ja, gut … okay. Ja klar, absolut. Okay, wir sehen uns. Tschüss.«

Sie legte auf und starrte geradeaus auf den Einbauschrank.

»Was ist los?«

»Das war mein Chef. Er will mich vor Ort haben.«

»Oh.« Der Champagner schwappte in seine Hand.

»Jetzt.«

»Was?«

»Ja.« Jane rutschte vom Bett und zog ihren Morgenmantel aus, während sie aufsprang, um die Schranktür zu öffnen. »Er möchte, dass ich eine Mordermittlung leite. Ich werde es Thorndike sagen müssen.« Sie strich sich mit den Fingern durch die Haare. »Verdammt, und morgen ist auch noch meine Vorlesung …«

»Thorndike kann dir den Buckel runterrutschen.« Oswalde betrachtete die Flasche, die er in der Hand hielt, und stellte sie oben auf die Minibar.

Jane vergrub sich im Schrank und rief über ihre Schulter: »Es tut mir leid, Bob, da kann nichts machen.«

»Ich weiß das.« Die Worte waren neutral genug, obwohl er sie scharf ansah. Jane hielt inne, als sie ihre Bluse und ihren Hosenanzug auf dem Bett ausbreitete. Sie blickte auf.

»Was ist dann dein Problem?«

»Was ist mit uns?«

»Was ist mit uns?«, fragte sie und runzelte leicht die Stirn.

»Oh, ich verstehe.«

Jane breitete ihre Hände aus. »Bob, ich sage nicht, dass ich dich nicht wiedersehen will. Okay?«

»Tust du nicht?«

Sie sah ihm schweigend zu, wie er seinen Morgenmantel abstreifte und sich rasch anzog, die Augen niedergeschlagen, das hübsche Gesicht ausdruckslos.

Jane seufzte. »Komm schon, es ist so schon schwer genug …«

»Hör zu, ich habe dich verstanden, okay?« Er saß mit dem Rücken zu ihr, zog sich Socken und Schuhe an. Er erklärte lapidar: »Die Kriminalhauptkommissarin hat ihre Befehle erhalten.«

»Was hast du denn erwartet?« Sein Gebaren ärgerte sie, und sie ballte die Hände zu Fäusten. »Das ist wirklich unfair, und das weißt du. Es ist ja nicht so, als würde dich die Liebe deines Lebens einfach so verlassen.«

Bob Oswalde schnappte sich seinen Pullover von einer Stuhllehne und zog ihn über sein T-Shirt. Seine dunklen Augen blitzten sie an. »Ich mag es einfach nicht, wie ein schwarzer Hengst behandelt zu werden.«

Die Hände in die Hüften gestemmt, entgegnete Jane mit leichtem Unglauben: »Denkst du etwa, das geschieht hier gerade?«

»Ja, das denke ich.«

»Also, das bildest du dir ein.«

»Ach tatsächlich?«

Darauf konnte sie verzichten. Er war es, der sich auf rassistische Klischees versteift hatte, nicht sie. Er war ein attraktiver Mann, Punkt, und sie hatte den Sex mit ihm überaus genossen, aber wenn er Schwierigkeiten hatte, es einfach als das zu akzeptieren, was es war, dann hatte er eben Pech.

Jane sagte: »Ich glaube, du solltest besser gehen.«

»Keine Sorge«, erwiderte Oswalde, der sich bereits in Bewegung gesetzt hatte, »ich gehe schon.«

»Ich hoffe, ich kann mich auf deine Diskretion verlassen.«

Mit der Hand auf dem Türknauf drehte Oswalde langsam den Kopf und warf ihr einen langen, ernsten Blick über seine Schulter zu.

»Du bist wirklich etwas Besonderes, nicht wahr?«, murmelte er leise und ging mit einem leichten Kopfschütteln hinaus.

WÄHREND DCI DAVID THORNDIKE nach dem Abendessen in sein Zimmer zurückkehrte, tastete er gerade nach seinem Schlüssel, als er eine Tür zuschlagen hörte, gefolgt von schnellen, dumpfen Schritten. Beim Umdrehen sah er DS Oswalde mit gesenktem Kopf den Korridor entlang in Richtung Aufzug marschieren. Er kam aus dem Zimmer, das zwei Türen von seinem entfernt lag, stellte Thorndike fest. Sieh an, sieh an. Tennison … verbrüderte sich mit der Truppe, nicht mehr und nicht weniger.

Er drehte den Schlüssel im Schloss und schlüpfte in sein Zimmer, als Oswalde, vor sich hinmurmelnd, zum Aufzug kam. Thorndike stand mit dem Ohr am Türspalt und hörte Oswaldes leises, wütendes »Miststück!«, bevor er den Knopf drückte.

Prüde schürzte DCI Thorndike die Lippen und zog die Tür zu.

KAPITEL ZWEI

Innerhalb von zehn Minuten war Tennison vollständig angezogen, trug ein wenig Make-up auf, fuhr mit einer Bürste durch ihr Haar, packte ihre Tasche und war bereit zu gehen. Sie betrachtete sich ein letztes Mal im Spiegel der Frisierkommode und machte sich auf den Weg zu Thorndike in sein Zimmer. Sie wusste genau, dass er der Typ war, der es einem nie leicht machte und immer pingelig sein musste. Aber sie nahm sich vor, so schnell und so ruhig wie möglich mit ihm zu reden und dann zu verschwinden. Sie hatte einen Job zu erledigen.

Nachdem sie ihm die Nachricht überbracht hatte, ging er in seinem Zimmer auf und ab, rieb sich die kleinen blauen Adern an der Schläfe und schüttelte verwirrt den Kopf.

»Aber ich weiß doch gar nichts über Vergewaltigungsopfer«, beschwerte er sich, als ihm klar wurde, dass er derjenige war, der den Vortrag am nächsten Morgen um zehn Uhr würde halten müssen.

»Dann wird es aber Zeit. Haltungen wie diese sind der Grund dafür, dass lediglich acht Prozent aller Vergewaltigungen zur Anzeige gebracht werden.« Tennison nahm ein Bündel Papiere aus ihrer Aktentasche und hielt es ihm hin. »Ich lasse Ihnen meine Notizen da.«

»Nun, das wäre schon mal eine Hilfe, aber ...« Thorndike ließ die Blätter auf einen Tisch fallen und seufzte. »Es ist trotzdem verdammt ärgerlich.«

»Was soll ich machen, David?« Sie hatte die Nase voll von seinem kleinlichen, altweiberhaften Gejammer, aber sie beherrschte sich.

Er blickte sie mit schmerzverzerrter Miene an. »Hat Mike Kernan nicht noch andere DCIs zur Verfügung?«

»Ja, aber er will, dass ich die Ermittlung leite.«

»Und wieso?«

»Wahrscheinlich hält er mich für einen guten Detective«, sagte Tennison mit fester Stimme.

Thorndike nörgelte weiter. »Aber warum gerade diese Untersuchung?«

»Die Leiche wurde in der Honeyford Road gefunden, wo die Familie Cameron noch immer wohnt. Außerdem sieht es so aus, als könnte es sich um Simone Cameron handeln.«

»Politisch heikel, gewiss«, stimmte Thorndike zu. Er warf ihr einen Blick von der Seite zu. »Ein kleiner Ratschlag. Wenn der Fall Derrick Cameron vor das Berufungsgericht kommt, könnte es zu einer Anklage gegen die beteiligten Beamten kommen ...«

»Das wäre auch so, wenn dem Jungen etwas angehängt wurde.« Sie sah ihn stirnrunzelnd an. »Worauf wollen Sie hinaus?«

»An Ihrer Stelle wäre ich vorsichtig – es könnte sich herausstellen, dass Sie mit diesem Fall nicht gerade das große Los gezogen haben.« Und dann wandte er sich ab, ohne ihr in die Augen zu sehen, und fügte hinzu: »Offensichtlich sind Sie eine liberale und vorurteilsfreie Frau.«

»Danke, David«, erwiderte Tennison trocken. Aber sie hatte immer noch keine Ahnung, worauf er mit seiner leisetretenden Art hinauswollte. Natürlich ging es ihm nicht um einfache Polizeiarbeit, sondern um verdammte Politik, darum, den Leuten Gift in die Ohren zu schütten und ständig auf der Hut zu sein, dass man kein Messer im Rücken stecken hatte. Tennison hatte weder die Zeit noch die Geduld für diesen ganzen Unfug; das Leben war zu kurz für so was.

Thorndike begleitete sie zur Tür. »Seien Sie nicht zu vertrauensselig gegenüber unseren afro-karibischen Freunden.«

»Das ist also Ihr Ratschlag, ja?« Sie klemmte die Aktentasche unter ihren Arm und schenkte ihm ein kurzes, förmliches Lächeln. »Viel Glück morgen.«

Thorndike wartete an der offenen Tür, seine schwachen, wässrigen Augen waren auf sie gerichtet, als sie den Aufzug betrat.

»Oh, und fahren Sie vorsichtig, falls Sie getrunken haben«, lautete seine letzte Warnung.

Während sie im Aufzug nach unten fuhr, hielt sich Tennison die Hand vor den Mund und versuchte, ihren eigenen Atem zu riechen. So schlimm schien es nicht zu sein, und außerdem hatte sie nur zwei Gläser Rotwein getrunken. Schmalhans Thorndike musste einen scharfen Geruchssinn haben, wenn er deswegen auch nur den Hauch von Alkoholdämpfen aufgeschnappt hätte.

DIE HONEYFORD ROAD war wieder ruhig. Die Menschenmenge hatte sich aufgelöst, war in ihre Häuser zurückgekehrt, der Bürgersteig vor der Hausnummer fünfzehn war mit gestreiftem Klebeband abgesperrt, auf dem in roten Lettern ›POLIZEI – Zutritt verboten‹ stand. Der Regen hatte nachgelassen, aber es wehte eine feuchte, kühle Brise, als Tennison mit ihrem Auto die Straße entlangfuhr, um einen Parkplatz zu suchen. Sie verlangsamte das Tempo und beugte sich zur Seite, um durch das beschlagene Beifahrerfenster eine einsame Gestalt zu betrachten, die immer noch neben dem flatternden Klebeband Wache hielt.

Tennison erkannte die kleine, plumpe Frau mit der geflochtenen Mütze und dem langen, unförmigen Mantel, der fast bis zum Boden reichte; sie drückte den Knopf, um das Fenster herunterzulassen.

»Nola – gehen Sie nach Hause!«

Nola Cameron schüttelte trotzig den Kopf. »Nicht, wenn das meine Simone ist. Ich werde sie nicht ein zweites Mal verlieren!«

Sie drehte sich wieder um und starrte auf das Haus, das Kinn stur aufgerichtet, die Füße fest auf dem nassen Pflaster stehend.

Gold amüsierte sich prächtig. Er schien nicht zu bemerken oder sich daran zu stören, dass er seit dem frühen Abend auf dem Boden eines kalten, schlammigen Grabens kniete, und es war bereits nach halb elf. Mit der Ankunft von DCI Tennison, der mit dem Fall betrauten Beamten, hatte er eine neue und aufgeschlossene Zuhörerin, an der er sein Fachwissen auslassen konnte. Tennison hockte auf den Steinplatten, in die Kapuze ihres Regenmantels gehüllt, und beobachtete aufmerksam die Ausgrabungsarbeiten; der Schädel und der größte Teil des Oberkörpers des Skeletts waren geborgen worden, und das Team konzentrierte sich nun auf den unteren Teil des Rumpfes. Für den Moment begnügte sie sich damit, Gold bei seinem improvisierten Vortrag zuzuhören.

»… Natürliche Pflanzenfasern wie Baumwolle neigen dazu, sich zu zersetzen, und waren Teil der Ernährung der frühesten Bewohner des Leichnams. Aber Wolle, wie auch Haare – sie bestehen aus demselben Material – können bemerkenswert widerstandsfähig sein. Ich habe ein paar Stücke von einem Pullover, und Professor Bream hat ziemlich viele Haare –«

»Wenn es nur so wäre«, sagte Bream mürrisch und

wischte sich mit dem Ende seiner Krawatte die Augen. Es sollte ein Witz sein, aber alle waren zu müde, zu durchfroren und zu schlecht gelaunt, um auch nur ein Lächeln zu zeigen.

»Mit Perlen darin«, fuhr Gold fort, so entschlossen, dass er die Bemerkung des Pathologen gar nicht registriert hatte.

»Hat das Cameron-Mädchen ihr Haar so getragen?« Tennisons Frage war an alle Anwesenden gerichtet.

»Mir wurde gesagt, dass sie das manchmal tat«, meinte DI Muddyman.

Die Arme um die Knie geschlungen, rieb Tennison ihre behandschuhten Handflächen aneinander und spürte bereits, wie die kalte Nachtluft in ihre Finger und Zehen kroch. »Was denken Sie, wie alt sie war, Oscar?«

»Sie hat ihr Wachstum noch nicht ganz abgeschlossen, war also noch im Teenageralter, würde ich schätzen.«

»Was denken Sie, wie lange es dauert, bis eine Leiche so aussieht?«

»Das kann ich nicht sagen.« Die Andeutung eines müden Seufzers schwang in Breams Stimme mit. Immer war es dasselbe, die Mordkommission erwartete auf unmögliche Fragen augenblicklich Antworten. Sie waren immer nur dann zufrieden, wenn er sich die verwesenden Überreste einer Leiche betrachtete und ihnen deren Namen, Adresse und Versicherungsnummer nennen konnte.

Tennison war ein Terrier, der sich nicht so leicht abschütteln ließ. »Kommen Sie schon, Oscar. Mindestzeit?«

»Zwei Jahre? Aber legen Sie mich nicht darauf fest.«

»Es könnte also Simone sein …«

»Sehen Sie, Sie tun es schon!«

Tennison richtete sich auf und stampfte mit den Füßen, um den Kreislauf in Schwung zu bringen. Sie hätte wahrlich für eine Zigarette morden können, aber dies war nun die tatsächliche Probezeit, und sie war entschlossen, diese schlechte Angewohnheit abzulegen. Es hatte ihr gehörige Angst eingejagt, als ihr Konsum auf sechzig Zigaretten pro

Tag angestiegen war, und das Schreckgespenst des großen K hatte ihr den kalten Schweiß auf die Stirn getrieben. Jetzt oder nie, alles oder nichts. Sie unterdrückte das Verlangen und schaute sich nach ihren Officers Muddyman, Lillie und Jones um, deren große Gestalten sich im Schein der Bogenlampen abzeichneten.

»Wann wurden diese Gartenplatten verlegt?«

»Bevor die Viswandhas hierherkamen«, erklärte Jones ihr.

»Und wann war das?«

»Vor etwa achtzehn Monaten.«

»Wissen wir, von wem sie das Haus gekauft haben?«

»Mr Viswandha konnte mir nur den Namen eines Bauträgers nennen«, so Jones.

»Wurden diese Platten seither mal versetzt?«

DC Lillie schüttelte den Kopf. »Nicht laut den Arbeitern.«

Tennison starrte in den flachen Graben hinunter und versuchte, die zeitliche Abfolge in ihrem Kopf zu ordnen. »Also wurde sie hier abgelegt, noch bevor die Platten verlegt wurden, was bedeutet, dass unser Hauptverdächtiger derjenige sein muss, der hier lebte, als sie begraben wurde. Wir brauchen ein genaues Sterbedatum, Oscar.«

Bream starrte sie mit seinen Fischaugen an und rief Lillie zu: »Ist noch etwas von der Suppe übrig?«

»Oh – falls ja«, sagte Tennison, »können Sie Nola Cameron ein Schälchen bringen, wenn sie noch da draußen steht?« Sie schaute auf ihre Uhr. »Der Rest von Ihnen kann genauso gut nach Hause gehen und ein wenig schlafen. Ich werde versuchen, das Team morgen früh um zehn Uhr zu informieren.«

»Okay, Chef«, rief Muddyman und machte sich nicht die Mühe, seine aufrichtige Erleichterung zu verbergen. Wie er Tennison kannte, ihre obsessive Hartnäckigkeit bei jedem Fall, den sie übernahm, hatte er schon befürchtet, sie würde sie bis in die frühen Morgenstunden hier festhalten und dabei zusehen lassen, wie Bream & Co. den Rest von Simone Cameron ausgruben – falls sie es denn war. Die Frau schien kein Zuhause zu haben; überhaupt kein Privatleben, was das betraf.

Die Beamten zerstreuten sich und verließen den Ort durch das hintere Gartentor. Tennison blieb. Sie war froh darüber, denn wenige Augenblicke später machte Gold eine wichtige Entdeckung. Er winkte den Fotografen heran, damit der mehrere Nahaufnahmen der Handgelenke der Leiche machen konnte, hinter dem Rücken, unterhalb des Beckens.

Bream beugte sich vor und sprach leise in einen kleinen Taschenrecorder. »Hände auf dem Rücken zusammengebunden mit …«

Behutsam zog Gold etwas heraus und hielt es hoch.

»Einem Ledergürtel«, murmelte Bream.

Eine Bewegung schreckte Tennison auf, und als sie sich umdrehte, sah sie den kleinen Viswandha-Jungen auf der obersten Stufe stehen, völlig aufgeregt.

»Um Gottes willen … hat denn niemand daran gedacht, die Familie umzuquartieren?« Sie ging die Treppe hinauf und wies ihn an, ihr vorauszugehen. »Das alles ist bald wieder weg«, redete sie beruhigend auf ihn ein.

Er war kein bisschen ängstlich, nur neugierig. »Ist das ein echter Mensch?«

»Lass uns reingehen, du erkältest dich noch. Du solltest längst im Bett liegen.«

»Sie hätte tiefer vergraben werden müssen, nicht wahr?«, sagte er mit der unwiderlegbaren Logik eines Kindes. »Dann wäre sie nicht wieder aufgetaucht.«

Mrs Viswandha war auf dem Weg nach unten, sichtlich verstört, nachdem sie versucht hatte, ihre Tochter zu trösten. Sie drückte den Jungen an sich, schalt und umarmte ihn gleichzeitig.

»Haben Sie keinen Verwandten oder Freunde, zu denen Sie gehen können?«, erkundigte sich Tennison mitfühlend.

»Mein Mann will nicht von hier weg …« Sie war den Tränen nahe.

»Soll ich mit ihm reden?«

Die Frau fand zu einem schwachen Lächeln und nickte erleichtert. »Ich danke Ihnen.«

Tennison hatte gehofft, dass die Forensiker noch vor Tagesanbruch fertig werden, ihre Zelte abbrechen und sich im Schutz der Dunkelheit heimlich davonschleichen würden. Aber es sollte nicht sein. Im grauen Licht der Morgendämmerung stapften sie mit ebenso grauen, ausgemergelten Gesichtern die Gasse entlang, beladen mit einem Leichensack und mehreren großen Plastikbehältern. Als sie zwischen den hohen viktorianischen Häusern in die Honeyford Road einbogen, wo der dunkelblaue Polizeiwagen mit geöffneten Hecktüren geparkt war, stieß die jämmerliche Gestalt von Nola Cameron, zitternd und mit rotgeränderten Augen, einen schrillen Schrei aus und stolperte auf sie zu.

»Simone! Simone!«

Tennison stand bei ihrem Auto und beobachtete, wie der uniformierte Polizist, der am Eingangstor Dienst hatte, vortrat und ihr den Weg versperrte. Die kläglichen Schreie hallten durch die stille Straße – »Simone, *Simone*!« –, als der Leichensack in den Wagen gehievt wurde und die Türen zugeschlagen wurden.

Tennison fuhr davon und wandte ihren Blick vom Rückspiegel ab, von dem schrecklichen Schmerz der trauernden Mutter. Sollten sich wirklich Simone Camerons Überreste in dem Leichensack befinden, wusste sie eines mit Sicherheit. Die Hölle würde losbrechen.

Es blieb keine Zeit, in die Wohnung zurückzukehren. Sie fuhr direkt zur Southampton Row, denn sie ahnte, dass Mike Kernan auf glühenden Kohlen sitzen würde. Die Cafeteria öffnete erst um acht Uhr dreißig. Sie musste sich mit einem Styroporbecher ekelhaften Maschinenkaffees begnügen, um drei Paracetamol herunterzuspülen, in der Hoffnung, dass sie die dumpfen, pochenden Kopfschmerzen wenigstens für ein paar Stunden in Schach halten konnte. Es gehörte zum Job, auf Schlaf zu verzichten, aber sie war kein junger Hüpfer mehr und konnte das nicht mehr so gut verkraften wie früher.

Kernan saß an seinem Schreibtisch und war in eine blaue Rauchwolke gehüllt, die seinem Magengeschwür nicht guttun würde, dachte Tennison. Mit seinen trüben Augen und den eingefallenen Wangen erinnerte er sie an ein mürrisches Eichhörnchen mit einem Kater. Er fing sofort an, ihr von dem Treffen am selben Abend zu erzählen, das nicht zu einem schlechteren Zeitpunkt hätte stattfinden können. »Es wurde alles schon vor Wochen arrangiert. Ich gehe da mit dem Verbindungsoffizier für Öffentlichkeitsarbeit, einem Typen namens Patterson, hin. Ich kann jetzt keinen Rückzieher mehr machen, aber es wird ein Alptraum werden. Ich möchte, dass Sie mit dabei sind. Beginnt um acht.«

Kernan sog einen Lungenzug ein und schob ihr sein Päckchen zu.

»Nein danke.« Tennison schüttelte entschieden den Kopf. »Ich versuche, es aufzugeben.«

»Mein Gott«, murmelte Kernan geschockt. »Seit wann?«

»Fünf Tage, sechs Stunden und …«, Tennison starrte an die Decke, »ungefähr fünfzehn Minuten.«

Kernan war so beeindruckt, dass er seine Zigarette ausdrückte und sofort eine neue anzündete. »Bei dem Treffen sollte es eigentlich um bürgernahe Polizeiarbeit gehen, aber bei dem, was gerade passiert, werden wir wegen der Sache mit Familie Cameron sicher mit dem Kopf voran durch die

Scheiße gezogen.« Seine schweren Brauen zogen sich zusammen. »Und Phelps kommt heute Abend auch noch, und er wird die Medien im Schlepptau haben. Dieser Mann riecht einen Wahlsieg aus fünfzig Meilen Entfernung.«

»Machen wir uns nichts vor, Chef – Nola zieht vielleicht voreilige Schlüsse, aber wir können nicht behaupten, dass wir ihre Familie gut behandelt haben, nicht wahr? Nicht, wenn es sich herausstellt, dass Derrick etwas angehängt wurde.«

»Ja, nun …« Kernan fühlte sich bei diesem Thema unwohl. »Konzentrieren wir uns auf das unmittelbare Problem. Handelt es sich um das Cameron-Mädchen oder nicht?«

»Ich weiß es nicht. Und von Oscar Bream werde ich frühestens morgen etwas erfahren.«

Das Telefon klingelte, und Kernan nahm den Hörer ab. Seine Sekretärin informierte ihn, dass Commander Trayner in der Leitung war. »Gut, ich warte.« Er sah Tennison durch die Rauchschwaden hindurch an. »Wenn wir das eine oder andere vor dem Treffen heute Abend wüssten, hätten wir einen sehr viel besseren Stand.«

Tennison nickte. »Ich werde sehen, ob die Jungs von der Spurensicherung etwas Licht ins Dunkel bringen können. Und ich will, dass der Rest des Gartens umgegraben wird, falls es weitere Leichen gibt …«

»Mein Gott, was wollen Sie?«, knurrte Kernan entsetzt. »Noch einen Nilsen?« Er versteifte sich leicht, als sich der Commander meldete. »Sir?« Er hörte zu, nickte und starrte mit hängenden Augen auf die Schreibtischunterlage.

»Das ist richtig. Ich dachte, sie wäre die beste Person für diese Aufgabe. Es erfordert Fingerspitzengefühl und … nun ja, ich bin sicher, sie wird damit zurechtkommen.«

Tennison verzog den Mund und lächelte ein wenig reumütig. Die frauenfeindlichen Vorurteile in der Polizei erstreckten sich von den unteren Dienstgraden bis hinauf in die oberen Ränge. Eine weibliche Kommissarin, die eine

Mordermittlung leitete, war immer noch nicht die Regel, auch wenn es offiziell hieß, es gebe keine sexuelle Diskriminierung; jeder steige durch Leistung, Erfahrung und harte Arbeit auf. Was einfach nur Blödsinn war.

»Das werde ich. Auf Wiederhören, Sir.« Nachdenklich legte Kernan auf. Er nahm einen langen Zug, ließ den Rauch aus seinen Nasenflügeln aufsteigen und starrte mit trüben Augen über den Schreibtisch. »Woher zum Teufel weiß der Commander jetzt schon, was in Ihrem Seminar passiert ist?«

Tennison wurde ganz still. »Wie meinen Sie das?«

»Na, dass ich Sie zurückbeordert habe, um diese Untersuchung zu leiten?«

Sie atmete aus. Für einen unangenehmen Moment hatte sie die schreckliche Ahnung gehabt, ihre Tändelei im Hotelzimmer hätte sich wie ein Lauffeuer verbreitet, mit reichlich Gekicher und schmutzigen Witzen in den Umkleideräumen … *Hey, habt ihr schon das Neueste gehört – diese Schlampe Tennison mag ihre Männer groß, grob und schwarz!*

»Dazu hätte ich Ihnen einen Tipp«, sagte sie zu Kernan. »So ganz im Vertrauen.«

»Thorndike? War er im selben Hotel?«

»Ich würde darauf wetten, dass er es war«, sagte Tennison, stand auf und strich ihren Rock glatt.

»Dann sollten Sie besser sicherstellen, dass Sie meine Entscheidung rechtfertigen«, sagte Kernan, und er scherzte nicht.

»Ich werde mein Bestes tun, Sir«, erwiderte sie knapp und verließ den Raum.

Das kalte Wasser fühlte sich gut an. Tennison lehnte sich über das Waschbecken in der Umkleidekabine und spritzte sich noch ein paar Handvoll ins Gesicht, dann trocknete sie sich ab und warf einen kritischen Blick in den Spiegel. Oh Gott! Die Kreatur aus der Schwarzen Lagune. Es schien mittlerweile eine Welt entfernt, obwohl es weniger als zwölf Stunden her war, dass sie in Bob Oswaldes Armen im

Hotelzimmer gelegen und Chateauneuf-du-Pape getrunken hatte.

Zwei Sekretärinnen kamen herein und unterhielten sich, doch Tennison schien das nicht zu bemerken, denn sie war damit beschäftigt, die Folgen einer schlaflosen Nacht auszubessern, ihr Haar gründlich zu bürsten und frisches Make-up aufzutragen. Normalerweise ging sie im Dienst sparsam mit Parfüm um, aber heute Morgen gab sie eine zusätzliche Sprühladung auf die Handgelenke und die Ohren, um sich aufzupeppen. Dann schlüpfte sie in ihre maßgeschneiderte Jacke und straffte ihre Schultern, um für den Kampf bereit zu sein.

Im Einsatzraum waberten Rauchschwaden, die Teammitglieder lungerten überall herum und tranken Kaffee, schlossen Wetten über die Identität der Knochensammlung ab, die im Garten in der Honeyford Road entdeckt worden war.

»Fiver meint, es ist Simone …«

»Du bist dran!«

»Was bietest du?«

»Ich führe mal Buch.«

»Oh je!«, murrte DC Lillie mit finsterem Blick. »Beim letzten Mal habe ich fünfundsiebzig Pfund verloren …«

Tennison kam herein und rief Muddyman zu, während sie zügig zum Schreibtisch vor der langen weißen Tafel schritt, die eine ganze Wand einnahm. »Tony, wir brauchen einen Namen. Welchen Anfangsbuchstaben wollen wir?«

»Ich denke, ein N, Chef.«

»Dann suchen Sie mal den ersten Namen mit einem N für uns raus, Tony.« Sie stellte sich an den Schreibtisch und wartete einen oder zwei Augenblicke, bis das Geplapper verstummt war. Als völlige Stille herrschte, begann Tennison.

»Wie einige von Ihnen wissen, haben Arbeiter, die im

Garten Honeyford Road Nummer fünfzehn Grabungen durchgeführt haben, skelettierte menschliche Überreste freigelegt. Die Arme waren hinter dem Rücken gefesselt und der Körper in Folie eingewickelt. Es handelt sich also um einen verdächtigen Todesfall.«

Tennison zeigte auf die Fotos der Leiche, die über Nacht bearbeitet und von DC Jones an die Tafel geheftet worden waren.

»Diejenigen von Ihnen, die dort vor Ort waren, wissen, dass es viele Spekulationen gibt, es könnte sich um die Leiche eines Mädchens aus der Gegend handeln, das vor zwei Jahren als vermisst gemeldet wurde – Simone Cameron. Ihre Mutter Nola, die immer noch ein paar Häuser von Nummer fünfzehn entfernt wohnt, ist fest davon überzeugt, dass es sich um Simone handelt. Wir werden die Jungs von der Gerichtsmedizin und den Pathologen bitten, uns so schnell wie möglich eine Antwort darauf zu geben.«

Tennison hielt inne und ließ ihren Blick über die versammelten Officers schweifen, die allesamt sehr aufmerksam waren.

»In der Zwischenzeit müssen wir Nola Camerons Befürchtungen ernst nehmen. Bedauerlicherweise steht die Familie Cameron seit einigen Jahren im Mittelpunkt der Aufmerksamkeit in dieser Gegend. Der älteste Sohn, Derrick, wurde beschuldigt, einen weißen Jugendlichen erstochen zu haben. Er wurde aufgrund eines Geständnisses, das er hier in diesem Präsidium ablegte, ins Gefängnis geschickt. Mittlerweile gibt es Zweifel an der Sicherheit dieser Verurteilung.«

Finstere Blicke wurden zwischen den Männern ausgetauscht. Tennison erhob ihre Stimme, um das grollende Gemurmel zu übertönen.

»Eine von Jonathan Phelps, dem Labour-Kandidaten bei den Nachwahlen, geführte Kampagne, die darauf abzielt, Derricks Fall vor das Berufungsgericht zu bringen, erhält viel Unterstützung von allen möglichen Leuten. Es gibt also viel

Wut, Verbitterung und Ressentiments gegen die Polizei. Es sieht so aus, als könnten wir die derzeitigen Besitzer von Nummer fünfzehn als Verdächtige ausschließen, also ist unsere erste Priorität, alle ehemaligen Bewohner des Hauses ausfindig zu machen. Wir sollten sofort damit loslegen und schauen, welche Informationen wir sammeln können.«

Alle setzten sich in Bewegung. DI Burkin stand auf und schaute sich um, mit einem Grinsen in seinem attraktiven, leicht ramponierten Gesicht – das Ergebnis mehrerer Kämpfe im Boxring, die ihn zum derzeitigen Inhaber des South-Thames-Metropolitan-Titels machten. »Dann haltet mal eure Pässe bereit, Jungs, es geht nach Indien …«

»Frank, Sie wissen, dass das nicht in Ordnung ist«, schnauzte Tennison und wischte damit das Grinsen aus seinem Gesicht. »Haben Sie überhaupt zugehört, was ich gesagt habe?«

Stille trat ein. Tennison ließ ihren Blick durch den Raum schweifen, ihr Gesicht war steinern. »Ich will nicht, dass die Camerons – und damit meine ich Tanten, Onkel, alle – überhaupt befragt werden. Was die anderen Anwohner betrifft, so bedenken Sie Folgendes: Wenn wir da reingehen und mit Aggressionen rechnen, wenn wir anfangen, die Leute unter Druck zu setzen, dann werden wir genau das zurückbekommen. Es ist also ganz einfach.« Sie kam um den Schreibtisch herum, hob eine Augenbraue und milderte ihren Tonfall, um ihrer Mahnung die Schärfe zu nehmen. »Sie wissen doch alle, wie sie Ihren Charme spielen lassen können, oder? Ich möchte eine Liste mit allen ehemaligen Bewohnern der Honeyford Road innerhalb der letzten zehn Jahre.«

Stöhnen und gemurmelte Flüche. Diese Art der Nachverfolgung bedeutete tagelange vergebliche Laufarbeit, endlose Stunden auf der Straße, Klopfen an Türen, leere Blicke und Kopfschütteln. Kurz gesagt, viel harte Arbeit für wenig Lohn.

»Ich habe DS Haskons gebeten, die Leitung in der Zentrale zu übernehmen.« Tennison blickte zu Muddyman, der in einem abgegriffenen Exemplar eines Adressbuches blätterte. »Tony – ein Name für diese Operation.«

»Der erste mit N ist die Nadine Street, Chef.«

»Sehr schön. Dann ist dies also die Operation Nadine.«

Jemand schnippte mit den Fingern und begann eine alte Buddy-Holly-Nummer zu singen: »*Nadine, Honey, Is That You?*«

Und die anderen stimmten in den Refrain ein.

Schon auf halbem Weg zur Tür rief Tennison: »Gut, gehen wir … Jonesy!«

Während das Team mit den Hausbesuchen begann, ging Tennison mit DC Jones im Schlepptau zwei Stockwerke hinunter zu den kriminaltechnischen Labors, die sich in einem Nebengebäude auf der Rückseite des Präsidiums befanden. Zwei weiß gekleidete Techniker schöpften den Schlamm aus den Plastikbehältern, mischten ihn mit Wasser zu einer dünnen Suppe und siebten diese. Die dabei anfallenden Fragmente, selbst die kleinsten, wurden auf weiße Löschblätter gelegt, damit Gold sie später untersuchen konnte.

Gold sah ein wenig blass und erschöpft aus, aber sein Enthusiasmus war ungebrochen, ebenso wie sein Fleiß. Er hatte die verschiedenen Kleidungsstücke und Gegenstände, die bei der Leiche gefunden worden waren, einzeln in flachen Schalen auf dem Tisch aufgereiht. Er beschrieb Tennison seine Fundstücke, während Jones sich Notizen machte.

»Ich werde das ganze Zeug so schnell wie möglich für Sie einpacken, wenn Sie wollen, dass Mrs Cameron es sich ansieht.« Gold hob mit einer gummiüberzogenen Hand etwas gewebten Stoff auf. »Die Reste des Pullovers – hübsche Farbe, finden Sie nicht auch?« Er ging weiter. »BH, Hose, Etiketten, ein paar Nieten von ihrer Levi's, Adidas-Turnschuhe und so weiter. Nicht sehr aufschlussreich, fürchte ich ...«

Einer seiner Assistenten kam heran und hielt ein winziges Fragment in einer Pinzette aus rostfreiem Stahl. Gold kniff die Augen zusammen. »Sieht aus wie ein Stück Schädel. Geben Sie das zu Oscar Bream rüber.«

Er winkte Tennison zu einer anderen Bank. Hier lag auf separaten Löschblättern eine Reihe kleinerer, matter Gegenstände. Für Tennison sahen sie nicht besonders wertvoll aus, doch Gold schien damit recht zufrieden zu sein. »Aber wir haben mehrere Münzen gefunden! Die neuste davon ist von 1986.«

Tennison sah ihn stirnrunzelnd an. »Und?«

»Haben Sie etwas Kleingeld in Ihrer Tasche?«

Jones fischte eine Handvoll hervor, und Gold pickte sich ein Fünf-Pence-Stück heraus, das er mit der Geste eines Zauberkünstlers in die Höhe hielt. »Da. 1991. Was beweist, dass Sie mindestens bis zu diesem Jahr über der Erde herumgelaufen sind.«

»Gott sei Dank«, murmelte Jones und verzog hinter dem Rücken des jungen Wissenschaftlers das Gesicht zu Tennisons Amüsement.

Gold hielt ein schäbiges Stück aufgewickeltes Leder hoch, das mit grünem Schimmel überzogen war. Offensichtlich das Sahnehäubchen, so wie er strahlte. »Das vielleicht vielversprechendste Stück bisher – der Gürtel, mit dem ihre Hände hinter dem Rücken gefesselt waren. Die Schnalle ist unverwechselbar.«

Unverwechselbar, dachte Tennison, aber gar nicht so selten, denn sie hatte das Motiv schon einmal gesehen: ein Häuptling eines Stammes nordamerikanischer Ureinwohner mit reichlich gefiedertem Kopfschmuck im Profil, gegossen aus silbernem Metall, das jetzt stumpf und brüchig war.

»Könnte ihr gehört haben, nehme ich an«, mutmaßte Gold.

Tennison nickte langsam und zupfte an ihrem Ohrläppchen.

»Oder dem Mörder«, sagte sie.

ALS SICH DIE HAUSTÜR ÖFFNETE, setzte Ken Lillie sein schönstes Lächeln auf und zeigte der schwarzen Frau mittleren Alters in einer geblümten Schürze und flauschigen rosa Hausschuhen seinen Ausweis. »Guten Morgen, Madam. DC Lillie, örtliche Kripo. Wir untersuchen einen verdächtigen Todesfall in der –«

Er riss den Kopf herum, ein Höllenlärm lenkte ihn ab, der zwei Türen entfernt seinen Ursprung nahm. Er hörte die Stimme eines Mannes schreien, und dann die einer Frau, die sich die Seele aus dem Leib kreischte.

»Entschuldigen Sie …«, murmelte Lillie und eilte den Weg hinunter. Er sah, wie Frank Burkin einen schwarzen Teenager durch ein Gartentor auf die Straße zerrte. Hinter den beiden schlug eine Frau mit einem bunt gemusterten Kopftuch – die Mutter des Jungen, wie Lillie vermutete – mit den Fäusten auf Burkins breiten Rücken ein und schrie ihn an, er solle den Jungen in Ruhe lassen.

Die Leute aus den Nachbarhäusern kamen auf die Straße gerannt, brüllten und reckten ihre Fäuste in die Höhe, als Burkin den schwarzen Jungen auf den Rücksitz des Ford Sierra zerrte. Lillie stürmte heran und winkte mit beiden Händen, um zu beschwichtigen, was sich bereits zu einem hässlichen Mob entwickelt hatte. Als er den Ort des Geschehens erreicht hatte, schlugen die Türen des Sierra zu, und der Wagen raste mit quietschenden Reifen davon, sodass Lillie sich einem Meer von wütenden schwarzen Gesichtern und der verzweifelten Mutter gegenübersah, der die Tränen über die Wangen liefen.

Tennison schickte DC Jones los, um ihr einen anständigen Kaffee zu besorgen, statt des Gesöffs aus dem Automaten, und kehrte in die Einsatzzentrale zurück, um Haskons beim Zusammentragen der Informationen zu helfen, welche auch immer hereinkommen würden. Sie litt akut unter den Symptomen des Nikotinentzugs und versuchte verzweifelt, sich zu konzentrieren, während sie das sehnsüchtige Jucken in ihrer Kehle ignorierte.

»Was haben wir über den Bauträger?«, fragte sie und beugte sich über Haskons' Schulter.

»Ist inzwischen bankrott und von der Bildfläche verschwunden, Chef.«

Mike Kernan stieß die Schwingtür auf und steckte seinen Kopf herein. »Jane. Auf ein Wort.«

Tennison blickte sich um. »Ich bin in einer Minute da.«

»In mein Büro«, bellte Kernan. »Jetzt.«

Tennison tauschte einen Blick mit Haskons aus, strich ihre Jacke zurecht und ging durch die Tür, die sie beim zweiten Schwung auffing. Haskons' unheilschwangere Stimme schwebte hinter ihr her. »Kernan, der Barbar …«

Mit der Zigarette in der Hand ging der Super in seinem Büro auf und ab, die Schultern gekrümmt, aufziehende Gewitterwolken über ihm. Er sagte: »Burkin hat gerade einen jungen Schwarzen wegen Drogenbesitzes verhaftet.«

Tennison lehnte sich mit geschlossenen Augen gegen die Tür. »Oh Gott.«

Kernan stieß die Luft aus. »Er ist für die Haustürbefragungen eingeteilt, es riecht nach Gras, und er stürmt hinein. Zieht den Jungen am Genick heraus.«

»Ich fasse es nicht …«

»Jetzt werden Ziegelsteine in den Garten von Nummer fünfzehn geworfen, und es gibt einen Menschenauflauf, der sich über die Verletzung bürgerlicher Freiheitsrechte und Polizeischikane beklagt.« Er trat gegen seinen Schreibtisch.

»Und dazu noch diese verdammte Veranstaltung heute Abend – ich kann es einfach nicht glauben!«

»Soll ich Burkin von den Ermittlungen ausschließen?«, fragte Tennison leise. Sie wusste nicht, was sie sonst vorschlagen sollte.

Kernan schüttelte den Kopf und warf ihr einen Seitenblick zu. »Das können wir leider nicht, Jane.« Er nahm einen Zug. »Ich stehe kurz vor einer Beförderung.«

Eine kurze Pause entstand, als die Botschaft durchdrang. »Eine Beförderung?«

»Zum Chief Super.« Kernan räusperte sich. Er hatte dies bis jetzt unter Verschluss gehalten, nicht vorgehabt, es jemandem zu erzählen, schon gar nicht DCI Jane Tennison. »Im Moment kann ich es mir nicht leisten, meine schmutzige Wäsche in der Öffentlichkeit zu waschen«, fuhr er fort, ein wenig erbärmlich, wie sie fand. »Das Gespräch wird ein Alptraum werden, wenn das so weitergeht.«

Tennison ließ einen Moment verstreichen. Dieser gerissene Bastard hätte kein Wort gesagt, wenn der Schlamassel mit Burkin nicht passiert wäre. Sie trat vor und sagte mit ruhiger, beherrschter Stimme: »Ich hoffe, Sie werden mich für Ihren Posten vorschlagen.«

»Das hoffen Sie?«, entgegnete Kernan düster und blickte sie unter seinen Augenbrauen an. »Nun, nehmen Sie nicht zu viel als selbstverständlich hin.« Er gestikulierte noch einmal mit dem Finger, als wollte er ein Loch in verzinkten Stahl bohren. »Jetzt sorgen Sie dafür, dass dieser Junge verwarnt und freigelassen wird, und zerreißen Sie den verdammten Burkin zu Klopapier!«

Tennison schäumte und versuchte gleichzeitig, es nicht zu zeigen. Sie marschierte direkt in ihr Büro und sagte ihrer Sekretärin, WPC Havers, dass DI Burkin sich *sofort* bei ihr melden solle. Sie war sich nicht sicher, auf wen sie wütender war – auf Burkin, weil er die örtliche Gemeinde angefeindet und versucht hatte, die Mordermittlung zu behindern, bevor sie überhaupt richtig in Gang gekommen war, oder auf Mike Kernan und seine undurchsichtigen Pläne, die Karriereleiter hochzusteigen, ohne sie zu informieren. Das war so typisch, und sie hatte die Nase voll davon! Als ranghöchster AMIT-Officer unter seinem Kommando war sie natürlich die Nächste in der Reihe, wenn es um seine aktuelle Position ging, und außerdem hatte sie es verdient. Sie hatte ihre Schuldigkeit getan: achtzehn Monate beim *Reading Rape Centre*, fünf Jahre bei der *Flying Squad*, und als Krönung hatte sie den Fall des Serienmörders Marlow geknackt, während der Rest des Teams kopflos herumgeirrt war. Sie war sich verdammt sicher, wenn Kernans ranghöchster Officer ein Mann gewesen wäre, hätte Kernan ihn zum Star gemacht, ihn mitgenommen und sogar ein gutes Wort für ihn beim ›Board‹ eingelegt, dem Gremium hochrangiger Metropolitan-Beamter, die über diese Angelegenheiten entschieden. Aber natürlich war sie eine dumme, schwache Frau mit einem halben Hirn, die einmal im Monat wegen PMS hysterisch wurde und außerdem eine ernste Bedrohung für das Macho-Image darstellte, das selbst heute noch bei der Polizei gepflegt wurde. Gott, ihr war zum Weinen zumute, aber sie wollte nicht und tat es auch nicht.

Sie war also in bester Stimmung für Burkin, als er auftauchte, und sie stand ihm gegenüber, obwohl er gute dreißig Zentimeter größer war und seine Schlägerfratze keine Spur von Zweifel oder Reue zeigte.

»Schauen Sie, er war unverschämt, Chef. Hat mir fast den Rauch ins Gesicht geblasen, als wollte er sagen: ›Los, nimm mich fest.‹«

»Das ist nicht der Punkt. Im Moment, mit dem Fall Cameron –«

Burkin unterbrach sie unsanft: »Derrick Cameron ist ein Krimineller, und er verdient es, inhaftiert zu werden.«

»Frank …«, sagte Tennison, um ihre Fassung zu bewahren, aber Burkin drängte weiter, so gefestigt in seinen Überzeugungen wie schnell trocknender Beton.

»Wir mussten ihn ein bisschen unter Druck setzen, um ein Geständnis zu kriegen – na und?«

Tennison ging hoch. »Na und? Unser Ruf geht mal wieder den Bach runter! Na und?«

»Welcher Ruf denn?« Burkins Mund verzog sich vor bissigem Hohn. »Die hassen uns, verdammt. Nun – ich sag Ihnen was, ich bin nicht so scharf auf die. Was mich betrifft, ist einer weniger auf der Straße kein Verlust.«

»Sie machen sich lächerlich, Frank.«

»Hören Sie«, entgegnete Burkin gelassen, »wenn die nicht Teil unseres Landes sein wollen, sollten sie nach Hause gehen.«

Tennison starrte ihn an, ihre Augen waren eisig. »Das reicht, Frank. Halten Sie einfach die Klappe.«

Burkins Mund verengte sich. Er bewegte sich dicht am Abgrund, und er wusste es. Es kotzte ihn an, dass er hier stehen musste, wie ein Kind im Büro des Schuldirektors, und sich diesen ganzen Mist von einer Schlampe mit einer vertrockneten Ritze gefallen lassen musste. Wenn er nur den Hauch einer Chance bekäme, würde er sie bald zurechtweisen, ihr das geben, was ihr fehlte, ihr diesen selbstgefälligen Ausdruck aus dem Gesicht wischen. Er würde aus ihr eine richtige Frau machen, statt dieser Miss-Prim-Little-Bossy-Boots-Nummer, die sie aufführte. Unter der Oberfläche war sie wie alle anderen. Ein guter, richtiger Fick von einem echten Mann würde sie wieder in Ordnung bringen.

»Wenn ich noch einmal einen solchen Ausbruch von Ihnen höre, wird das ein Disziplinarverfahren nach sich ziehen.«

»Ja, dann sollten Sie mich vielleicht von dem Fall abziehen«, sagte Burkin und schaute an ihr vorbei zur gegenüberliegenden Wand.

»Sie werden dann aber nicht von dem Fall abgezogen, Frank, sondern vom Dienst.« Tennisons Stimme war tödlich. »Wenn Sie der Auffassung sind, es ist in Ordnung, jemandem eine Falle zu stellen, weil er schwarz ist, dann sollten Sie kein Polizist sein. So einfach ist das.«

Die Gegensprechanlage summte. Tennison drückte auf den Knopf, und Maureen Havers verkündete, dass Nola Cameron am Empfang sei und auf sie warte. Tennison sagte, sie käme gleich, drehte sich wieder zu Burkin um und schüttelte den Kopf.

»Mein Gott, das ist eine Mordermittlung, Frank. Ein junges Mädchen wurde im Hinterhof vergraben, wie die Familienkatze. Ihr Schädel wurde zertrümmert. Was macht es da für einen Unterschied, welche Hautfarbe sie hatte?« Mit ruhiger Endgültigkeit fügte sie hinzu: »Ich will, dass der Junge verwarnt und freigelassen wird, und dann gehen Sie zurück an die Arbeit.«

Ohne ein Wort zu sagen, drehte sich Burkin um und verließ das Büro.

KAPITEL DREI

Nola Cameron bot einen erbärmlichen Anblick, sie trug immer noch die geflochtene Mütze und den unförmigen Mantel vom Vorabend. Tennison begleitete sie in den Befragungsraum und hielt sie am Arm. »Hier entlang, Nola, meine Liebe …«

Die Kleidung und andere Gegenstände waren auf einem Tisch ausgelegt worden; mit Schlamm befleckt und teilweise verrottet, waren sie traurige Erinnerungen an ein junges Leben, das brutal beendet worden war, bevor es Zeit hatte, zur Frau zu werden.

Sanft sagte Tennison: »Also, Nola, ich möchte, dass Sie sich diese Dinge anschauen und mir sagen, ob Sie eines davon als Simones Eigentum erkennen.«

Sie behielt das Gesicht der Frau im Blick, beobachtete sie genau, als Nola Cameron den Pullover berührte und dann die anderen Kleidungsstücke anfasste. Fast augenblicklich nickte sie, ein gequälter Ausdruck legte sich auf ihre Züge.

»Ja.« Sie schluckte schwer. »Das sind ihre Sachen.«

»Nola, bitte, schauen Sie genau hin, lassen Sie sich Zeit.«

»Das sind alles ihre Sachen«, beharrte Nola Cameron, nickte erneut und blinzelte unter Tränen.

»Wir haben diesen Gürtel gefunden; er war mit ihr

begraben.« Tennison zeigte ihr die große silberne Schnalle in der Form des Häuptlingskopfes. »Erkennen Sie ihn?«

»Ja, ja«, sagte Nola Cameron, schaute kaum hin. »Das ist ihr Gürtel. Sie hat diesen Gürtel immer getragen.«

»Ich verstehe.« Tennison nahm rasch ihre Armbanduhr ab und legte sie neben die Adidas-Turnschuhe. »Und was ist mit dieser Uhr?«

»Das ist ihre.« Nola Cameron schluchzte, senkte den Kopf und wiegte sich hin und her. »Ich habe ihr diese Uhr gekauft.«

Tennison legte ihren Arm um die zitternden Schultern. »Nola, möchten Sie eine Tasse Tee? Wollen Sie sich setzen?«

»Nein, danke.«

Tennison führte sie zur Tür. »Die Experten werden uns bald viel mehr Informationen geben können. Ihr Zahnarzt hat Simones medizinische Befunde zur Verfügung gestellt, und wir können diese mit denen des Mädchens vergleichen, das wir gefunden haben. Das wird uns endgültige Gewissheit verschaffen.« Sie zögerte. »Und bis dahin sind diese Dinge alles, was wir haben. Sind Sie sicher, dass Sie sie erkennen?«

»Oh, ja«, flüsterte Nola Cameron. »Ja.«

»Ich verstehe, alles klar. Nun, vielen Dank.«

Nachdenklich beobachtete Tennison, wie die gebeugte Gestalt durch den Empfangsbereich schlurfte. Mit einem Seufzer hob sie ihre Uhr auf, legte sie wieder an und kehrte in die Einsatzzentrale zurück.

DC Jones stand an der Tafel. Während die meisten Kollegen des Innendienstes nur in Hemden arbeiteten, war Jones stolz darauf, sein gepflegtes Äußeres zu wahren: Er trug ein Jackett, hatte die Krawatte ordentlich geknotet und sah mit seiner Brille auf der Nase aus wie ein seriöser Versicherungsvertreter, der gerade ein Verkaufsgespräch führen wollte. Er hielt ein Bündel maschinengeschriebener Blätter hoch und beanspruchte die Aufmerksamkeit aller Anwesenden.

»Der Bericht von Gold, Chef. Er meint, dass Nadine von Maden befallen war. Und zwar von Schmeißfliegen.«

»Das heißt?«

»Schmeißfliegen legen ihre Eier nicht unter der Erde ab.«

Mit verschränkten Armen studierte Tennison die Hochglanzfotos im Format zehn zu acht, die an die Tafel geheftet waren, die gesamte grausige Sequenz, wie die Leiche exhumiert wurde.

»Das bedeutet also, dass sie noch eine Zeitlang über der Erde war, bevor sie begraben wurde?«

Jones nickte eifrig. »Wenigstens ein paar Stunden. Außerdem muss sie im Sommer getötet worden sein, denn nur dann sind die Schmeißfliegen aktiv.«

»Und Simone wurde im Februar vermisst gemeldet.« Tennison ließ sich auf einen Stuhl sinken, rieb sich die Augen und fühlte sich plötzlich sehr müde. »Das bedeutet, dass ich auch nicht viel schlauer zu der heutigen Veranstaltung gehe.«

Das Gemeindezentrum war bis auf den letzten Platz gefüllt. Der Andrang wäre ohnehin groß gewesen, aber da der Fall Derrick Cameron wieder in den Schlagzeilen und nun auch noch die Leiche in der Honeyford Road gefunden worden war, waren die überwiegend schwarzen Anwohner in Scharen erschienen. Die öffentliche Polizeiarbeit war schon immer ein umstrittenes Thema gewesen, und hier bot sich ihnen die einmalige Gelegenheit, ihren Unmut zu äußern und die leitenden Polizeibeamten in die Mangel zu nehmen. Tennison und Kernan trafen gemeinsam ein und wurden von Don Patterson empfangen, der die Versammlung leiten sollte, einem jungen Mann mit karibischen Wurzeln, der lässig in T-Shirt, Jeans und Ledersandalen gekleidet war. Er führte sie durch die Menschenmenge, die sich um den Eingang drängte, vorbei an den Fernsehteams und den Reportern, die darauf warteten, dass Jonathan Phelps eine Erklärung abgab. Phelps, teils karibischer, teils asiatischer Abstammung, war ein großer, kahlköpfiger, gut gekleideter Mann, der auf eine strenge Art ziemlich gut aussah, sehr intelligent war und eine starke Ausstrahlung besaß. Er war an der *London School of Economics* ausgebildet worden, an der er jetzt selbst lehrte, und als Kandidat der Labour-Partei für die bevorstehenden Nachwahlen aufgestellt worden. Die Veranstaltung heute Abend war für ihn ein Geschenk auf dem Silbertablett, und er nutzte die Medienpräsenz, um seine politischen Ambitionen zu verfolgen.

Tennison konnte ihn in der Menge der Journalisten und Fotografen nicht richtig sehen, aber sie konnte ihn gut hören: die feste, klangvolle Stimme, den prägnanten Vortrag, das Selbstvertrauen in jedem Satz.

»Mein Anliegen ist, dass Derrick Camerons Fall vor das Berufungsgericht kommt – und dass jemand, der sechs Jahre lang zu Unrecht inhaftiert war, freigelassen wird. Mit dem *Police and Criminal Evidence Act* wurden strengere Sicherheitsvorkehrungen für die Vernehmung von Verdächtigen eingeführt, aber das half Derrick Cameron auch nicht viel, der wie eine wachsende Zahl von Personen« – hier eine Pause zur Betonung, während seine Stimme einen trockenen, spöttischen Ton annahm – »offenbar schon im Auto auf dem Weg zur Wache ein Geständnis ablegen wollte.«

Die Medien stürzten sich darauf. Im Vorbeigehen tauschten Tennison und Kernan düstere Blicke aus. Dies würde genauso schlimm – vielleicht sogar schlimmer – werden, wie sie befürchtet hatten. Phelps hatte mit seiner Eröffnungsrede den Ton und die Tagesordnung des Abends vorgegeben, und jede Hoffnung auf eine kühle, vernünftige Diskussion war zum Fenster hinausgeflogen. Und genauso kam es auch. Kernan, der mit Phelps, Patterson und Tennison neben sich auf dem Podium saß, kämpfte von Anfang an auf verlorenem Posten und hatte alle Mühe, sich über die lautstarke, überfüllte Halle hinweg Gehör zu verschaffen, da er ständig mitten im Satz von Leuten unterbrochen wurde, die aufsprangen, nicht so sehr um Fragen zu stellen, sondern um Beschimpfungen auszustoßen.

Das Fernsehteam hatte sich im hinteren Teil des Saals postiert, die Fotografen hockten im Mittelgang und machten schöne Nahaufnahmen von Kernans zunehmender Frustration und schwenkten dann nach hinten, um die wütenden Reaktionen der Menge zu dokumentieren.

»Wenn das ein Sperrgebiet bedeutet«, sagte Kernan mit erhobenen Handflächen, »wenn das ein Sperrgebiet bedeutet …«

»Mit Verlaub«, mischte sich Phelps ein.

»… Ich kann keine solchen Zusicherungen machen. Ich bin nicht in der Lage …« Kernan versuchte es noch einmal beherzt und wurde fast von dem Lärm aus den Zuschauerreihen übertönt. »Ich bin nicht in der Lage, solche Zusicherungen zu machen.«

»Die Idee ist nicht, Sperrgebiete zu schaffen«, sagte Phelps und wandte sich damit direkt an das Publikum und die Kameras. »Das Gegenteil ist der Fall. Wir haben von Ihrem Community Liaison Officer gehört – der natürlich ein weißer Polizeibeamter ist …«

Kernan war verärgert. »Das ist gewiss eine rassistische Bemerkung.«

Phelps ignorierte ihn und fuhr ungerührt und gnadenlos fort. »Ich habe von sensibler Polizeiarbeit gehört, der so genannten bürgernahen Polizeiarbeit. Doch wieder einmal werden die Menschen vor Ort als Bürger zweiter Klasse behandelt.«

Der Jubel war groß, die Fäuste wurden geschwungen, die aufgestaute Feindseligkeit und Wut der schwarzen Menge war so stark wie ein unsichtbares, aber tödliches Nervengas.

Es war offensichtlich, worauf Phelps anspielte, und zum ersten Mal meldete sich Tennison zu Wort, entschlossen, ihren Senf dazuzugeben, bevor Phelps die Sitzung in eine Ein-Mann-Wahlwerbung verwandelte. »Wenn Sie von der Ermittlung sprechen, die ich leite …«

»Das tue ich!«

»Dann kann ich Ihnen versichern, dass sie in einer …«

»In einer feindseligen und einschüchternden Art und Weise geführt wird – genau.« Phelps nickte und lächelte fast, glücklich darüber, einen Treffer gelandet zu haben, ein weiterer Punkt. »Es kam zu gewaltsamen Verhaftungen durch Ihre Beamten … obwohl natürlich keine Anklage erhoben wurde.«

Es wäre so einfach, zu einfach, sich mit Phelps zu streiten, aber das wäre katastrophal gewesen. Er hatte alle Trümpfe in der Hand. Das Beste, was sie tun konnte, war, ruhig zu bleiben, die Fakten so gut wie möglich darzulegen und darauf zu vertrauen, dass es genug vernünftige Menschen gab, die ihr eine faire Chance einräumten.

»Einer meiner Officer hat eine Aktion verursacht, die sich im Nachhinein als übereilt herausstellte.« Der Saal brach in einen Sturm von Hohngelächter und Buhrufen aus. Tennison wartete, bis sich das Getöse gelegt hatte.

»Schauen Sie – das Entscheidende ist doch, dass wir einen Mörder haben, der seit sechs Jahren frei herumläuft. Wir müssen diese Person finden. Dazu brauchen wir die Unterstützung und Mitarbeit dieser Gemeinde. Zwei meiner Kollegen und ich werden nachher hierbleiben, um zu schauen, ob Sie uns helfen können, einige wichtige Informationen zu bekommen. Zum Beispiel, wer vor den Viswandhas in Nummer fünfzehn gewohnt hat.«

»Das wissen wir, das wissen wir …« In der Mitte der Halle stand Nola Cameron auf, winkte mit den Armen und appellierte an die Umstehenden. »Er ist zur gleichen Zeit weggezogen, als Simone vermisst wurde. Wie war sein Name? Irgendjemand hier wird sich erinnern …«

Doch bevor dies jemand tun konnte, hatte Don Patterson

eine Frage, die er für dringlicher hielt. »Ich würde gerne Mr Kernan nach der starken Polizeipräsenz fragen, die derzeit in der Honeyford Road herrscht …«

Als Kernan antworten wollte, wurde er von einem jungen Mann aus dem Publikum unterbrochen, der mit wütendem Gesicht und schwingenden Dreadlocks aufsprang und einen anklagenden Finger zeigte. »Ich will ihn fragen, wie er den Nerv hat, überhaupt hierherzukommen«, rief er, »wenn Derrick Cameron für etwas eingesperrt wird, das er nicht getan hat!«

Kernan hob die Hände. »Ich bin natürlich nicht befugt, die Einzelheiten dieses Falles zu erörtern, aber ich hätte gedacht, dass meine bloße Anwesenheit hier heute Abend als ein Zeichen des guten Willens aufgefasst wird.«

Lachsalven folgten. Mehr und mehr Leute standen auf, gestikulierten, schrien sich die Seele aus dem Leib, und die ganze Sache geriet immer mehr zu einer Farce. Mit zusammengekniffenen Lippen warf Kernan einen Blick zur Seite auf Tennison und schüttelte den Kopf, als wollte er sagen: ›Was soll das?‹

Phelps wartete auf eine kleine Flaute und nutzte die Gelegenheit.

»Die berechtigte Wut und Unzufriedenheit über das, was Derrick Cameron widerfahren ist, kann von einem Polizeibeamten, der in Southampton Row stationiert war, nicht so einfach abgetan werden.«

»Ich tue nichts ab«, erwiderte Kernan hitzig. »Ich versuche nur … Ich versuche nur …«

»Als der Junge«, fuhr Phelps fort, »angeblich gestanden hat. Denn – lassen Sie mich ausreden – der Fall Cameron konzentriert sich auf eine grundlegende Frage: *Kann man in diesem Land Gerechtigkeit erwarten, wenn man eine farbige Person ist?*«

Mit Ausnahme von Kernan und Tennison auf der Tribüne und den DCs Rosper und Lillie im hinteren Teil des Saals fiel das Urteil einstimmig aus.

Anschließend besetzten Rosper und Lillie mit gespitzten Bleistiften und Notizblöcken zwei Schreibtische in der Eingangshalle. Sie kamen sich vor wie Aussätzige. Die meisten machten sich nicht die Mühe, ihnen einen Blick zu schenken, ein oder zwei kicherten offen und gaben unflätige Andeutungen zur Herkunft der Beamten von sich.

Lillie kritzelte gerade runde Gesichter aufs Papier, als der Mann mit dem Lederhut sich auf den Platz ihm gegenüber setzte und die Ellbogen auf den Schreibtisch stützte. Er kaute auf dem Stummel einer nicht angezündeten Zigarre und schien ein sonniges Gemüt zu haben, wenn man sein Dauergrinsen betrachtete, das zwei Goldzähne zeigte.

»Ich mag die Polizei nicht«, begann er fröhlich.

Lillie nickte. »Danke.«

»Aber ich sage dir eins: Du solltest mit dem Typen reden, den Nola erwähnt hat.« Er zog den Zigarrenstummel heraus, wobei das schillernde Grinsen erhalten blieb. »Weißer Typ um die fünfzig, Bauarbeiter.«

Lillie notierte sich dies pflichtbewusst. »Können Sie mir seinen Namen sagen, Sir?«

»Wir haben uns um den Parkplatz gestritten, weißt du? Und am Morgen ist mein ganzes Auto voller Bremsflüssigkeit.«

»Ich verstehe.«

»Keine Sorge, ich habe ihm meinen eigenen Streich gespielt.«

Lillie wartete. »Ja? Erzählen Sie.«

Der Mann mit dem Lederhut schnaufte. »Ich habe in seinen Benzintank gepisst.«

Er brach in schallendes Gelächter aus und klopfte auf den Schreibtisch. Lillie lächelte, hoffte aber immer noch auf den Namen.

Der Mann kaute auf dem erloschenen Stummel herum und ließ seine Augen umherschweifen. »Dave Hardy? Harley? So was in der Art. Reden Sie mit ihm.«

Lillie schrieb es auf.

Nachdem Tennison sich von Kernan verabschiedet hatte, war die Ausbeute dürftig. Lillie gab ihr die wenigen Informationen, die er gesammelt hatte, während Rosper dachte, dass er vielleicht eine Spur gefunden hatte.

»Man munkelt, dass in Nummer siebzehn eine Familie namens Allen wohnte. Ein oder zwei Leute vermuten, dass ihnen auch Nummer fünfzehn gehört haben könnte.« Er riss das Blatt ab und reichte es ihr. »Die Sache ist die, dass Esme Allen immer noch einen karibischen Imbiss in der Nähe betreibt.«

Tennison schaute auf die Adresse, die er notiert hatte, und dann auf ihre Uhr. Sie begann, doppelt zu sehen. »Noch eine halbe Stunde, dann machen wir hier Schluss.«

Was sie betraf, gingen für DCI Jane Tennison ein Tag, eine Nacht und ein Tag zu Ende.

Sie betrat die leere Wohnung und lief mit dem kleinen Koffer, den sie für das Seminar bei sich gehabt hatte, ins Schlafzimmer. Sie ließ ihn auf einen Stuhl fallen, schaltete die Nachttischlampe ein, zog ihre Schuhe aus und legte sich vollständig bekleidet auf die rosa Bettdecke. In dem Moment, als sich ihre Augenlider schlossen, war sie fest eingeschlafen, die Arme an den Seiten, und schnarchte leise.

Auf dem handgeschriebenen Schild im Schaufenster stand ›Esme's Take-away Fast Food‹. Das Café befand sich inmitten einer Reihe kleiner Läden, die die örtliche karibischstämmige Bevölkerung belieferten. Pappkartons und Holztabletts mit exotischen Lebensmitteln – Brotfrucht, Mooli, Okra und Süßkartoffeln – standen davor auf dem Bürgersteig.

Tennison verweilte vor der offenen Tür. Es war ein paar Minuten nach halb zehn, der Himmel war dunstig, und die

Sonne tat ihr Bestes, um durchzubrechen. Ihr war warm in ihrem Burberry-Regenmantel, und sie wünschte, sie hätte etwas Leichteres angezogen, obwohl es nach Regen ausgesehen hatte, als sie die Wohnung verließ. Ihr Haar, das sie nach der Dusche hastig getrocknet hatte, während sie zwei Stücke Toast verschlang, war an den Wurzeln noch feucht.

Im Inneren des Cafés, hinter dem hohen Tresen, unterhielt sich Esme Allen mit einer Frau mittleren Alters, deren silbernes Haar zu einem ordentlichen Dutt zusammengebunden war. Esme war eine große, elegante schwarze Frau, etwa Anfang vierzig, schätzte Tennison, da sie die schwachen Spuren von Grau in ihrem lockigen, kurz geschnittenen Haar bemerkte. Sie trug eine lange Plastikschürze über einem roten Pullover, und die anmutige Rundung ihres Halses wurde durch ein Paar baumelnde Ohrringe betont, die schwangen, während sie plapperte.

»Mein kleiner Sohn lernt für seine Schulprüfung, und meine Tochter Sarah studiert Jura an der Universität.«

Tennison trat ein. »Mrs Allen?«

»… Ich sage dir, die denken, die Welt liegt ihnen zu Füßen. Sie werden nie Böden schrubben oder den Müll rausbringen müssen!«

Die Frau mit den silbernen Haaren nickte. »Hoffen wir, dass sie nicht mit einer Beule auf dem Boden der Tatsachen landen, nicht wahr?«

»Mrs Allen? Mrs Esme Allen?«

Esme Allen wandte sich mit einem strahlenden Lächeln an sie. »Ja, Liebes?«

»Ich bin Jane Tennison. Ich bin Polizeibeamtin.«

Das Lächeln verblasste, und ihre großen braunen Augen trübten sich. »Sie haben doch keine schlechten Nachrichten? Sagen Sie mir nicht, dass jemand verletzt wurde … Sarah? Nicht Tony?«

»Nein, nein, nichts dergleichen«, antwortete Tennison

prompt und schüttelte den Kopf. »Ich stelle nur ein paar Nachforschungen an, das ist alles.«

»Oh, mein Gott, Sie haben mich so erschreckt«, hauchte Esme Allen und krallte sich über ihrem Herzen in den Pullover. Dann klopfte sie sich auf die Brust, um ihre Fassung wiederzuerlangen. »Ist es wegen dieses armen Cameron-Mädchens?«

»In gewisser Weise.« Tennison blickte sich um. Das Café war recht klein, mit nur zwei Tischen für die Kunden, die ihr Essen im Lokal einnehmen wollten. »Gibt es einen Ort, an dem wir ungestört reden können?«

Die silberhaarige Frau, eine Freundin, wie es schien, wie auch eine Kundin, stellte ihre Einkaufstasche ab und machte eine scheuchende Geste. »Du bringst die Dame nach hinten. Ich kümmere mich um den Laden.«

Esme Allen hob die Klappe des Tresens, und Tennison folgte ihr in einen schmalen, engen Raum mit einem einzigen Fenster, der teils Büro, teils Lager war, mit Regalen bis zur Decke voller Vorräte. Die Luft war stechend durch das Gemisch an Kräuter- und Gewürzaromen. Esme deutete auf einen mit Segeltuch bespannten Klappstuhl und lud Tennison ein, sich zu setzen. Sie selbst nahm den Stuhl neben dem Schreibtisch und schob ein Bündel Rechnungen beiseite, um ihren Ellbogen aufzustützen. Sie lächelte aufmerksam und verschränkte ihre langen, schlanken Finger ineinander.

»Mrs Allen, soweit ich weiß, gehörte Ihnen und Ihrem Mann in den Achtzigerjahren die Nummer fünfzehn in der Honeyford Road.«

»Ja, das ist richtig.«

»Während Sie mit Ihrer Familie in Nummer siebzehn wohnten.«

»Ja.«

Ohne Pause sagte Tennison: »Es tut mir leid, Ihnen

mitteilen zu müssen, dass im Garten von Nummer fünfzehn eine Leiche gefunden wurde.«

Esme Allen lehnte sich zurück und biss sich mit ihren starken weißen Zähnen auf die Unterlippe.

»Mein Gott … Sie glauben, er hat die arme Simone umgebracht?«, fragte sie mit leiser, schockierter Stimme.

»Wir wollen ihn einfach nur aus dem Kreis der Verdächtigen ausschließen«, gab Tennison die übliche Antwort. Sofern Esme Allen mit dem damaligen Bewohner von Nummer fünfzehn befreundet gewesen war, wäre es möglich, dass sie ihn schützen oder die Polizei auf eine falsche Fährte locken wollte. »Wie war sein Name, Esme?«

»David Harvey.« Es kam ohne Zögern, einfach freiheraus.

Tennison nickte. »Gut.« Sie schraubte die Kappe ihres goldenen Kugelschreibers ab und schrieb den Namen auf ihren Notizblock. Sie blickte auf. »Wissen Sie, wo er jetzt ist?«

»Nein.« Esme schüttelte den Kopf und blinzelte, während sie versuchte, nachzudenken. »Mein Mann Vernon könnte es wissen, aber … nun, wir haben versucht, nichts mit diesem Mann zu tun zu haben. Ich würde meine Tochter Sarah niemals in die Nähe dieses Hauses lassen. Wir wussten alle, wie er war. Besonders gegenüber jungen Mädchen.«

Tennison beugte sich leicht vor, sagte aber nichts.

»Er war nicht immer so, aber nach dem Tod seiner Frau … Ich hielt sie für ein reizendes Paar, aber nachdem sie gegangen war …« Esme senkte ihre Stimme. »Er hat getrunken, geflucht, und Sie wissen schon, das ging immer so weiter …«

Tennison legte ihren Stift weg und steckte den Notizblock in ihre Tasche. »Ich würde gerne mit Ihrem Ehemann sprechen, wenn es möglich ist – oder besser mit der ganzen Familie.« Sie erhob sich zum Gehen. »So schnell wie möglich, bitte.«

»Heute Abend«, sagte Esme und geleitete Tennison durch den Laden. »Wir werden alle heute Abend da sein.«

»In Ordnung. Danke.«

Tennison ging direkt zu einer Telefonzelle und ließ sich mit Muddyman in der Einsatzzentrale verbinden.

»Er heißt Harvey, nicht Harley oder Hardy – Harvey. H-A-R-V-E-Y. Wir müssen also von vorne anfangen. Ich gehe jetzt zu Oscar Bream. Auf Wiederhören.«

»Es ist eine angenehme Abwechslung, mal nicht bis zu den Achseln in jemandes Eingeweiden zu stehen«, sagte Bream und öffnete die Tür zum Pathologie-Labor. Er ging zuerst hinein, seine beträchtliche Masse in eine grüne Plastikschürze gehüllt, Gummihandschuhe bis zu den Ellbogen. Zwei seiner Assistenten waren gerade dabei, das Skelett auf einem Tisch in der Mitte des Labors zusammenzusetzen und zu vermessen. Sein älterer Assistent, Paul, war an einem weiteren Tisch damit beschäftigt, den zertrümmerten Schädel Stück für Stück zusammenzusetzen. Er war weitgehend vollständig, bis auf ein zerklüftetes Loch im hinteren Teil der rechten Seite, und er drehte mehrere Fragmente wieder und wieder herum, um herauszufinden, wie sie in das Knochenpuzzle passen könnten.

Bream wies mit einer Geste auf das Skelett. »Obwohl ich zugeben muss, dass dieses Mädchen meine Erinnerung an den Anatomieunterricht arg strapaziert«, räumte er gegenüber Tennison ein. »Wissen Sie, dass es im menschlichen Körper zweihundertsechs benannte Knochen gibt? Allein sechsundzwanzig an jedem Fuß. Glücklicherweise waren die meisten davon noch in ihren Schuhen.«

»Faszinierend, Oscar. Aber ist das Simone Cameron?«

Bream hatte sich vor dem Skelett niedergelassen, die

Arme über der grünen Plastikschürze verschränkt. »Auf keinen Fall.«

Tennison, die sich zu ihm gesellt hatte, blieb mit offenem Mund stehen. »Was?«

»Wie ich schon sagte, sie ist wie Simone im Teenagealter – sechzehn bis siebzehn. Aber sie ist größer – Simone war eins sechzig, dieses Mädchen ist eins fünfundsechzig, eins siebzig.« Er neigte den Kopf und schaute Tennison über seine Brille hinweg an. »Im Moment sieht es so aus, als wäre sie ganz, keine Verstümmelung. Schöner Haarschopf …«

Und da lag er, in einem flachen Tablett, wie eine ausrangierte Perücke, geflochten und mit Perlen besetzt. Bream ging zu dem Schädel hinüber, der auf einem Sockel stand, die Strahlen eines Scheinwerfers leuchteten unheimlich durch die leeren Augenhöhlen. »Zum Glück mag Paul hier Puzzlespiele.« Er inspizierte ein Fragment, reichte es seinem Assistenten und murmelte: »Könnte ein Stück des Jochbogens sein.«

Tennison war immer noch mit dieser neuen Erkenntnis beschäftigt. Es war stets unklug, voreilige Schlüsse zu ziehen, ohne irgendwelche Beweise zu haben, aber es war nun mal leicht; und Simones Verschwinden und der Fund der Leiche schienen gut zusammenzupassen. Zu gut, wie sich nun herausstellte. Dennoch musste sie absolut sicher sein, dass sich Bream seinerseits sicher war.

»Sind Sie sicher, dass es nicht Simone ist?«

»Ja.« Er ging zum Leuchtkasten hinüber und klebte Röntgenbilder von zwei Schädeln nebeneinander auf. Der eine war der von Simone Cameron, entnommen aus ihrer Krankenakte, der andere der von Nadine. Bream wandte sich ihr zu. »Soll ich Ihnen die Unterschiede aufzeigen?«

»Nicht wirklich, nein.«

»Nun, was gibt es sonst noch?«, überlegte Bream und kratzte sich mit seinem behandschuhten Finger am Kinn. Er sah zu dem Skelett hinüber. »Sie hat sich das Handgelenk gebrochen, als sie jünger war … beim Ballspielen? Vielleicht ist sie von ihrem Fahrrad gefallen? Das müssen Sie herausfinden.«

Tennison seufzte. »Reiben Sie mir das nicht auch noch unter die Nase. Können Sie mir sagen, welche Hautfarbe sie hatte?«

»Nein.«

»*Scheiße*. Da bin ich wohl in einer Sackgasse gelandet.«

Bream hätte ihr gerne weitergeholfen. Er hatte großen Respekt vor Jane Tennison, hielt sie für eine fähige Polizeibeamtin mit einem scharfen Verstand und dem intuitiven Gespür für die vielen komplexen Stränge, aus denen sich eine Mordermittlung zusammensetzte. Und zu allem Überfluss mochte er sie auch noch. Eine Meinung, die er nicht zu vielen Hauptkommissaren in seinem Bekanntenkreis hatte. Er sagte: »Nun, wir haben hier jemanden im Haus, der alle möglichen Spielereien mit Schädeln macht, um deren ethnische Herkunft festzustellen. Besser gesagt ist er ein Künstler auf dem Gebiet der Medizin und könnte Ihnen eine tönerne Skulptur des Kopfes anfertigen, für einen gewissen Preis, versteht sich.«

»Ist er gut?«

»Er ist unser hauseigener Auguste Rodin«, sagte Bream, wobei sich hinter seiner sonst so trockenen Fassade ein Lächeln abzeichnete.

»Ja, aber ist er wirklich gut?«

»*Naturellement*.«

»Die Sache ist kostspielig, oder nicht?«

Bream nickte und blickte über seine Brille auf sie herab. »Wollen Sie das mit Mike Kernan besprechen?«

Tennison knabberte an ihrer Lippe. Dann fällte sie eine Entscheidung. »Nein, scheiß drauf. Wir machen es einfach.«

»In Ordnung.«

»Und wie lange dauert das Ganze?«

»Drei Wochen.«

»Gut«, murmelte Tennison und ging wieder zu Paul hinüber, um ihm beim sorgfältigen Zusammenfügen des Schädels zu beobachten. »Ich brauche es in drei Tagen.«

»Ich werde mit ihm reden.« Bream stand unweit ihrer Schulter. »Wenn Sie vielleicht bereit wären, nackt zu modellieren …?«

»Das ist sexuelle Belästigung.«

Bream blinzelte langsam, sein Gesichtsausdruck war zuversichtlich. »Was ist heutzutage keine mehr?«

Tennison verschränkte die Arme und strich sich über das Kinn, während sie den Schädel in dem hellen Lichtkegel betrachtete. »Wie ist sie gestorben, Oscar?«

»Ich habe keine Ahnung«, gestand Bream. »Ihr Schädel könnte nach dem Tod zertrümmert worden sein. So wie ich das sehe, könnte sie sogar lebendig begraben worden sein.«

In der Einsatzzentrale herrschte rege Betriebsamkeit, als Tennison hereinkam. Fast das gesamte Team war zugegen, die Hemdsärmel hochgekrempelt, und arbeitete sich durch sämtliche Harveys in den Telefonbüchern. Es war mühsam und frustrierend, immer wieder neu wählen zu müssen, wenn die Leitung besetzt war, oder mit trommelnden Fingern auf ein Gespräch zu warten, das nie angenommen wurde. Wenn sie dann doch jemanden erreichten, lief es immer nach dem gleichen Schema ab.

»David Harvey? Ich bin Polizeibeamter und führe Routineermittlungen durch. Möglicherweise könnten Sie mir behilflich sein. Können Sie mir sagen, ob Sie jemals in der Honeyford Road Nummer fünfzehn wohnhaft waren?«

Derselbe Ablauf und bislang stets dieselbe Reaktion. Den Namen abhaken und mit dem nächsten von vorn anfangen. Was sollte es, dachte sich Rosper und tippte eine weitere Nummer ein. Das war allemal besser, als hauptberuflich Gasleitungen auszugraben.

Tennison warf ihren Regenmantel über die Rückenlehne eines Stuhls und steckte ihre Bluse in den geraden schwarzen Rock. Sie hielt sich eine Hand vor den Mund zu und stieß leise auf, denn sie verdaute immer noch das Sandwich mit Ei und Hüttenkäse, das sie auf der Rückfahrt im Auto gegessen und mit einer Packung Orangensaft heruntergespült hatte. Sie warf einen eiligen Blick auf die Tafel, um zu sehen, ob etwas Neues aufgehängt worden war.

»Haben Sie etwas für mich?«

»Bis jetzt nichts, Chef«, sagte Haskons, blickte kurz auf, während seine Finger auf den Nummerntasten des Telefons verblieben. »Aber wir haben noch ein paar Sachen, die im Garten von Nummer fünfzehn ausgegraben wurden. Jonesy holt sie gerade bei Gold ab.«

»Hoffentlich ist was Brauchbares dabei.« Tennison, die vor ihrem Schreibtisch stand, erhob ihre Stimme. »Gut, hören Sie kurz zu. Ich komme gerade von Oscar Bream aus dem Pathologielabor zurück. Bei der Toten handelt es sich definitiv nicht um Simone Cameron.« Eine Welle verärgerten Gemurmels und Seufzern lief durch den Raum, düstere Blicke flogen umher. Jetzt hatten sie also nicht nur einen unbekannten Mörder, sondern auch noch ein unbekanntes Opfer.

»Wir müssen also an zwei Fronten operieren«, fuhr Tennison fort. »David Harvey finden und Nadine identifizieren. Für David Harvey gibt es eine Flasche Scotch.«

Das Team machte sich wieder an die Arbeit. Tennison beschäftigte sich mit dem Dienstplan und überlegte, ob sie den Super um weitere personelle Verstärkung bitten sollte. Dann erinnerte sie sich an das Tonmodell, das sie angefordert hatte, ohne es vorher mit ihm abzusprechen, und beschloss, die Sache vorerst ruhen zu lassen.

Jones kam mit dem neuen Material aus der Forensik. Tennison schob die Papiere beiseite, um Platz auf dem Schreibtisch zu schaffen.

»Sie haben auch eine vergrabene Plastiktüte gefunden, Ma'am, und Gold hat sie mit dem Mädchen in Verbindung gebracht. Sie enthielt dies.«

Tennison starrte auf den gewebten Stoffballen in dunklen Braun- und Grüntönen mit Goldfäden. Daneben hatte Jones zwei große, klobige Armreife gelegt, die von Hand geschnitzt waren und ein kompliziertes Muster aufwiesen.

»Der Stoff ist westafrikanisch«, sagte Jones bei einem Blick in sein Notizbuch. »Insgesamt sind es mehrere Meter davon. Und diese Elfenbeinarmbänder sind nigerianisch.«

Tennison hob sie auf und drehte sie hin und her. Sie war überrascht von ihrem Gewicht. Eines steckte sie sich an ihr eigenes Handgelenk. Durch vielmaligen Gebrauch war die innen liegende Oberfläche glatt geworden und groß genug, dass der Reif bis zu ihrem Ellbogen rutschen konnte.

»Yoruba-Amulette«, informierte Jones sie, »sie sollen böse Geister abwehren. Offensichtlich haben sie bei unserer Nadine versagt. Allem Anschein nach sind sie sehr alt und sehr wertvoll.«

Tennison schüttelte den Kopf und betrachtete stirnrunzelnd die beiden Armreife in ihren Händen. Als würde sie mit sich selbst sprechen, murmelte sie leise: »Wer war dieses Mädchen?«

KAPITEL VIER

Einige der Häuser in der ruhigen, von Bäumen gesäumten Straße waren freistehend, andere solide Doppelhaushälften aus den Dreißigerjahren. Es war offensichtlich, dass die Allens aufgestiegen waren. Esmes Café schien eine kleine Goldgrube zu sein, dachte Tennison und parkte den Orion an einer niedrigen Steinmauer, die von ordentlich geschnittenen Sträuchern umrahmt war. Sie machte sich eine gedankliche Notiz und ging den Weg hinauf, die Aktentasche in der Hand.

Hinter einer Tür aus Buntglas leuchteten mehrere Lampen. Sie läutete, und nach wenigen Augenblicken erschien ein Junge von etwa neun Jahren, adrett gekleidet in weißem Hemd samt Schulkrawatte, Shorts mit Knitterfalten und polierten schwarzen Schuhen.

Tennison lächelte. »Kann ich bitte deine Mami sprechen?«

»Ja. Bitte warten Sie hier«, erwiderte der Junge höflich und wandte sich wieder nach drinnen um. Sie hörte ihn rufen: »Mum, da ist jemand für dich.« Dann kam Esme Allen lächelnd hinzu und hielt ihr die Tür auf.

»Hallo, ich bins, Jane Tennison.«

»Ja, kommen Sie herein.«

Das Wohnzimmer war warm und gemütlich, mit einem beigen Teppich und weinroten Polstermöbeln mit bestickten Rückenlehnen. Wandleuchten mit roten Quastenschirmen und dicke Samtvorhänge sorgten für eine wohlige Atmosphäre. Tennison hatte offenkundig eine Schneiderei-Sitzung unterbrochen. Auf dem Couchtisch stand ein hübsches dreijähriges Kind mit Zöpfen, für das gerade ein Brautjungfernkleid geschneidert wurde. Der Saum des blassgelben Satinkleides war bereits teilweise abgesteckt. Die pummeligen schwarzen Fäuste des kleinen Mädchens glätteten verträumt den Stoff, während sie geduldig darauf wartete, dass das Stück fertig wurde.

Ein junger Mann in einem grauen Pullover und Jeans – Anfang zwanzig, wie Tennison schätzte, und ziemlich gutaussehend – saß auf der Kante des Sofas, die Hände zwischen den Knien und rieb die Handflächen aneinander. Er warf ihr einen kurzen Seitenblick zu, als sie hereinkam, und schaute dann schüchtern weg. Immer noch lächelnd, stellte die elegante, anmutige Esme die beiden einander vor.

»Das ist mein Sohn Tony. Und das ist seine Tochter, Cleo. Sag hallo, Cleo.«

»Hallo«, rief Cleo mit Grübchen in den Wangen.

»Tony und seine Freundin werden heiraten – endlich«, vertraute Esme ihr an und warf Tennison unter ihren Wimpern einen Blick zu. Sie sprach gebildetes Standardenglisch; keine Spur des deutlichen karibischen Akzents, den sie noch am Morgen im Laden benutzt hatte, war mehr zu hören. »Ihre Tochter soll Brautjungfer werden. Gott, wie sich die Zeiten geändert haben! Sie wollten meinen Mann sprechen?«

»Ja, bitte.«

Esme setzte das kleine Mädchen auf die Kante des Couchtisches und verließ den Raum. Tennison nahm im Sessel gegenüber dem Sofa Platz und legte die Aktentasche flach auf ihre Knie. Für einen Moment herrschte eine unangenehme Stille, die nur durch das Ticken einer vergoldeten Reiseuhr auf dem Kaminsims ausgefüllt wurde.

Tennison fragte: »Wann ist denn der glückliche Tag, Tony?«

Nervös räusperte sich Tony. »Hm …«

Sein Blick fiel auf irgendetwas in einer Ecke des Raumes.

»Gefällt dir mein Kleid?«, fragte Cleo und zupfte daran, während ihre Beine in weißen Söckchen unter dem Tisch hin und her schwangen.

»Ja, das tut es. Ich finde es wunderschön – oh, Tony, auf ein Wort.«

Tennison hob ihre Hand, als er Anstalten machte, zu gehen. Er sank wieder zurück.

Tennison öffnete ihre Aktentasche und reichte ihm ein maschinengeschriebenes Blatt. »Könnten Sie sich das bitte einmal ansehen? Das ist eine Beschreibung des toten Mädchens. Erinnern Sie sich, Mitte der Achtzigerjahre jemanden wie sie in der Honeyford Road gesehen zu haben? Vielleicht war sie mit Ihnen in der Schule.«

»Ich bin eine *Braut Jungfer*«, erklärte Cleo mit Nachdruck, wobei sie den Begriff sehr deutlich in zwei einzelne Worte trennte.

»Das bist du, nicht wahr?« Tennison stimmte ihr zu, berührte den seidigen Stoff und lächelte.

»Warst du schon einmal eine Braut Jungfer?«

»Das war ich tatsächlich mal. Aber ich war noch nie die Braut.«

Tony hielt ihr das Blatt Papier hin.

»Nein«, sagte er kurz und erhob sich wieder zum Gehen, als Esme hereinkam. Schwungvoll nahm sie das Kind hoch.

»Komm mit, Kleine. Sag auf Wiedersehen.«

Cleo winkte Tennison mit den Fingern und rief: »Auf Wiedersehen.«

»Tschüss.«

In der Tür trat Vernon Allen zur Seite, um Tony passieren zu lassen. »Bräutigam«, sagte er jovial, begleitet von einem Glucksen, seine Stimme war ein tiefer, dröhnender Bass. Dann drehte er sich um, ein Bär von einem Mann, lässig gekleidet in ein kariertes Hemd und eine locker geknöpfte Strickjacke, und schaute Tennison durch eine Hornbrille scharf an. »Chief Inspector … was kann ich für Sie tun?«

In dem winzigen Lagerraum im Obergeschoss, der Vernon Allen als Büro diente, saß Tennison am Schreibtisch und blätterte in einem Stapel alter Auftragsbücher, deren Inhalte zehn Jahre zurücklagen. Alles war fein säuberlich ausgefüllt: Kunde, Daten, Beträge. Die Angaben schienen in Ordnung zu sein.

Sie schraubte die Kappe auf ihren Stift zurück. »Und Sie haben keine Ahnung, wo David Aloysius Harvey jetzt wohnen könnte?«

»Ich bedaure, nein.«

Tennison lehnte sich im Drehstuhl zurück und neigte ihren Kopf, um ihn anzusehen. Im Licht der Schreibtischlampe schimmerte ihr blondes Haar wie ein unscharfer goldener Heiligenschein. Ihr erster Impuls, dem sie für gewöhnlich großes Vertrauen schenkte, sagte ihr, dass Vernon Allen ein anständiger, vertrauenswürdiger Mann war. Er beantwortete ihre Fragen schlicht und direkt und sprach langsam mit seiner tiefen grollenden Stimme. Seine Augen waren dabei stets auf die ihren gerichtet, leicht vergrößert durch seine Brillengläser. Sie hätte darauf gewettet, dass er genauso in Ordnung war wie die Auftragsbücher, aber sie musste tiefer bohren.

»Sie haben die Immobilie 1981 erworben, richtig?«

»Ja.«

»Und Harvey zog kurz danach ein?«

Vernon Allen nickte. »Mit seiner Frau. Nachdem sie gestorben war, ließ er die Dinge schleifen.«

»Und Sie haben die Immobilie in …« Tennison überprüfte ihre Notizen »… 1989 veräußert, mit Mr Harvey als Mieter?« Vernon Allens Nicken bestätigte dies. »Hat das zu irgendwelchem Unmut zwischen Ihnen und Mr Harvey geführt?«

»Ein wenig. Nicht viel.« Er neigte den Kopf hin und her, wobei das Licht die grauen Tupfer in seinem dichten Haar hervorhob. »Das Problem, das wir mit ihm hatten, war, dass er die Miete sehr unregelmäßig zahlte. Manchmal schien er Geld zu haben, manchmal nicht.«

»Mhm«, brummte Tennison, als ob sie darüber nachdenken würde, und dann fügte sie rasch hinzu: »Ich nehme an, Sie haben einen Schlüsselsatz für das Anwesen?«

»Ja.«

»Mr Allen, haben Sie irgendetwas mit dem Garten gemacht, während Sie der Eigentümer des Grundstücks waren?«

»Nein. Harvey hat die Platten selbst verlegt. Ich wollte das eigentlich nicht, aber er hat einfach gemacht, was er wollte.«

»Wann wurden diese Platten verlegt?«

»Ich würde sagen 1986. 1987 …?«

Die Tür war nur angelehnt. Draußen auf dem Treppenabsatz war eine Bewegung zu hören, das Knarren einer Diele.

»Denn, wissen Sie«, fuhr Tennison fort, »es ist so gut wie sicher, dass die Leiche dort vergraben wurde, bevor die Platten verlegt wurden.«

»Ja, das kann ich mir vorstellen«, sagte Vernon Allen.

»Mr Allen, wie können Sie sich von Ihrem Gehalt zwei Immobilien leisten?«

Er schien keineswegs überrascht von diesem Richtungswechsel oder auch nur leicht verärgert über die Frage.

»Esmes Café ist immer gut gelaufen.« Seine breiten Schultern zuckten in der zerknitterten Strickjacke. »Um die Wahrheit zu sagen, war es ihr Geld, mit dem wir die zweite Grundschuld beglichen haben.«

»Und Ihr Sohn besucht eine Privatschule?«, sagte Tennison, die sich die blau-grün gestreifte Krawatte des höflichen Schuljungen in ihrer Gedankenakte notiert hatte.

In diesem Moment wurde die Tür grob aufgestoßen, und ein großes, gertenschlankes Mädchen stürmte herein, ein genaues, aber jüngeres Ebenbild von Esme Allen, mit sehr kurz geschnittenem Haar und winzigen Dreadlocks, die ihr über die Ohren hingen. Attraktiv und lebhaft, mit offenen, blitzenden Augen, doch der Eindruck wurde durch die Art, wie sie den Mund verzog, etwas getrübt.

»Wann begreifst du das endlich, Papa? Schwarze sollten eigentlich keine Geschäfte und Häuser besitzen, keinen Zugang zu Bildung erhalten …«

Sie musterte Tennison mit unverhohlener Feindseligkeit.

»Das ist meine Tochter Sarah«, sagte Vernon Allen und erhob sich. »Es gibt keinen Grund, unhöflich zu sein«, wies er sie sanft zurecht.

»Ich stimme zu«, schnauzte Sarah.

Tennison stand auf und blickte auf das Notizbuch in ihrer Hand. »Sarah … Sie sind die Jurastudentin. Und Sie sind zwanzig. Im Sommer, sagen wir 1986, wären Sie also … mal nachrechnen …«

Es entstand eine kurze Pause.

»Vierzehn. Mathematik ist wohl nicht Ihre Stärke?«, entgegnete das Mädchen sarkastisch.

Tennison war ungerührt. »Nicht besonders, nein.« Sie lächelte. Sarahs Unhöflichkeit verärgerte sie nicht im Geringsten, aber sie brachte Vernon Allen in Verlegenheit.

»Mein Sohn David ist bei uns das Mathegenie«, warf er ein und versuchte, die Stimmung aufzulockern.

Tennison nahm die Beschreibung von Nadine aus ihrer

Aktentasche und reichte sie dem Mädchen. »Erinnern Sie sich, jemanden wie sie in der Umgebung der Honeyford Road gesehen zu haben?«

Sarah schaute kaum hin.

»Ja, natürlich, Simone Cameron«, sagte sie knapp.

»Es ist nicht Simone. Da sind wir uns ganz sicher«, erklärte Tennison monoton. »Würden Sie sich bitte die Beschreibung ansehen?«

Sarah blinzelte schnell, offensichtlich verblüfft. Dann kehrte ihr eisiger, bissiger Ton zurück, dieses Mal mit einem Hauch Gehässigkeit.

»Wenn es sich nicht um Simone handelt, müssen Sie schon etwas genauer werden, nicht wahr? Wenn Sie sich die Mühe machen können!«

»Und würde das bedeuten –«

Sarah unterbrach: »Die Polizei ist nicht gerade für ihren Enthusiasmus bei der Lösung von Fällen bekannt, in denen das Opfer schwarz ist, nicht wahr?« Wieder dieser spöttische Zug um ihren Mund, ihr verächtliches Resümee über sämtliche Polizisten, ob nun männlich oder weiblich.

Tennison hob die Augenbrauen. »War sie schwarz? Das steht hier gar nicht.« Sie nahm die Beschreibung wieder an sich und bedachte Sarah mit einem kühlen, nüchternen Blick. »Vielleicht sind *Sie* diejenige, die zu voreiligen Schlüssen neigt.«

TONY STAND mit Cleo auf dem Arm im Flur, als Vernon Allen Tennison zur Haustür brachte. Tennison lächelte das kleine Mädchen an und fragte: »Wann ist der glückliche Tag, Tony?«

Er blickte auf den Teppich hinunter, räusperte sich vernehmlich, war jedoch zu schüchtern oder zu sprachlos, um eine zusammenhängende Antwort zu geben. Sarah war ihnen die Treppe hinunter gefolgt. Sie kam in den Flur, verwandelte sich in eine schöne junge Frau mit einem strahlenden Lächeln, als sie ihren Bruder und seine Tochter liebevoll ansah, und Tennison bemerkte, wie sie Tonys Hand ergriff und beruhigend drückte.

»Zwei Wochen sind es noch«, erzählte Sarah, und sogar ihre Stimme war anders, warm und liebevoll, als sie mit Tony sprach.

»Nun, wir sehen uns vorher wieder«, tat Tennison kund und nickte Vernon Allen zu, als er ihr die Tür aufhielt. »Danke für Ihre Hilfe. Auf Wiedersehen.«

Es war schon spät, als sie nach Southampton Row zurückkehrte. Die Reinigungskräfte würden erst in den frühen Morgenstunden mit ihrem Einsatz im Katastrophengebiet der Einsatzzentrale beginnen. Alle waren gegangen, außer DS Haskons, der seinen Schreibtisch aufräumte und sich auf den Heimweg machte. Nach dem langen Tag sah er erschöpft aus, der Hemdkragen zerknittert, die Krawatte offen, das gewellte braune Haar zerzaust, weil er ständig mit den Fingern hindurchgestrichen war.

»Haben Sie etwas über David Harvey?«, fragte Tennison und stellte ihre Aktentasche auf dem Schreibtisch ab.

»Noch nicht, Chef«, antwortete Haskons müde. Er fragte sich, was Tennison in ihrer Freizeit tat. Verkehrsdienst an der Hyde Park Corner vielleicht? »Wir haben es mit den Wählerlisten, den Krankenkassen, den Gesundheits- und den Finanzämtern versucht.« Er deutete auf die sich stapelnden Verzeichnisse. »Ich habe mich gerade durch das Telefonbuch gearbeitet …«

»Wissen Sie«, sagte Tennison, deren Gehirn nach zwölf Stunden Arbeit am Stück immer noch schaltete, »Vernon Allen erwähnte, dass Harvey seine Miete unregelmäßig gezahlt habe. Haben wir die Kreditauskunfteien überprüft?«

Haskons murmelte, dass das noch nicht geschehen sei.

Nachdem sie ihren Mantel abgelegt und die Ärmel hochgekrempelt hatte, machte sich Tennison an die Arbeit. Sie zog einen Stuhl an den Computer heran und steckte sich eine Nicorette-Lutschtablette in den Mund, während sie das Code-Verzeichnis studierte. Haskons beugte sich vor und beobachtete, wie Tennison die Buchstabenfolge ›SVR‹ eintippte. Der Computer klickte und surrte, und eine oder zwei Sekunden später öffnete sich das Programm *CREDIT REFERENCE AGENCIES* auf dem Bildschirm.

Tennison tippte sorgfältig ›DAVID ALOYSIUS HARVEY, 15 HONEYFORD ROAD, LONDON N1‹ ein.

Es folgten ein paar weitere Klicks, während der Computer seine Suche durchführte. Dann erschien die Meldung:

CREDIT REF: DAH/18329
DATUM: 12 2 86
SUMME: £5000x60 FIN.

Tennison beugte sich vor und rieb sich die Hände. »Ja …«

Die nächste Zeile erschien.

FORWARD 3 10 90 – 136 DWYFOR HOUSE,
LLOYD GEORGE ESTATE, LONDON SW8.

Tennison schnippte mit den Fingern nach einem Stift. Haskons reichte ihr seinen Kugelschreiber. Sie notierte sich die Angaben, dann tippte sie einen weiteren Code ein, und der Computer antwortete.

RÜCKZAHLUNG VON DARLEHEN
DURCH FRAU EILEEN REYNOLDS, 6.6.90.

»Gut gemacht, Boss«, murmelte Haskons bewundernd.

Das musste man der Frau lassen. Sie war wie ein verdammter Terrier mit einem Knochen.

Tennison kritzelte auf dem Block herum.

»Haben Sie Lust auf einen Drink?«, fragte sie, wobei die Nicorette in ihrer Wange quoll.

Haskons zögerte. »Ich sollte besser nach Hause gehen …«

Tennison blickte sich um. »Ja, richtig – die Zwillinge.« Sie schenkte ihm ein Grinsen und ein kurzes Nicken. »Dann mal ab mit Ihnen.«

»Gute Nacht«, rief Haskons beim Hinausgehen.

»Nacht, Richard.«

Die Tür schwang zu und rüttelte in ihren Angeln hin und her. Im Raum war es still, bis auf das leise Summen des Computers. Allein, über die Tastatur gebeugt, in einer Welt für sich, ballte Tennison beide Fäuste und starrte triumphierend auf den Bildschirm.

»Hab ich dich … Hab ich dich!«

Muddyman fuhr die Wandsworth Road entlang, in Richtung Clapham. Neben ihm bemühte sich Tennison nach Kräften, ihre Ungeduld zu zügeln. Sie hatten zwanzig Minuten Verspätung, hauptsächlich wegen eines Staus auf der Waterloo Bridge. Der Tag konnte nicht mehr fern sein, grübelte Tennison, an dem sie von Autos auf Hubschrauber umsteigen würden; angesichts der Lähmung des Londoner Zentrums würde dies bald die einzige Möglichkeit sein, sich fortzubewegen.

Das Lloyd George Estate lag im Nordosten von Clapham Common. Es war leicht zu finden, vier zwanzigstöckige Betontürme ragten in den bedeckten Himmel, einige der Balkone waren mit Wäsche behangen. Muddyman fuhr auf den Parkplatz von Dwyfor House und fand einen freien Platz. Als er den Motor abstellte, legte Tennison den Hörer in die Halterung, denn sie hatte eine Nachricht von Lillie aus der Zentrale erhalten.

> Sie haben die Tests an Nadines Schädel durchgeführt. Es sieht so aus, als wäre sie gemischter Abstammung, karibisch und englisch.

»Das würde die nigerianischen Armbänder erklären«, meinte Muddyman.

Tennison stieg aus und starrte am Hochhaus empor. »Richtig«, murmelte sie mit einem Glitzern in den Augen. »Schauen wir mal, was David Harvey uns sagen kann.«

Der Aufzug war außer Betrieb. Harvey lebte in Wohnung 136, im dreizehnten Stock. Sie begannen, die Betontreppe hinaufzusteigen, und versuchten, den unidentifizierbaren Geruch zu ignorieren, der den Flur durchzog; am ehesten konnte Tennison eine Mischung aus fettiger Küche, abgetragener Unterwäsche und toter Katze wahrnehmen. Sie inhalierte den Duft von *Givenchy Mirage* aus ihrem Seidenschal und arbeitete sich immer weiter nach oben. Muddyman zündete sich eine Zigarette an und hielt auf halber Strecke inne, um einen schnellen Zug zu nehmen.

Tennison sagte: »Wissen Sie, Sie sollten das Zigarettenrauchen aufgeben. Dann fühlt man sich gleich viel besser.«

Muddyman lehnte sich an eine Wand, um eine Verschnaufpause einzulegen, und starrte sie mit ausdruckslosem Blick an.

»Es gibt nichts Schlimmeres als einen wiedergeborenen Nichtraucher«, knurrte er.

Tennison hatte keine vorgefasste Meinung über David Harvey, aber dennoch war sie von der Erscheinung des Mannes überrascht, der die Tür von 136 öffnete. Es war ein kleines Wunder, dass er es überhaupt zur Tür geschafft hatte. Er war eine schmächtige, gebeugte Gestalt in einem schmutzigen gestreiften Hemd und einer abgenutzten Strickjacke, mit einem blassen, blutleeren Gesicht und trüben blauen Augen, und ein struppiger grauer Schnurrbart verstärkte seinen traurigen, niedergeschlagenen Blick. Wie er so dastand, schien er um jeden Atemzug zu ringen, und Tennison konnte seine Brust pfeifen und keuchen hören. Die Hand, die den Türrahmen umschlossen hielt, war dünn und geädert und zitterte sichtlich.

»Mr David Harvey?«

»Ja.«

»Wir sind Polizeibeamte. Wir würden uns gerne mit Ihnen unterhalten.«

Harvey schien nicht überrascht zu sein, aber dann zeigte er gar keine Gefühlsregung mehr. Es war, als hätte er das Interesse am Leben verloren, oder als hätte es ihn aufgegeben.

Als er sie hereinführte, warf Tennison Muddyman einen Blick zu. Er erwiderte diesen und offenbarte denselben leichten Schock, den auch sie empfand. Beide hatten sie nicht damit gerechnet, einen Halbinvaliden zu befragen.

Harvey schlurfte zu einem Sessel hinüber, von dessen Sitzfläche eine Hose sackartig herunterhing, und ließ sich mit den Armen voran hineinsinken. Im Aschenbecher lag eine brennende Zigarette. Harvey nahm sie und steckte sie sich in den Mundwinkel, wobei der Rauch an seinen Augen vorbeizog.

Die Wohnung war ordentlich, wenn auch spartanisch eingerichtet. Es gab nur ein Minimum an Möbeln: Sessel, Sofa, ein paar Stühle mit gerader Rückenlehne an der Wand, ein Couchtisch mit kreisförmigen Hitzeringen und Zigarettenspuren. Das beste Möbelstück des Raumes, eine gläserne Kommode, trug eine Sammlung gerahmter Fotos. Auf einem Rost zischte ein Gasfeuer mit Rauchimitation. Darüber, in der Mitte des Kaminsimses, starrte ein grellbuntes Bild der Jungfrau Maria in die Ewigkeit.

Tennison erklärte den Grund ihres Besuchs und setzte

sich Harvey gegenüber auf das Sofa, während Muddyman mit einem aufgeschlagenen Notizbuch in der Hand am Fenster stand. Sie zeigte ihm die Beschreibung von Nadine, die er ausdrucks- und kommentarlos las, wobei er die Augen wegen des Rauchs zusammenkniff. Ab und an musste er die Zigarette aus dem Mund nehmen, um zu husten. Etwas anderes, womit Tennison nicht gerechnet hatte, war sein ausgeprägter Glasgower Akzent. In Verbindung mit seinem keuchenden Atem machte dieser einige seiner Antworten schwer verständlich, und sie brauchte eine Weile, um sich daran zu gewöhnen. Sie ging es sehr behutsam an. Harvey war ein schwerkranker Mann, keine Frage. Und so wie er sich gerade eine Zigarette am Stummel der letzten anzündete, wäre es unklug von ihm, ein Abonnement für einen Buchclub abzuschließen.

Nachdem festgestellt worden war, dass er in der Honeyford Road Nummer fünfzehn gewohnt hatte, war Tennison bestrebt, das Hauptthema anzusprechen. Aber sie hielt sich noch zurück, ihr Tonfall war leger und unaufdringlich, als sie ihn fragte: »Warum sind Sie weggezogen, Mr Harvey?«

»Ich hatte meinen ersten Herzinfarkt. Als ich aus dem Krankenhaus entlassen wurde, kam ich hierher, um näher bei Eileen – meiner Schwester – zu sein. Ich wollte dort sowieso nicht mehr leben, nicht nachdem meine Frau gestorben war. Ich bin nur geblieben, weil der große Dunkle mich unbedingt loswerden wollte …« Er verengte seine trüben Augen und sah sich mit einem Ausdruck des Abscheus um, der ersten echten Emotion, die er zeigte. »Ich hätte allerdings nie in diese Absteige hier ziehen sollen. Ich bin ein verdammter Gefangener. Der Aufzug ist ständig kaputt, die Gegend voller Junkies und Zuhälter …«

Er unterbrach sich, um noch einmal zu paffen und zu husten. Tennison wartete, bis er sich den Mund mit einem zusammengeknüllten Taschentuch abgewischt hatte. Sie wollte gerade mit ihren Fragen fortfahren, als Harvey mit einem zitternden Finger auf eines der Fotos auf der Kommode wies.

»Das ist sie. Meine Frau. Sie war die Gärtnerin. Schöner Garten, als sie noch lebte.«

Muddyman hob es am vergoldeten Rahmen hoch und zeigte Tennison ein eher trübes Schwarz-Weiß-Bild einer molligen, angenehm aussehenden Frau in einem geblümten Kleid, die in einem Liegestuhl saß und in die Kamera lächelte.

Harvey stieß einen keuchenden Seufzer aus. »Ich habe versucht, ihn zu erhalten, aber … wissen Sie? Am Ende habe ich ihn zugepflastert. Ich kann Ihnen auch genau sagen, wann.«

Er erhob sich aus dem Sessel, schlurfte zur Anrichte und kramte in der linken Schublade, wobei er Bündel von alten Rechnungen, Prospekten und Postwurfsendungen beiseiteschob. Muddyman suchte Tennisons Blick, und sein leichtes Stirnrunzeln verriet ihr, dass er David Harvey nur schwer einschätzen konnte, und bis jetzt stand sein Urteil noch aus. Sie fühlte sich ebenso, benebelt und befremdet von dem Mann.

»Ich habe eine Steinschneideanlage geliehen … Ah!« Harvey fand, wonach er gesucht hatte. »Da haben Sie's. Letzte Augustwoche«, sagte er und schaute sich eine verblasste, zerknitterte Rechnung genau an. Als er langsam und gebückt zum Sessel zurückschlich, reichte er sie Tennison. »In dieser Woche habe ich die ganze Ausgrabung gemacht. Ich habe das Gras rausgenommen und alles eingeebnet. Ich glaube, bis Samstag hatte ich etwa die Hälfte der Platten verlegt. Am Sonntagmorgen bin ich gleich zu Eileen gefahren. Ich blieb bis Montag.«

»Und Eileen wohnt in der Nähe?«, fragte Tennison.

»Das tut sie jetzt, aber damals lebte sie in Margate«, antwortete Harvey und steckte eine neue Zigarette an. »Wie auch immer, als ich am Montag zurückkam, habe ich den Rest verlegt. Habe sie alle einzementiert.«

Tennison nickte langsam. »Die einzige Zeit, in der das Haus unbeaufsichtigt war, war also … Das muss am Sonntag, dem einunddreißigsten August, gewesen sein?«

»Das ist richtig.«

»Ist Ihnen etwas Ungewöhnliches aufgefallen, als Sie zurückkamen?«

Harvey kratzte sich mit seinen langen, schmutzigen Nägeln am Kinn, seine Finger braun vom Nikotin. »Etwas Ungewöhnliches …?«

»Keine Anzeichen dafür, dass jemand im Garten gegraben hat? Keine zusätzliche Erde irgendwo?«

»Nein.«

Tennison ließ eine kurze Stille entstehen. Die Hände auf die Knie gestützt, neigte sie den Kopf ein wenig und hob eine Augenbraue. »Ich muss gestehen, Mr Harvey, wenn mich jemand fragen würde, was ich am letzten Augustwochenende 1986 gemacht habe, würde ich mich wohl nicht mehr erinnern können. Wie kommt es, dass Sie das noch so genau wissen?«

Ohne zu zögern, sagte Harvey düster: »Weil das genau ein Jahr nach dem Tod meiner Frau war.«

»Oh, ich verstehe …«

»Eileen hat mich gebeten, bei ihr zu bleiben – damit ich nicht allein bin.« Die Wohnungstür öffnete sich, und sie hörten jemanden hereinkommen. Harvey ruckte mit dem Kopf. »Das wird mein Mittagessen sein.« Er nahm einen Zug und fuhr fort: »Ich verbringe dieses Wochenende jedes Jahr mit ihr. Ich wüsste nicht, wie ich ohne sie zurechtkommen würde. Sie schickt mir immer mein Essen rüber.«

Tennison blickte zur Tür. »Vielleicht kann ich ihr ein paar Fragen stellen, während sie hier ist …?«

»Oh nein, das ist sie nicht«, sagte Harvey und drehte sich mühsam in seinem Sessel herum, als ein junger Mann mit einem Tablett samt einem sauberen weißen Geschirrtuch hereinkam. »Das ist mein Neffe Jason.«

Jason hielt in der Tür inne, blassblaue Augen unter hellen Wimpern blickten von einem zum anderen.

»Was ist hier los?«, wollte er schroff wissen.

»Wir sind Polizeibeamte«, erklärte Muddyman. Er nahm das maschinengeschriebene Blatt vom Couchtisch und hielt es Harvey vor die Nase. »Sind Sie sicher, dass Sie das Mädchen anhand dieser Beschreibung nicht erkennen?«

Jason errötete und wurde wütend.

»Was wollen Sie von meinem Onkel?«, verlangte er zu erfahren, die Hände fest um das Tablett geklammert. Er trug ausgeblichene Jeans und Turnschuhe, eine dunkle Windjacke über einem weißen T-Shirt, das er recht eindrucksvoll ausfüllte. Sein blondes Haar war kurz geschnitten und ordentlich gekämmt, obwohl er lange Koteletten bevorzugte.

Auf Muddymans Frage antwortete Harvey in einem müden, unbeeindruckten Ton: »Ganz sicher.« Und in Richtung seines Neffen murmelte er: »Ich erkläre es dir gleich.«

Jason starrte Muddyman mit kaum verhohlener Abneigung an. »Sie wissen, dass er sehr krank ist?«

»Alles in Ordnung, keine Sorge«, versicherte Harvey ihm und wedelte begütigend mit einer zitternden Hand. »Mir geht's gut …«

»Nein, geht es dir nicht! Worum geht es hier überhaupt?«

»Ihr Onkel wird es Ihnen später erzählen, Jason«, sagte Tennison, packte ihre Aktentasche und stand auf. »Vielen Dank, Mr Harvey. Wir finden selbst hinaus.«

»Guten Appetit«, ergänzte Muddyman und folgte Tennison, wobei ihm Jasons Blick Löcher in den Rücken brannte.

Auf dem Treppenabsatz eine Etage tiefer zündete sich Muddyman eine Zigarette an und murrte: »Was für ein verlogener Bastard. Gibt sein Alibi wie eine auswendig gelernte Rede von sich.«

Das Streichholz warf er in eine urinbefleckte Ecke.

»Ja, genau …«

»Und vor sechs Jahren ist er bestimmt noch nicht so herumgeschlurft! Wenn er eigenhändig diese Steinplatten verlegen konnte, konnte er auch einem jungen Mädchen den Schädel einschlagen.«

»Nun, wir sollten uns besser beeilen«, sagte Tennison und warf ihm einen strengen Seitenblick zu. »Bevor David Aloysius Harvey uns noch wegstirbt.«

Superintendent Kernan drückte die Schwingtür des Einsatzraums auf und hielt sie für die große, gutaussehende, breitschultrige Gestalt offen, die ihm folgte. Er sah sich in dem belebten Raum um und wandte sich an Haskons, der am Schreibtisch saß. »Wo ist DCI Tennison?«

»Verfolgt eine Spur, Chef.«

Der Trubel verstummte, als Kernan rief: »Darf ich um Ihre Aufmerksamkeit bitten?« Die Köpfe drehten sich zu ihm. Kernan streckte seine Hand aus. »Das ist DS Bob Oswalde. Bob kommt von der West End Lane zu uns, um uns bei der Operation Nadine zu unterstützen.«

Ein oder zwei verwirrte, unsichere Blicke wurden ausgetauscht; dies war das erste Mal, dass sie von der Einberufung neuer Arbeitskräfte hörten. Kernan, der nie Zeit mit Formalitäten vergeudete, signalisierte ihnen, sich an die Arbeit zu machen, und winkte dann Oswalde heran. »DS Haskons hier ist der Büroleiter. Er wird Sie informieren.«

»Hallo Bob.«

Oswalde erwiderte das Nicken. »Richard.«

»Sie beide kennen sich?«, hakte Kernan nach.

»Ich war früher in der West End Lane«, erklärte Haskons.

»Natürlich waren Sie das. Gut.« Damit war der Auftrag erledigt, und Kernan verließ die Zentrale.

Haskons war genauso verwirrt wie einige der anderen. Er

sagte: »Tennison hat gar nicht erwähnt, dass du dich uns anschließen wirst.«

Oswalde schaute sich um, ob er weitere bekannte Gesichter entdeckte. Er sah auf Haskons hinunter, der im Vergleich zu seinen eins achtzig nur eins fünfundsiebzig maß.

»Sie weiß nichts davon«, meinte er.

KAPITEL FÜNF

Der Pförtner des Krankenhauses wies ihr den Weg zum Atelier des medizinischen Künstlers. Tennison ging über den hallenden, hell gefliesten Korridor und fand die Tür, an der ein weißes Stück Karton klebte, auf dem mit grünem Filzstift ›Studio‹ geschrieben stand. Es wirkte auf sie wie der Eingang eines unscheinbaren Unternehmens; in Anbetracht der Summe, die sie ihm zahlten, sollte dieser Typ besser gut sein.

Als sie eintrat, sah Tennison, dass es sich nicht um ein Studio, sondern eher um ein medizinisches Labor handelte. In riesigen Reagenzgläsern lagen in Flüssigkeit getauchte menschliche Organe, die sie nicht zu genau unter die Lupe nehmen wollte, falls sie sich als echt herausstellten. Ein hochgewachsener junger Mann in einem schwarzen Rollkragenpullover und einer grauen Schürze arbeitete am anderen Ende des Raumes neben einem weit geöffneten Fenster, um ein Maximum an natürlichem Tageslicht zu nutzen. Tennison schlängelte sich zwischen den Exponaten hindurch und hielt ihren Blick nach vorne gerichtet. Sie hatte schon echte Menschen in grauenhafter Verfassung gesehen, und der Anblick von Blut machte ihr nichts aus, aber diese mumifizierten, schwimmenden Teile inneren Gedärms waren ihr unheimlich.

»Ich bin DCI Tennison. Ich glaube, Sie fertigen eine Tonskulptur für uns an?«

Es war der Kopf, an dem er gerade arbeitete. Er trat zurück und wischte den braunen Ton auf seiner Schürze ab, sodass sie einen guten Blick auf das Werkstück werfen konnte.

»Im Moment sieht es vielleicht noch nicht nach viel aus, aber ich bin guter Hoffnung.« Er hatte eine affektierte, träumerische Stimme, als verbrächte er einen Großteil seiner Zeit auf einer anderen Existenzebene. Wahrscheinlich war das tatsächlich so, dachte Tennison.

Sie trat näher heran. Von Nadines Schädel war ein Gipsabdruck genommen worden, in den er Dutzende von Stahlstiften gehämmert hatte. Diese bildeten das Gerüst für die Gesichtszüge, die er in Ton modellierte. Im Moment konnte man die darunterliegende Struktur sehen, freiliegende Muskeln und Ligaturen, und der Effekt war makaber, ein in seine Einzelteile entblößtes Gesicht.

»Sie hatte den schönsten Schädel, den ich je gesehen habe«, tat der junge Mann kund.

»Wirklich?«

»Ja. Schauen Sie hier …« Er benutzte ein Skalpell aus rostfreiem Stahl als Zeigestab. »Der Orbicularis oris. Der Muskel setzt am Ober- und Unterkiefer in der Nähe der Mittellinie an, an den Ausläufern der Schneide- und Eckzähne. Seine Fasern umgeben die Mundöffnung. Funktion: Schließen der Mundöffnung und Schürzen der Lippen. Wissen Sie, ich bin Wissenschaftler«, fügte er hinzu und schenkte ihr sein schüchternes, verträumtes Lächeln. »Sonst hätte ich gesagt, dass es der Muskel ist, der Ihnen erlaubt, jemanden zu küssen.«

»Wann wird sie fertig sein?«

»Ende der Woche.«

ALS BÜROLEITER FÜHRTE Haskons eine kleine Umstrukturierung durch – sehr zum Missfallen von Ken Lillie, denn er war derjenige, der umstrukturiert wurde.

»Aber warum?«, fragte Lillie, in dessen Armen sich Dokumentenmappen stapelten.

»Ich versetze dich.«

»Und wieso mich?«

»Bob braucht einen Schreibtisch.«

»Nein, nein, das ist keine Antwort ... Warum ich?«

Haskons deponierte einen Karton mit verschiedenen Dingen oben auf dem Stapel, sodass Lillie den Kopf heben musste, um darüber zu schauen.

»Weil du immer nur zum Kaffeetrinken an deinem Schreibtisch sitzt.«

»Ja«, stimmte Lillie vehement zu. »Normalerweise bin ich ja auch unterwegs und sorge dafür, dass die Straßen sicher sind.«

Aus allen Ecken des Raumes bekam er spöttisches Gejohle ab, Buhrufe und Kommentare wie »SuperLillie schlägt wieder zu« oder »Batman und Lillie«.

Oswalde studierte derweil die Fotos von Nadine an der großen Tafel und hielt sich aus dem Geschehen heraus. Er war auch so schon aufgeregt genug und beobachtete nervös die Tür, ob Tennison hereinkäme. Kernan hatte seine Versetzung ohne Rücksprache mit ihr arrangiert, was Oswalde in eine Lage brachte, in der er nicht sein sollte. Besonders nach dem, was auf der Konferenz geschehen war. Wäre er paranoid gewesen, überlegte Oswalde, dann hätte er vielleicht vermutet, dass Kernan die beiden absichtlich zusammengebracht hatte, als Teil eines teuflischen Plans, damit er sich voller Schadenfreude zurücklehnen und zusehen konnte, wie die zwei sich in ihrem Schicksal wanden.

Nein, dazu würde sich Kernan nie herablassen. Oder etwa doch?

Oswalde fühlte einen anderen Blick auf sich ruhen.

Burkin saß mit ausgestreckten Beinen in seinem Stuhl und kaute auf einem Streichholz. Er murmelte zu Rosper am Nebentisch: »Es ist schon schlimm genug, dass wir die Kerle überwachen müssen. Jetzt sollen wir auch noch mit ihnen arbeiten.«

»Das sagst du nur, weil er größer ist als du«, scherzte Rosper unbeschwert wie immer.

Burkin war getroffen. »Nein, ist er nicht.«

Die Tür schwang auf, und Tennison kam herein, der Regenmantel flatterte um sie herum. Auf halbem Weg zu ihrem Schreibtisch erblickte sie Oswalde und blieb wie angewurzelt stehen. Oswalde versuchte das Unmögliche: Er hoffte, keine Aufmerksamkeit auf sie beide zu lenken, indem er sie nicht ansah, und bemühte sich gleichzeitig, ihr durch irgendeinen geheimnisvollen telepathischen Prozess zu vermitteln, dass er genauso ahnungslos war wie sie, nur eine weitere unschuldige Figur in diesem Spiel.

»Tony. Kann ich Sie kurz sprechen, bitte?« Tennison machte eine Kehrtwende und ging wieder.

Muddyman verließ seinen Schreibtisch und trat auf den Korridor hinaus, wo er sie auf und ab schleichend vorfand, die Hände tief in den Manteltaschen vergraben.

»Chef?«

»Was macht Bob Oswalde hier?«

»Sie kennen ihn?«

»Beantworten Sie die Frage, Tony.«

»Er ist Teil des Teams. Kernan hat ihn hergebracht.«

»Danke.«

Damit marschierte sie in Richtung von Kernans Büro und ließ Muddyman stehen und sich wundern, was zum Teufel das alles sollte.

Kernan diktierte gerade einer Sekretärin Briefe, als Tennison hereinkam. Er schien sehr zufrieden mit sich selbst zu sein und lehnte sich mit einem süffisanten Grinsen auf seinem pockennarbigen Gesicht zurück. Tennisons Gedanken rasten im Eiltempo, ergaben aber nur ein einziges Durcheinander; sie war sich nicht sicher, welches Gefühl überwog und welchem sie überhaupt trauen konnte. Sie wusste, dass sie die Sache vorsichtig angehen musste.

»Jane?«, rief Kernan, was zeigte, dass er gut gelaunt war, denn normalerweise hätte er mit einem Seufzer gesagt: ›Nun, was gibt es?‹

»Ich möchte mit Ihnen sprechen, Chef. Jetzt.«

»Danke, Sharon.«

Unmittelbar nachdem der WPC gegangen und die Tür geschlossen war, begann Tennison: »Warum haben Sie jemanden in mein Team aufgenommen, ohne mich zu informieren?«

Sie hielt sich selbst im Zaum, ihre Stimme blieb einigermaßen ruhig, ihr Temperament unter Kontrolle – für den Augenblick.

Kernan zündete sich eine Zigarette an. »Es schien mir, dass ein schwarzer Offizier eine – wie soll ich es ausdrücken? – nützliche Ergänzung wäre.«

»Warum haben Sie sich nicht mit mir beraten?«

»Tatsächlich habe ich den Verbindungsoffizier für Öffentlichkeitsarbeit konsultiert, der das für eine ausgezeichnete Idee hielt.« Kernan gestikulierte mit der Zigarette. »Ein farbiges Gesicht, das bei dieser Untersuchung im Vordergrund steht. Ein Gegengift für die Burkins dieser Welt. Wollen Sie mir etwa sagen, Sie könnten keinen zusätzlichen Mann gebrauchen?«

»Nein.«

»Nun, was wollen Sie mir dann sagen?«

»Sie haben diesen Officer als Verstärkung angefordert«, resümierte Tennison in fragendem Ton und vergewisserte sich, dass sie es verstanden hatte, »weil er schwarz ist?«

Jetzt seufzte Kernan und rollte ein wenig mit den Augen.

»Jane, ich bin nicht auf eine politische Auseinandersetzung aus …«

»Es wäre anders gewesen, wenn er von Anfang an Teil des Teams gewesen wäre, aber so kann das jedes Mal, wenn ich ihn bitte, etwas für mich zu erledigen, falsch interpretiert werden.«

Kernan starrte ausdruckslos zu ihr auf. »Das verstehe ich nicht.«

Tennison trat näher an den Schreibtisch heran, ihre Hände glitten durch die Luft. »Das riecht nach einer Alibiaktion. Es ist ein politisches Manöver.«

Kernan wollte sich dieses Geschwätz nicht anhören, und er sah auch nicht ein, warum er es tun sollte. Aber Tennison hatte sich aufgeputscht und wollte nicht Ruhe geben. Sie sagte hitzig: »Sie hätten mich zuerst fragen sollen. Wenn Sie Ihren Rang ausnutzen, untergraben Sie nur meine Leitung.«

Jetzt war es an Kernan, sich zu ärgern. »Ich habe meinen Rang nicht ausgenutzt. Ich wollte Ihnen bloß helfen …«

»Das ist doch Blödsinn«, erwiderte Tennison, fügte dann hinzu: »Sir.«

Was sollte er mit der verdammten Frau anfangen? Allen Widrigkeiten zum Trotz hatte sie es bis zum Chief Inspector der Metropolitan Force gebracht, die eine Mordkommission leitete – was stets ihr Wunsch gewesen war –, und trotzdem war sie nicht zufrieden. Solche Probleme hatte er mit männlichen Kollegen nie gehabt. Wenn sie nur nicht so gut in ihrem Job wäre, hätte er sie auf schnellstem Wege abserviert. ›Hau ab, mein Sonnenschein!‹

Kernan rieb sich mit den Fingerspitzen über die Augenlider und spürte, wie die Sache an ihm zehrte.

»Sie können nicht mit dem Mann zusammenarbeiten?«, fragte er schließlich in dem Bemühen, den wahren Grund für ihre Einwände herauszufinden.

»Doch, ich kann mit ihm arbeiten.«

»Weil alle meine Quellen sagen, dass er ein guter Officer ist.«

»Ich bin sicher, dass er das ist.«

Kernan breitete seine Hände aus und appellierte an sie. »Was haben Sie dann gegen ihn?«

»Nichts«, sagte Tennison wortkarg. »Na ja …« Sie zuckte halb mit den Schultern. »Wir haben uns bei dem Seminar nicht besonders gut verstanden, aber …«

»Ich will nicht, dass Sie den Mann heiraten, verdammt noch mal!«, brüllte Kernan und drückte seine Zigarette im überquellenden Aschenbecher aus.

Tennisons Gefühlswirrwarr hätte sie beinahe überwältigt. Um ein Haar wäre sie mit dem wahren Grund herausgeplatzt, warum sie etwas dagegen hatte, dass Bob Oswalde in das Team aufgenommen wurde – wie sollte sie mit einem Mann zusammenarbeiten, zu dem sie sich stark hingezogen fühlte und der ihr Geliebter gewesen war? Das würde zu allen möglichen und unmöglichen Konflikten führen und gewöhnliche, alltägliche Arbeitsbeziehungen in einen Balanceakt auf Messers Schneide wandeln. Und was erst, wenn es herauskäme? Sie würde sich zum Gespött machen. Ihre Glaubwürdigkeit würde wie ein Luftballon zerplatzen, ihr Ruf auf null sinken, tiefer als der Bauch einer Schlange.

Aber am Ende siegte die Vernunft. Sie machte sich nicht lächerlich und posaunte es auch nicht heraus. Sie sagte einfach, so eindringlich wie möglich, dass sie ihn nicht im Team haben wolle.

Kernans Geduld war bis zum Äußersten strapaziert worden, und schließlich riss sie. »Er ist bereits im Team. Ich habe meine Entscheidung getroffen und werde sie nicht rückgängig machen. Weisen Sie den Mann ein und lassen Sie ihn arbeiten. Wir werden die Situation Ende der Woche überprüfen. Ich werde den Fortgang dieser Ermittlung von nun an sehr genau verfolgen.«

Tennison verließ das Büro.

Zehn Minuten später rief Tennison ihn unter dem Vorwand, DS Oswalde offiziell in Southampton Row willkommen zu heißen, in ihr Büro. Sie war immer noch aufgeregt und brannte auf eine Zigarette. Sie stand vor ihrem Schreibtisch, die Arme verschränkt, und blickte ihn mit vorwurfsvoller Miene an.

»Erwartest du von mir, dass ich glaube, dies wäre reiner Zufall?«

Oswalde betrachtete sie ruhig. »Ich weiß nicht, ob das Zufall ist – ich meine, wie viele schwarze Detectives hatte er denn zur Auswahl? Was ich damit sagen will, ist, dass es nichts mit mir zu tun hat. Du kennst mich gut genug, um zu wissen, dass ich nicht darum bitten würde, der Alibi-Schwarze in deinem Team zu werden.«

Er wirkte recht zuversichtlich.

Tennison entgegnete scharf: »Glaub bloß nicht, dass das, was auf dem Seminar passiert ist, dir irgendwelche Privilegien verschafft.«

»Tue ich nicht.«

»Und wehe, du plauderst es irgendjemandem aus.«

»Jane, bitte … Wofür hältst du mich?«

»Und nenn mich nicht Jane.«

Oswalde machte einen gequälten Gesichtsausdruck. »Hör zu, vertrau mir. Was passiert ist, ist passiert. Es ist vorbei, schon längst vergessen. Lass uns nicht mehr daran denken …«

»Ja. Also schön.« Tennison winkte mit der Hand und entließ ihn. »Geh wieder in die Einsatzzentrale. Ich komme in Kürze nach.«

Als er weg war, starrte sie einen langen Moment auf die Tür, dann steckte sie sich eine Nicorette in den Mund und kaute wie verrückt darauf herum.

Das gesamte Team war für die Vier-Uhr-Besprechung versammelt. Es herrschte eine seltsame, angespannte Atmosphäre, Tennison erteilte Anweisungen, und die Männer waren nervös. Sie vermuteten, dass es etwas mit Kernan und Oswalde zu tun hatte, aber darüber hinaus tappten sie völlig im Dunkeln.

Tennison stand vor der Tafel und ließ ihren Blick über sie schweifen. »Mit etwas Glück könnten wir die Tonskulptur morgen bekommen. Spätestens zum Ende der Woche. Nach dem Gespräch mit Harvey ist es wohl am besten, wenn wir uns auf Sonntag, den einunddreißigsten August 1986, konzentrieren.«

»Hat Harvey ein Alibi?«, fragte Burkin.

Tennison nickte. »Seine Schwester, Eileen. Ich werde bald mit ihr sprechen. Wir brauchen einen Namen. Wir müssen Nadines Lebensgeschichte rekonstruieren, dann können wir sie vielleicht mit Harvey in Verbindung bringen.«

»Ich habe mich durch diese Aussagen gewühlt«, meldete sich Haskons, der auf der Kante seines Schreibtisches saß und auf einen Papierstapel deutete. »Ein oder zwei Leute sprechen von einem jungen Mädchen, das sich im Keller von Nummer fünfzehn aufgehalten haben soll.«

»Wirklich?«, fragte Tennison.

»Sie widersprechen sich teilweise, aber es könnte 1986 gewesen sein.«

»Brillant. Dann würde ich gerne bei Vermisstenmeldungen ansetzen. Bob, vielleicht könnten Sie das übernehmen.«

Oswalde richtete sich auf, sein Gesicht versteifte sich, dann nickte er abrupt. Einige der anderen tauschten Blicke aus. Das Überprüfen von Vermisstenfällen war normalerweise keine Aufgabe für einen Detective Sergeant, schon gar nicht für einen so erfahrenen wie Oswalde.

»Tony, können Sie mal mit Harveys Arzt reden und

sicherstellen, dass er nicht nur ein verdammt guter Schauspieler ist?«

»Wenn das der Fall ist, sollte er einen Oscar gewinnen«, meinte Muddyman dazu.

»In Ordnung. Das ist alles für den Moment.«

Als sie den Raum verließ, wandte sich Burkin grinsend an Haskons und murmelte: »Schön, dass der Chef unseren farbigen Freund in Schach hält.«

Haskons stimmte dem nicht zu, und er war mit Tennisons Aufgabenverteilung alles andere als glücklich. Er folgte ihr und holte sie auf dem Korridor ein.

»Chef, kann ich jemand anderen auf die Vermisstenfälle ansetzen?«

»Warum das?«

»Bei allem Respekt, Ma'am, es ist nicht nachvollziehbar, jemanden mit seiner Erfahrung –«

»Nein.« Tennison war schon im Begriff zu gehen. »Er könnte auf etwas stoßen, was einem jüngeren Officer entgehen würde. Und nennen Sie mich nicht ›Ma'am‹.«

Haskons sah ihr nach und schüttelte den Kopf. Was für dämliche Ausreden …

EILEEN REYNOLDS WAR EINE JÜNGERE, wesentlich widerstandsfähigere Version ihres Bruders David Harvey. Sie war eine hartgesottene Glasgowerin mit einem scharf geschnittenen Gesicht unter einer silbrigen Decke ausgeblichenen Haares. Sie saß in Tennisons Büro und trug einen puderblauen Mantel und einen Schottenschal, der nicht gerade gut zu alldem passte. Ihr Sohn Jason hockte still neben ihr, als wäre er von ihrer herrischen Präsenz eingeschüchtert. Tennison versuchte festzustellen, in welchem Rhythmus Harvey seine Schwester besuchte und ob er am fraglichen Wochenende ebenfalls bei ihr gewesen war.

»Ich bin mir sicher, natürlich bin ich mir sicher! Jedes

Jahr, seit seine Jeanie gestorben ist. Er wäre nicht vor Montagmorgen abgereist.« Eileen Reynolds beugte sich plötzlich nach vorne und umklammerte mit ihren arbeitsmüden Händen die glänzende schwarze Handtasche in ihrem Schoß. »Ihr müsst bitte bedenken, dass er ein kranker Mann ist. Ihr solltet ihn nicht bedrängen.«

»Mum.« Jason zupfte an ihrem Ärmel. Es schien ihm peinlich zu sein. »Sie müssen ihren Job machen.«

»Er hat in Kürze eine Operation, wissen Sie? Sie bringen ihn womöglich noch ins Grab …«

»Wir bedrängen ihn nicht, Mrs Reynolds. Wir versuchen, ihn aus unseren Ermittlungen auszuschließen.«

Die Frau lehnte sich wieder zurück, ihre schmalen Augen funkelten, und sie murrte heiser: »Sie würden ihn nicht derart bedrängen, wenn er ein Schwarzer wäre.«

»Mum …!«

»Mrs Reynolds«, entgegnete Tennison geduldig, »ich habe Ihren Bruder lediglich ein Mal befragt, das ist alles. Was nichts Ungewöhnliches ist, wenn man bedenkt, dass die Leiche eines jungen Mädchens in seinem Garten vergraben wurde.«

Eileen Reynolds schnaubte. »Also, das ist doch alles Unsinn. Simone Cameron hier, Simone Cameron da. War es Simone?«

»Nein.«

»Sehen Sie? Mein Bruder ist es, um den Sie sich Sorgen machen sollten. Er ist doch derjenige, der stirbt.«

»Ist das so weit alles?«, erkundigte sich Jason und stand auf.

»Ja. Vielen Dank, dass Sie gekommen sind.«

»Komm, Mum …«

»Lass das!« An der Tür wandte sie ihr scharfes, wütendes Gesicht für eine letzte spitze Bemerkung in Tennisons Richtung. »Dank Ihnen ist er morgen im Krankenhaus.«

»Komm schon«, brummte Jason und geleitete sie hinaus in den Flur.

Tennison ging zur Tür und bedeutete einer vorbeieilenden Polizistin, die beiden zum Empfang zu begleiten. Jason hatte seinen Arm um den Rücken seiner Mutter gelegt und führte sie hinter der Beamtin her, ganz der pflichtbewusste, aufmerksame Sohn.

Tennison sah auf ihre Uhr, überlegte einen Moment und nahm dann ihren Mantel vom Haken. Wenn sie sich sputete, würde sie Vernon Allen gerade noch erwischen, ehe er sein Büro verließ.

DIESMAL WAR er nicht so freundlich und kooperativ. Vielleicht lag es daran, dass er in seiner Rolle als Führungskraft an einem Mahagonischreibtisch saß, seine breite Statur in einem gut geschnittenen Anzug mit passender Weste gekleidet. Vielleicht hatte er aber auch nur die Nase voll davon, dass Tennison immer wieder dieselben Fragen stellte, die er bereits beantwortet zu haben glaubte.

Tennison war sich bewusst, dass er verärgert war, wegkommen wollte, und sagte daher: »Nur noch eine Sache, Vernon. Sie erwähnten, dass Sie und Mr Harvey sich zerstritten haben, weil er nicht ausziehen wollte.«

»Ja.«

»War da sonst nichts?«

»Was? Nein.«

»Aber hat er nicht den Keller untervermietet? An ein Mädchen?«

»Das hatte nichts mit mir zu tun.«

»Was hatte nichts mit Ihnen zu tun?«

»Was auch immer sie getan hat.«

»Was hat sie denn gemacht?«

»Hören Sie – ich weiß es nicht. Es ging mich nichts an.«

Vernon Allen schnaubte und wandte sich ab, blickte

durch die Jalousien auf die Londoner Skyline in der beginnenden Dämmerung. Weit unten verstopfte der Berufsverkehr die Unterführung von Euston.

»Es scheint, als wäre sie eine Prostituierte gewesen, Vernon«, sagte Tennison.

»Warum das denn?«

»Weil Sie als Vermieter wegen des Betriebs eines Bordells hätten angeklagt werden können.«

Er fühlte sich angegriffen. »Wie können Sie es wagen, das Wort ›Bordell‹ zu benutzen?«

»Welchen Begriff würden Sie verwenden?«

Er sah sie durch seine schwere, dunkel gerahmte Brille an, ein Hauch von Unsicherheit lag in seinem Blick, als wäre er sich seiner Sache nicht mehr gewiss. Mit einer trägen Bewegung hielt er sich eine Hand an die Stirn und sagte: »Ich war die ganze Zeit auf der Arbeit, Esme ebenso. Ein Nachbar erzählte uns, dass sich dort Männer aufgehalten hätten. Ich habe sofort mit Harvey gesprochen, hatte aber keinerlei Beweise. Und plötzlich schien es, als wäre das … das Mädchen … verschwunden.«

Tennison beugte sich vor. »Aber haben Sie sie gesehen?«

Vernon Allen nickte kaum merklich. »Ja.«

»War es das Mädchen, dessen Überreste wir gefunden haben? Ist das der Grund, warum Sie nicht kooperieren wollen?«

»Hören Sie. Meine Familie ist sehr verärgert.« Er bemühte sich, langsam zu sprechen und seine Gefühle im Zaum zu halten. »Es ist eine wichtige Zeit für uns. Eine Hochzeit sollte ein Anlass zur Freude sein. Ich habe bisher in jeder Hinsicht mit Ihnen zusammengearbeitet …«

»Dann beantworten Sie bitte die Frage. Könnte die Beschreibung, die ich Ihnen gegeben habe, auf sie zutreffen?«

»Nein.« Er starrte direkt zurück. »Sie war ein weißes Mädchen.«

»Nicht nur hellhäutig?«

»Nein. Weiß.«

Tennison lehnte sich zurück und presste ihre Lippen aufeinander. »Könnten Sie sie beschreiben, bitte?«

Vernon Allen dachte einen Moment lang nach. »Klein, vielleicht einen Meter sechzig. Ein zierliches Ding, wirklich. Blondes Haar – gebleicht, würde ich sagen.« Tennison nickte und machte sich Notizen. »Sie war recht jung, aber nicht das Mädchen, das Sie beschrieben haben.«

Tennison blickte von ihrem Block auf. »Hatten Sie eine sexuelle Beziehung zu diesem Mädchen?«

Sie las in seinen Augen, wie beunruhigt er über diese Frage war.

»Nein, hatte ich nicht«, antwortete Vernon Allen mit ernster Miene.

»Welcher Art war die Beziehung zwischen Harvey und diesem Mädchen?«

»Wer weiß? Ich würde diesem Mann alles zutrauen.«

»Und wann genau war das, Vernon?«

Er starrte auf den Schreibtisch hinunter, wich Tennisons Blicken aus, aber sie störte sich nicht daran, zu warten. Er räusperte sich, schluckte und gab zögernd zu: »Es könnte der Sommer gewesen sein, von dem Sie sprechen.«

Tennison setzte die Kappe auf ihren Stift und schraubte sie fest.

Der Mediziner hatte es für Ende der Woche angekündigt, und am folgenden Tag, kurz nach fünfzehn Uhr, lieferte er sein Werk ab.

Auf dem Rückweg von der Damentoilette schaute Tennison kurz in Kernans Büro vorbei und lud ihn ein, mit in die Einsatzzentrale zu kommen und einen Blick darauf zu werfen. Sie fand, das sei das Mindeste, was sie tun könnte, da Kernan das Geld dafür aus seinem Budget auftreiben musste.

»Der Anwalt der Viswandhas hat mir ein Ohr abgekaut«, brummte Kernan ihr zu, als sie den Flur entlanggingen. »Er erklärte mir, die Forensiker würden immer noch im Haus herumstöbern und Teppiche, Dielen und alles Mögliche entfernen.«

»Ja und?«

»Lassen Sie uns so schnell wie möglich von dort verschwinden.«

»Ja, natürlich.«

Kernan stieß die Tür zur Einsatzzentrale auf, winkte sie hindurch und sagte mit einem deutlichen Mangel an Begeisterung: »Dann wollen wir uns das mal ansehen.«

Es herrschte eine erwartungsvolle Stimmung. Das gesamte Team hatte sich für die feierliche Enthüllung versammelt. Richards, der Polizeifotograf, hatte sein Stativ und die Beleuchtung aufgebaut. Tennison nickte Haskons zu, der nach vorne trat und das Tuch wegzog. Einen Moment lang herrschte fassungsloses Schweigen, dann eine Art kollektives Luftholen. Dieser medizinische Künstler war allzu bescheiden gewesen, dachte Tennison. Er war zweifelsohne ebenso sehr Künstler wie Wissenschaftler.

Der Kopf war aus braunem Ton modelliert und wirkte erstaunlich lebensecht. Das Mädchen war jung und sehr schön, sah ziemlich stolz aus, mit geflochtenen Haaren, die aus einer breiten Stirn gekämmt waren. Der Künstler hatte den gemischtstämmigen Charakter ihrer Gesichtszüge genau getroffen, die hohen Wangenknochen und den edlen Mund, und all das erinnerte Tennison stark an den geschnitzten Kopf einer antiken Göttin.

Alle, selbst die hartgesottenen langjährigen Profis, die dachten, sie hätten schon alles gesehen, waren beeindruckt …

Alle außer Kernan, diesem zynischen alten Griesgram, der eher ein Loch in seinem Budget vor sich sah als eine fachmännisch gefertigte Tonskulptur.

Sein einziger Kommentar bestand in einem mürrischen »Sehr schön«, dann folgte auch schon der Luftzug der Schwingtür, als er durch diese nach draußen verschwand.

Richards knipste Fotos, bewegte unaufhörlich seine Kamera, um sämtliche Winkel zu erfassen. Tennison wandte sich an die Männer.

»Als gut … Ich möchte, dass diese Fotos überall erscheinen, in der lokalen und nationalen Presse. Von nun an werden Sie sie jedem zeigen, der etwas Hilfreiches beitragen könnte. Holen wir die Allens her, damit sie sich das anschauen können …« Sie wies in Richtung des Kopfes. »Vernon Allen hat bestätigt, dass in jenem Sommer eine Prostituierte im Keller von Nummer fünfzehn tätig war. Seiner Beschreibung nach handelte es sich nicht um Nadine, aber es ist möglich, dass Nadine ebenfalls eine Nutte war … und vielleicht war Harvey ein kleiner Zuhälter? Übrigens ist Harvey morgen den ganzen Tag im Krankenhaus«, fügte sie hinzu, »also werde ich ihn erst am Abend besuchen können, um ihn darauf anzusprechen.«

»Sie sieht nicht wie eine Prostituierte aus«, meinte DC Lillie.

»Hören Sie sich trotzdem schon mal um.« Tennison ging zur Tafel. »Vernon Allen hat über den Aufenthalt seiner Familie am einunddreißigsten August Rechenschaft abgelegt. Seit zehn Jahren findet am letzten Sonntag im August im Honeyford Park ein Reggae-Sunsplash-Konzert statt. Vernon sagt, dass Esme bei diesem Event anwesend war – sie unterhält dort jedes Jahr einen Stand und verkauft karibische Speisen.«

Die Männer schwiegen und hörten aufmerksam zu. Tennison blickte ab und zu auf ihre Notizen, um ihr Gedächtnis aufzufrischen, und fuhr fort.

»Anscheinend hat Tony, der Sohn, das Konzert besucht, das den ganzen Tag dauert – von zehn Uhr morgens bis zehn Uhr abends. Vernon sagt, er habe den Tag zu Hause mit

Sarah und David verbracht. Tony kam gegen einundzwanzig Uhr zurück, um auf seinen Bruder und seine Schwester aufzupassen, damit Vernon zur Arbeit gehen konnte. Ich habe Vernons Arbeitsnachweis überprüft. Er machte eine Doppelschicht von Sonntagabend bis weit in den Montag hinein. Als Esme zusammengepackt und die Sachen ins Café zurückgebracht hatte und wieder zu Hause war, war es bereits viertel vor elf. Sie gibt an, dass zu diesem Zeitpunkt alle drei Kinder im Bett lagen und schliefen. Natürlich möchte ich, dass diese Aussagen, sofern möglich, überprüft werden.«

Sie sah sich um und wollte schon die Besprechung beenden, als Oswalde, lässig und mit verschränkten Armen an einen Schreibtisch gelehnt, beiläufig sagte: »Vielleicht ist das ja die Verbindung zwischen Nadine und der Honeyford Road.«

»Was?«

»Der Reggae Sunsplash.«

Tennisons Augen verengten sich. »Fahren Sie fort.«

»Harvey könnte sie dort getroffen haben, oder Tony Allen. Vielleicht waren die afrikanischen Stoffe in der Tasche des Opfers eine Art Kostüm. Sie könnte sogar bei dem Konzert aufgetreten sein.«

Niemand sagte etwas. Oswaldes erster Beitrag, nachdem er vor weniger als vierundzwanzig Stunden ins Team aufgenommen worden war, war gut, und jeder wusste das.

Tennison wandte den Blick von ihm ab und tippte mit den Fingern auf den Schreibtisch. »Das ist ein interessanter Gedanke. Dem sollten wir auf jeden Fall nachgehen. Frank, Gary, ich möchte, dass Sie gleich morgen früh die Sunsplash-Organisatoren aufsuchen – mal sehen, ob sie uns irgendwelche Bands nennen können, die Backgroundsängerinnen oder Musiker in afrikanischer Kleidung haben.«

Oswalde breitete langsam seine Arme aus. Er konnte es nicht fassen. Er hatte gerade im Alleingang eine vielversprechende Spur gefunden, und sie hatte die interessante Aufgabe an jemand anderen weitergereicht. Der Rest des Teams konnte sich lebhaft vorstellen, wie er sich fühlte, und mied seine dunklen, wütenden Augen. Irgendetwas ging hier vor sich, aber sie wollten lieber nicht wissen, was genau es war.

»Gibt es sonst noch etwas?«, fragte Tennison zügig. »In Ordnung. Das war's für den Moment.« Mit großen Schritten ging sie hinaus.

Oswalde folgte ihr. Im Korridor holte er sie ein und brachte sie dazu, stehen zu bleiben.

»Warum tun Sie mir das an?«, verlangte er mit tiefer, aufgebrachter Stimme.

»Was?«

»Mich wie einen Bürohengst behandeln?«

»Ich weiß nicht, wovon Sie sprechen«, sagte Tennison und versuchte, es durchzustehen. Sie wandte ihren Blick ab; einige Leute kamen vorbei, und es war ein bisschen zu öffentlich für diese Unterhaltung.

»Warum haben Sie mich nicht zu den Konzertveranstaltern geschickt?«

»Sie haben bereits eine Aufgabe«, erwiderte Tennison – eine weitere bequeme, aber dämliche Ausrede. »Außerdem dachte ich, Sie wollten nicht wegen Ihrer Hautfarbe mit besonderen Aufgaben betraut werden.«

»Will ich auch nicht«, entgegnete Oswalde knapp. »Aber ich möchte eine Aufgabe erhalten, die meinen Fähigkeiten und meiner Erfahrung entspricht.«

Er hatte allen Grund verärgert zu sein und stellte diese Forderung zu Recht, das wussten sie beide. Tennison war bestrebt, diese öffentliche Konfrontation zu beenden, damit keine Gerüchte aufkamen. Sie sagte: »Ich möchte, dass Sie weiterhin die Vermisstenfälle durchsehen.« Oswalde wollte gerade protestieren, doch sie unterbrach ihn. »Aber ich möchte auch, dass Sie dafür sorgen, dass die Allens sich die Tonskulptur ansehen. Achten Sie auf deren Reaktionen.«

»Danke«, erwiderte Oswalde steif und machte sich wieder an die Arbeit.

Obwohl er immer noch sauer auf Tennison war, war Oswalde froh, nun ein wenig zentraler an den Ermittlungen beteiligt zu sein; das Durchkämmen zahlloser Vermisstenakten auf dem Computer stellte eine ermüdende, seelenzerfetzende Arbeit dar. Solche Tätigkeiten hatte er schon als junger Polizist erledigt und angenommen, diese Tage lägen hinter ihm.

Er setzte sich mit den Allens in Verbindung und vereinbarte, dass Vernon und Esme sowie deren Sohn Tony nach Southampton Row kamen, um sich den nachgebildeten Kopf anzusehen. Er holte sie am Empfang ab und erklärte den dreien den Grund ihres Hierseins, bevor er sie in den Befragungsraum führte. Sie sollten Angaben machen, ob sie das Mädchen wiedererkannten, und wenn möglich, sie identifizieren.

Als sie eintraten, behielt Oswalde sie genau im Auge und beobachtete ihre Reaktionen beim ersten Blick auf den Kopf auf dem kleinen Holzsockel. Sie besahen sich diesen schweigend. Oswalde richtete sich an Vernon Allen, der den Kopf schüttelte.

»Sind Sie sicher, Vernon?«

»Absolut.«

»Esme?«

»Ja?« Sie zog die Augenbrauen zusammen und betrachtete den Kopf mit einem gequälten Gesichtsausdruck. »Nein, mein Lieber. Ich würde mich daran erinnern, wenn ich ihr begegnet wäre.« Sie stieß einen mitleidigen Seufzer aus. »Was für ein schönes Kind …«

Ein seltsam keuchendes, ersticktes Geräusch erklang.

Oswalde fuhr herum und fand Tony Allen am Rande des Zusammenbruchs vor. Der Junge zitterte heftig und hielt sich die Hände um den Hals, während weitere beunruhigende Geräusche aus seinem bebenden Mund drangen. Er schien keine Luft zu bekommen.

»Tony – was ist los?«, fragte Oswalde alarmiert.

Esme übernahm die Führung. »Komm, Tony, setz dich.«

Sie geleitete den Jungen zu einem Stuhl und nahm neben ihm Platz, legte einen Arm um seine Schultern.

»Mach dir keine Sorgen, es ist alles in Ordnung«, tröstete ihn seine Mutter. »Es ist ziemlich heiß hier drin. Er leidet an Asthma«, erklärte sie Oswalde.

»Ich verstehe.«

Oswalde beobachtete ihn. Er schien sich allmählich zu beruhigen, obwohl ihm der Schweiß auf der Stirn stand. Er starrte immer wieder auf den Tonkopf, dann auf den Boden und wieder zurück, als würde ihn der Anblick hypnotisieren.

»Haben Sie sie schon einmal gesehen, Tony?«

»Nein.« Er schnappte nach Luft. »Ich habe sie noch nie gesehen.«

»Sind Sie sicher?«

»Ich bin mir sicher«, sagte Tony Allen.

KAPITEL SECHS

»Er ist unser Hauptverdächtiger und liegt im Sterben. Dabei werde ich nicht tatenlos zusehen.«

»Ich weiß nicht, warum Sie das so beschäftigt«, meinte Muddyman keuchend. »Sie ist doch nur eine weitere Ausreißerin, eine weitere tote Prostituierte …«

Tennison blieb im neunten Stock des Dwyfor-Hauses stehen und drehte sich zu ihm um, wobei sich ihre Brust hob. »Das meinen Sie doch nicht ernst.«

»Das tue ich, wenn es bedeutet, noch einmal diese blöde Treppe hinaufkraxeln zu müssen«, entgegnete Muddyman und starrte mit tiefer Abscheu nach oben.

»Sie ist die Tochter von irgendjemandem, Tony.«

»Ja, ja, ja …« Muddyman setzte sich wieder in Bewegung. Verbittert sagte er: »Alles, was wir aus dem alten Sack herausbekommen, wird sowieso vom Gericht verworfen werden. ›Er war sich nicht im Klaren, was er sagte‹«, ahmte Muddyman eine erhabene Stimme nach. »›Das Verhalten der Polizei war einschüchternd.‹«

Falls Harvey, als sie ihn das letzte Mal besucht hatten, bereits auf dem letzten Loch gepfiffen hatte, so war er jetzt dem Tode nahe. Er sah noch abgemagerter aus und schluckte ständig Tabletten – in zehn verschiedenen Formen,

Größen und Farben –, als wären es Bonbons. Tennison, die ihm gegenüber auf dem Sofa saß, behandelte ihn so sanft, wie sie nur konnte. Sie breitete die Fotos von Nadine auf dem Couchtisch aus und ließ ihm viel Zeit, sie zu betrachten. Schließlich schüttelte er mit keuchender und rasselnder Brust den Kopf.

»Nein, ich habe sie noch nie gesehen. Ich habe in jenem Sommer den Kellerraum vermietet, das gebe ich zu. Daran ist nichts auszusetzen.« Er sah Tennison mit seinen wässrigen Augen an. »Der große Dunkle hat sich über alles beschwert, was ich gemacht habe. Er wollte mich einfach loswerden.«

»Warum haben Sie das Zimmer vermietet, David? Kannten Sie das Mädchen bereits?«

»Nein, ich hatte sie noch nie gesehen. Für mich allein schien mir das Haus zu groß, und ich brauchte das Geld. Also habe ich eine Karte im Schaufenster des Zeitungsladens ausgelegt.«

»Wie war ihr Name?«, fragte Muddyman, der sich gegen die Rückenlehne des Sofas sinken ließ.

»Tracey? Sharon? Ich erinnere mich nicht«, sagte Harvey müde.

»Wie lange ist sie geblieben?«, fragte Tennison.

»Ein paar Monate.«

»Welche Monate waren das?«

»Juni, Juli …«

»Nicht August?«

»Nein, da war sie schon wieder weg.«

»Wussten Sie, dass sie eine Prostituierte war?«, hakte Muddyman nach, sein Tonfall war bei Weitem nicht so sanft wie der von Tennison.

»Nein.«

»Könnte sie mit diesem Mädchen befreundet gewesen sein?« Tennison deutete auf die Fotos.

»Wäre möglich.«

»Könnte sie einen Schlüssel für die Wohnung gehabt haben?«

Harveys schmale Schultern zuckten. »Wäre möglich, schätze ich …«

»Könnte es sein, dass sie und einige Freunde die Wohnung an dem Sonntag, als Sie bei Ihrer Schwester waren, benutzt haben?«, drängte Tennison ihn.

»Woher soll ich das wissen?« Sein Blick war auf sie gerichtet, aber unscharf, als könnte er sie nicht richtig erkennen. »Wie Sie schon sagten, war ich ja nicht dabei …«

Seine Schultern hoben sich, als er einen Hustenanfall bekam. Muddyman zögerte, als Tennison auf die Küche zeigte, ging dann aber doch und kam mit einem Glas Wasser zurück, das Harvey zusammen mit vier weiteren Tabletten hinunterschluckte.

»Nur noch eine Sache, David.« Tennison lächelte ihn aufmunternd an. »Könnten wir bitte ein Foto von Ihnen bekommen?«

Harvey wischte sich den Mund ab. An den unordentlichen Fransen seines Schnurrbartes klebten Wasserperlen. »Wozu?«

»Es würde uns helfen, Sie aus unseren Ermittlungen auszuschließen.«

»Bekomme ich es zurück?«

»Natürlich.« Tennison beobachtete, wie er sich im Schneckentempo zu der gläsernen Kommode bewegte. »Eins aus der Mitte der Achtziger, wenn Sie welche haben.«

Harvey nahm ein zerfleddertes, rotes Album aus der Schublade und blätterte darin herum. Tennison gesellte sich zu ihm. Sie nahm eines der gerahmten Bilder in die Hand, es zeigte einen stimmungsvollen Sonnenuntergang über einem grauen, unruhigen Meer und sah für ihr ungeübtes Auge recht professionell aus.

»Haben Sie das gemacht?«, fragte Muddyman mit Interesse.

»Nein. Mein Neffe Jason.«

»Die sind sehr schön«, meinte Tennison und legte es zurück.

»Hier.« Harvey gab ihr einen Schnappschuss von sich, einem dunkleren, kräftigeren Harvey mit braunem Schnurrbart. »Jünger und fitter, was?«, sagte er mit einem fahlen Lächeln.

»Danke. Ich werde das kopieren und Ihnen so schnell wie möglich zurückschicken.« Sie steckte es zusammen mit ihrem Notizbuch in ihre Aktentasche und ließ die Verschlüsse zuschnappen.

Sie traten in den winzigen Korridor. Harvey lehnte sich an den Rahmen der Wohnzimmertür und ruhte sich aus. Tennison streckte die Hand aus, um das Sicherheitsschloss zu öffnen, als sie bemerkte, dass der Haustürschlüssel an einer Schnur über dem Briefkasten hing. »Den würde ich an Ihrer Stelle abnehmen, David. Das ist nicht sehr sicher.«

»Der hängt da, damit jemand reinkommen kann, falls ich zusammenbreche.« Harvey sagte das ganz sachlich, ohne selbstbemitleidend um Mitgefühl zu heischen.

Tennison warf ihm beim Hinausgehen einen Blick über die Schulter zu. »Trotzdem.«

Als sie die Treppe hinuntergingen, sagte Muddyman spöttisch: »Sie würden eine hervorragende Kriminalpräventionsbeamte abgeben.«

»Ach ja?«, brummte Tennison gedehnt und boxte ihn in die Seite.

DS Oswalde verweilte bei den Tiefkühltruhen und machte sich nicht einmal die Mühe, den Anschein zu erwecken, etwas kaufen zu wollen. Im Supermarkt war zu dieser späten Stunde nicht mehr viel los, und Oswalde hatte entlang der Gänge einen ungehinderten Blick auf Tony Allen, der in seinem kurzen dunkelblauen Mantel und der gepunkteten

Fliege gepflegt und adrett aussah, wobei das Plastikabzeichen am linken Revers mit schwarzen eingravierten Buchstaben bekannt gab:

A. ALLEN
TRAINEE MANAGER

Tony war sich der Observation bewusst. Dafür hatte Oswalde gesorgt. Je unruhiger der junge Mann wurde, desto besser war es für ihn. Esme Allen hatte es einen Asthmaanfall genannt. Was für ein Unsinn! Tony war zu Tode erschrocken, kaum dass er in Nadines tönernes Gesicht geblickt hatte. Er hatte sie sofort erkannt, daran hegte Oswalde nicht den geringsten Zweifel.

Oswalde verfolgte ihn noch weitere zehn Minuten, beobachtete ihn offen, bemerkte mit Genugtuung die ruckartige Körpersprache, das Fummeln am Klemmbrett, wenn er versuchte, einen Eintrag zu machen. Dann beschloss Oswalde, dass Tony lange genug geschmort hatte, und trat ein. Er drängte ihn neben gekochtem Fleisch in die Enge und hielt ihm die Beschreibung, die Vernon Allen von der Kellerbewohnerin gemacht hatte, unter die Nase.

»Ihr Vater erinnert sich an sie«, sagte Oswalde und blickte auf Tony herab, der gut zwanzig bis fünfundzwanzig Zentimeter kleiner war. »Blondiert, schlank, etwa eins siebzig …«

»Nun, *ich* erinnere mich nicht.« Tony wich ihm aus und stiefelte davon.

»Mögen Sie Reggae, Tony?«, fragte Oswalde und folgte ihm auf dem Fuße.

»Was?«

»Also, ich schon. Reggae, Soul, Jazz. Mögen Sie Jazz?«

Tony wirbelte herum. »Wovon reden Sie da?«

»Ich rede nur, Mann.« Oswalde zuckte mit den Schultern, ganz unbekümmert.

»Tun Sie das nicht und lassen Sie mich einfach in Ruhe …«

»In Ordnung, Tony«, meinte Oswalde mit dem Anflug eines Lächelns, »beruhigen Sie sich wieder.«

Tony ging wieder los, drehte sich um, sein Gesicht zuckte.

»Ich erinnere mich an kein Mädchen«, sagte er mit zusammengebissenen Zähnen.

Oswalde blieb stehen und sah zu, wie er davonstapfte. Er hatte ihn fast so weit, aber noch nicht ganz. Tony Allen musste noch ein Weilchen schmoren.

»Hier können Sie mich rauslassen«, sagte Tennison, und Muddyman hielt an der Ecke Glasshouse Street und Brewer Street an. Sie klemmte sich ihre Aktentasche unter den Arm und öffnete die Tür. »Ich werde ein Taxi nach Hause nehmen.«

Muddyman hob die Hand. »Gute Nacht, Boss. Ich hoffe, Sie finden was.«

Tennison schlenderte durch Soho, vorbei an den Striplokalen mit ihren grellen Leuchtreklamen und lebensgroßen Farbfotos halbnackter Frauen, die sich verrenkten, um die Freier anzulocken. Zwischen den Stripclubs fanden sich zwielichtige Buden, in denen Softpornos verkauft wurden, und im hinteren Teil, hinter einem Vorhang aus flatternden Plastikgirlanden, die harten schwedischen und deutschen Filme, verpackt in Cellophan. Die Geschäfte florierten, und Gruppen arbeitender Mädchen in Miniröcken und Netzstrümpfen scharten sie um die Laternenmasten, ihre Gesichter blutarm im grellen Natriumlicht, schwarze Schlitze als Münder.

Tennison warf einen Blick über die Straße. Ein hochgewachsenes Mädchen mit einem dunklen Haarkranz auf dem Kopf sowie einem lindgrünen, kurzen Plastikregenmantel erkannte sie und nickte ihr zu. Tennison schlenderte weiter.

In einem schummrigen Eingang blieb sie stehen, um auf Rachel zu warten, und war nicht einmal ein paar Sekunden dort, als sich ein Mann näherte und zu ihr herunterbeugte. Sie roch Whisky in seinem Atem.

»Oh, das würde ich an Ihrer Stelle nicht tun«, sagte Tennison, und der Mann ging verwirrt weiter.

Eine Minute später erschien Rachel, und Tennison schenkte ihr ein Lächeln. »Sie sehen aus, als könnten Sie etwas zu essen gebrauchen, meine Liebe.«

In dem Café an der Ecke saßen sie an einem Plastiktisch, während Rachel sich ein heißes Rindfleischsandwich gönnte und Tennison einen Espresso trank.

»Wenn er ein Zuhälter ist, habe ich ihn noch nie gesehen«, sagte Rachel und gab ihr den Schnappschuss von David Harvey zurück. Sie nahm einen weiteren Bissen von ihrem Sandwich. »Ich werde mich nach der Blondierten erkundigen, aber das ist nicht gerade viel.«

»Wem sagen Sie das«, murmelte Tennison einfühlsam.

Rachel kaute, während sie laut nachdachte. »Vielleicht war sie eine von denen, die es fünf Minuten lang probiert und dann beschlossen haben, dass es doch nichts für sie ist. Eine von den Vernünftigen«, meinte sie und verzog ihre Mundwinkel zu einem düsteren, hämischen Lächeln. »Ich schätze, dass sich jemand an sie erinnern könnte, da die meisten Mädchen in dieser Gegend schwarz sind.«

Tennison hielt das Bild von Nadine hoch. »Schauen Sie mal. So dürfte das tote Mädchen ausgesehen haben …«

Rachel beugte sich vor, um den Tonkopf zu betrachten, der seelenlos in die Kamera starrte. Mit einem kleinen Schauder wich sie zurück. »Gruselig. Nein.« Sie schüttelte ihren Kopf mit den zerzausten Locken. »Die habe ich auch noch nie gesehen.«

Tennison faltete einen Zwanzig-Pfund-Schein und schob ihn unter Rachels Untertasse.

»Tun Sie Ihr Bestes, Liebling«, sagte sie lächelnd und erhob sich zum Gehen.

»Mache ich doch immer«, erwiderte Rachel.

»Hören Sie sich um. Ich muss los … Tschüss.«

Jane schenkte sich einen dreifachen Bushmills ein und drückte auf dem Weg zurück zum Sofa auf die Wiedergabetaste des Anrufbeantworters. Sie zog ihre Schuhe aus, rollte sich auf dem Sofa zusammen, schloss die Augen und bettete den Kopf auf die Kissen. Sie fühlte sich hundemüde, doch ihr Gehirn tickte wie eine noch nicht explodierte Bombe. Sie konnte ihre Gedanken nicht abstellen, sie drängten sich in ihr zusammen und überschwemmten alles. Wenn sie an einem Fall arbeitete, gab sie alles, was sie an Konzentration und emotionaler Energie besaß. Kein Wunder, dass Peter das nicht hatte durchhalten können. Könnte das überhaupt irgendein Mann? Wenn sie nicht gerade ein hohlköpfiges Flittchen wollten, dann eine Ehefrau und Hausfrau, und sie passte in keine dieser beiden Kategorien.

Der Anrufbeantworter schaltete sich ein. Es war ihre Mutter.

»Jane, vergiss nicht, dass diesen Freitag Emmas erster Geburtstag ist, also denk daran, eine Karte zu schicken, ja?«

Emma war das kleine Mädchen ihrer Schwester Pam. Pam war glücklich verheiratet mit Tony, einem Buchhalter, und hatte drei Kinder – die perfekte Kleinfamilie. Jane hingegen war das schwarze Schaf ihrer eigenen Familie, die verrückte, besessene Karrierefrau, die einen Job machte, den keine Frau machen sollte – zumindest, wenn es nach Janes Mutter ging. Sie hatte gelernt, mit dem völligen Unverständnis ihrer Familie für ihre Arbeit zu leben, wenn es auch nicht ganz zu akzeptieren; es blieb ihnen stets rätselhaft, warum sich Jane nicht einen Partner suchte und sesshaft wurde, ein paar Kinder bekam, bevor es zu spät war, und diesen ganzen Karriere-Unsinn vergaß.

»Ich habe es nicht vergessen, Mum …« Mit geschlossenen Augen, beide Hände um das Glas gelegt, nahm sie einen Schluck Whiskey.

»*Wenn du vor halb elf da bist, kannst du mich anrufen. Daddy lässt dich grüßen.*«

Es gab ein Klicken, ein kurzes Zischen, dann folgte die nächste Nachricht.

»*Mike Kernan um einundzwanzig Uhr fünfunddreißig. Ich habe auf ein Update gehofft, Jane. Irgendwelche Erkenntnisse von Ihrem Tonkopf?« Ein kurzes Zögern, dann ein Räuspern. »Äh … morgen ist mein Gesprächstermin, und die werden mich bestimmt über die Operation Nadine ausfragen. Vor allem, ob meine DCIs im Budget sind. Wie auch immer, rufen Sie mich heute Abend an, wenn Sie können – oder kommen Sie gleich als Erstes in mein Büro.*«

Jane streckte sich und nahm einen weiteren Schluck, wobei sie spürte, wie der Bushmills sich seinen Weg nach unten brannte. Sie hatte nicht die Absicht, jetzt noch eine lebende Seele anzurufen.

Am nächsten Morgen war Tennison in aller Frühe auf dem Revier. Nachdem sie ihren Mantel und ihre Aktentasche in ihrem Büro abgelegt hatte, begab sie sich in die Einsatzzentrale und sah sich den Dienstplan für den Tag an. Es war ein paar Minuten nach halb zehn, als sie zu Kernans Büro eilte und ihn vor dem Spiegel vorfand, wo er sich für sein Gespräch zurechtmachte.

Sie berichtete: »Wir haben mit den Organisatoren des Sunsplash-Konzerts gesprochen. Sie haben uns die Namen der Bands gegeben, die Background-Sängerinnen einsetzen. Wir reden jetzt mit ihnen.«

»Seien Sie vorsichtig, Jane. Wir stehen unter Beobachtung.« Kernan rückte den Knoten seiner Seidenkrawatte zurecht und blickte sie im Spiegel an. »Wie kommt Oswalde voran?«

»Bestens.«

Er drehte sich um und sah sie lächeln. »Und?« Tennison schob das Einstecktuch in seiner Brusttasche ein wenig hoch und strich es glatt. »Wie sehe ich aus?«, fragte er besorgt.

»Wie ein Chief Superintendent.«

»Gut«, sagte Kernan, und sie konnte fast sehen, wie seine Brust anschwoll.

Als sie wieder die Einsatzzentrale betrat, rief DC Jones sie zu sich.

»Chef!« Er war aufgeregt, seine Augen leuchteten hinter seiner randlosen Brille. »Ich dachte, das würde Sie interessieren – die Spurensicherung hat ein Zahnfragment unseres Mädchens zwischen den Dielen des Vorderzimmers von Nummer fünfzehn gefunden.«

Tennison schlug mit der Faust in die Luft. »Ja!«

Die Nachrichten trafen nun in rascher Abfolge ein. Als Nächstes war Oswalde an der Reihe. Er kam herüber und winkte mit einer Seite eines Computerausdrucks, dem Ergebnis all der Stunden, die er vor dem Bildschirm gehockt hatte.

»Ich glaube, ich habe sie gefunden.«

»Ja?« Tennison blickte ihn kaum an, ihr Ton war neutral.

»Joanne Fagunwa, gemischter Abstammung, wurde Anfang 1985 in Birmingham vermisst gemeldet.«

»Haben wir ein Foto?«

»Ja, nun, ich nehme an, das befindet sich in der Akte in Birmingham.«

Tennison nickte brüsk. »Lassen Sie es sich faxen. Und wenn es vielversprechend aussieht, dann fahren Sie –«

Oswalde schaute ungläubig. »Nach Birmingham?«

»Ja.« Sie wandte sich ab. »Richard, haben wir überprüft, wann Mrs Harvey gestorben ist?«

»Das war im August fünfundachtzig, oder nicht?«, antwortete Haskons.

»Sehen Sie nach.«

»Natürlich.«

Muddyman steckte den Kopf herein und rief Tennison zu: »Lassen Sie uns losfahren.«

Schon war sie weg und ließ Oswalde mit dem Computerausdruck in der Hand und einem Gesichtsausdruck aufgestauter Frustration zurück.

»Gut gemacht, Bob«, meinte Haskons aufrichtig, ein kleines Zeichen anstelle von Tennisons halbherziger Wertschätzung für seine Bemühungen. Oswalde schlich zurück an seinen Schreibtisch; er war mehr als nur ein bisschen sauer darüber, dass man ihn abblitzen ließ. Als ob er hier nur geduldet wäre und nicht wirklich zum Team gehörte. Nun ja. Das würde sich noch zeigen.

DI BURKIN GEFIEL NICHT, was er sah, und er gab sich keine große Mühe, diesen Umstand zu verbergen. Das Aufnahmestudio befand sich in einem von der Stadtverwaltung zur Verfügung gestellten Fertigbau, zwei Straßen von der Honeyford Road entfernt. Für Burkin eine geradezu kriminelle Verschwendung von Steuergeldern, die zum größten Teil von den Weißen aufgebracht worden waren, um diesen Dschungelkindern einen Ort zu bieten, an dem sie sich den ganzen Tag auf Kosten der Steuerzahler amüsieren konnten.

In Anbetracht seines höheren Dienstalters überließ Rosper Burkin die Befragung, obwohl er sich dabei unwohl fühlte.

Es war eine Aufnahmesession im Gange. Durch die große Glasscheibe konnten sie eine Gruppe von Musikern sehen, aber nicht hören, die auf Gitarren und Schlagzeug einhämmerten, begleitet von drei Jungs mit Blasinstrumenten. Die Band, die sie befragten, hatte auf dem Sunsplash-Festival gespielt, war aber nicht besonders kooperativ; hauptsächlich, so vermutete Rosper, wegen der feindseligen Stimmung, die von Burkin ausging wie ein schlechter Geruch.

Einer von ihnen, der Bassist, der sich in einem alten Sessel zurücklehnte, aus dem die Polsterung herausquoll, interessierte sich mehr für die Aufnahmesession als für die Fotos von Nadine, die Burkin ihm zeigte. Er warf nur einen flüchtigen Blick darauf. »Ich weiß nichts davon …«

»Würden Sie sie sich ansehen, bevor Sie antworten, Sir?«, fragte Burkin, wobei das ›Sir‹ so klang, als würde man ihm gerade ohne Betäubung einen Zahn ziehen.

Der Bassist nahm eines der Bilder an sich, betrachtete es und steckte es zurück. »Ich sage Ihnen, ich kenne sie nicht.«

Burkins Lippen wurden schmaler. »Okay. Ich fordere Sie noch einmal auf: Würden Sie sich bitte das Foto ansehen, bevor Sie antworten –«

Der Schlagzeuger, ein dünner, drahtiger Kerl mit einem Bob-Marley-T-Shirt und einem schwarzen Zari-Samthut, unterbrach ihn. »Sie können niemanden zwingen, sich ein Foto anzusehen, wenn man nicht will.«

»Oh, kann ich das nicht?« Burkin fletschte die Zähne in einem bösen Grinsen. »Ich kann ihn wegen der Behinderung polizeilicher Ermittlungen verhaften.«

Rosper hielt sich die Hand über die Augen.

Der Schlagzeuger entgegnete: »Er war zu dem Zeitpunkt noch gar nicht in der Band!«

Burkins Augen blitzten auf. Er öffnete seinen Mund, und Rosper ging schnell dazwischen: »Kann ich dich mal sprechen, Frank? Chef?«

»Lassen Sie mich mal sehen«, bot der Schlagzeuger an und streckte die Hand aus.

»Dein *Battyman* will mit dir reden, Frank«, sagte der Bassmann zu Burkin und kniff sich in die Nase, verzog aber keine Miene.

Rosper reichte dem Trommler das Bündel Fotos und brachte Burkin nach draußen, bevor der explodierte. Sie standen auf der Brachfläche neben dem Studio. Burkin zitterte am ganzen Körper.

»Wie hat er dich genannt?«

»Ich weiß es nicht«, murmelte Rosper.

»Doch, tust du …« Burkin konnte sich nicht damit abfinden, dass man ihn als jemanden mit einem ›Battyman‹ bezeichnete, was im karibischen Slang für einen Homosexuellen stand. Sein Gesicht war wutverzerrt. »Den werde ich verhaften …«

Rosper seufzte. Er war sich nicht sicher, wie er die Sache angehen sollte. Er fand, dass Burkin sich zum Vollidioten machte. Laut sagte er: »Das wäre ja eine große Hilfe … Überleg mal, vielleicht hat der Chef dir diese Aufgabe zugeteilt, um herauszufinden, ob du es hinkriegst, mit einem Schwarzen zu reden, ohne ihn zu verhaften.«

Burkin straffte seine breiten Schultern und atmete schwer, das hatte ihn zum Nachdenken gebracht. Er beruhigte sich allmählich.

»Und hör mal«, fuhr Rosper fort, »ich glaube, der Schlagzeuger könnte etwas wissen. Kann ich da drin mal allein mit ihm sprechen?«

»Na dann los.« Burkin zündete sich eine Zigarette an und ging in Richtung Auto davon. »Du verschwendest deine Zeit.«

»Wo ist Dirty Harry abgeblieben?«, fragte der Schlagzeuger, als Rosper zurückkam.

»Hä?«

»Dein Partner.«

»Clint Eastwood, nicht wahr?«, meinte der Bassist.

»Ach ja.« Rosper verstand. Er kratzte sich am Hinterkopf. »Das tut mir leid.«

Sie musterten ihn mit Belustigung.

»Magst du Reggae?«, fragte der Schlagzeuger.

»Klar, Junge«, erwiderte Rosper und freute sich darüber, ihre Sprache zu sprechen.

Alle lachten und waren noch erheiterter.

»Dann schau dir die mal in Ruhe an«, sagte der Schlagzeuger.

Rosper nahm vier Videokassetten entgegen, nickte enthusiastisch und reckte den Daumen nach oben. »Abgefahren.«

Als er zum Auto zurückkam, saß Burkin zusammengesackt auf dem Beifahrersitz und blies mürrisch Rauchringe aus. Rosper rutschte hinter das Steuer und zeigte dem gleichgültigen Burkin stolz die Früchte seiner Arbeit.

»Videos von 1986. Anscheinend haben zwei Bands weibliche Backgroundsängerinnen eingesetzt«, ließ er ihn selbstzufrieden wissen, und sein mopsnasiges Gesicht verzog sich zu einem breiten Grinsen. »Habe ich das Zeug dazu oder habe ich das Zeug dazu?«

Burkin starrte durch die Windschutzscheibe und stieß einen weiteren Rauchring aus.

Tennison wählte ihre Worte mit Bedacht. »Ich behaupte nicht, dass Sie es waren, der sie umgebracht hat, David, wohl aber, dass sie in Ihrem Haus umgebracht wurde.«

In Harveys Augen erschien derselbe vage Ausdruck, als ob er sie gar nicht wirklich sehen würde. Er öffnete den Mund weit, schloss ihn und öffnete ihn wieder, weit; es sah aus, als würde er einen Goldfisch nachahmen. Dann lehnte er sich nach rechts und verharrte so.

»Geht es Ihnen gut, Sir?«, erkundigte sich Muddyman.

Was für eine dumme Frage. Der Mann hing über der Armlehne des Stuhls und machte seine Goldfischnummer.

»Scheiße.« Tennison war auf den Beinen. »Rufen Sie einen Krankenwagen. Schnell.«

Bevor sie bei ihm war, versuchte Harvey verzweifelt aufzustehen, eine seiner Hände fuhr durch die Luft. Er machte einen Ausfallschritt nach vorn und fiel längs auf den Couchtisch, warf ihn um und ließ Aschenbecher, Zigaretten und andere Gegenstände durch die Gegend fliegen. Dann lag er auf der Seite, das Gesicht kreidebleich, und starrte ziellos auf das Gasfeuer mit Raucheffekt.

Muddyman verständigte den Notdienst und forderte einen Rettungswagen an. Es dauerte neun Minuten, bis er eintraf, was für die Innenstadt Londons nicht schlecht war, und Harvey war noch am Leben, als die Sanitäter ihn die Treppe hinunter und in den Krankenwagen brachten.

Tennison und Muddyman sahen zu, wie sie die Türen schlossen und wegfuhren. Sie würden in ihrem eigenen Auto nachkommen. Als der Krankenwagen mit heulender Sirene aus dem Lloyd George Estate hinausfuhr, sagte Tennison grimmig: »Wir könnten diesen Fall verlieren, wenn Harvey abkratzt.«

Muddyman dachte: *Das ist alles, was sie interessiert. Das ist alles, was die kaltblütige Schlampe wirklich interessiert.*

Oswalde fuhr die M1 hinauf nach Birmingham. Es war eine Erleichterung, von Southampton Row wegzukommen, aus London heraus, wenn auch nur für ein paar Stunden.

Mrs Fagunwa wohnte am südlichen Stadtrand, wenige Kilometer von Stratford-upon-Avon entfernt. Es handelte sich um eine wohlhabende, vornehmlich von Weißen bewohnte Mittelklassegegend mit ordentlichen Hecken und gepflegten Gärten. Einige der Häuser verfügten über Doppelgaragen.

Oswalde hatte einen Termin vereinbart, und Mrs Fagunwa erwartete ihn. Wie die Nachbarschaft war auch sie weiß und eher vornehm, wirkte jünger als ihre siebenundvierzig Jahre und hatte dichtes, schwarzes Haar, das in der

Mitte gescheitelt war; sie besaß noch immer den guten Knochenbau und die feine Gesichtsfarbe, die sie als junge Frau zu einer Schönheit gemacht haben mussten.

Sie führte ihn durch den Flur mit Parkettboden, der wie eine Eislaufbahn poliert war, in ein großes, gemütlich eingerichtetes Wohnzimmer mit Terrassentüren, hinter denen ein Rasen und Blumenbeete lagen. Aus den Aufzeichnungen wusste Oswalde, dass sie verwitwet war, und die Stille im Haus, das Gefühl unbewohnter Leere, verriet ihm, dass sie keinen Partner hatte und allein hier lebte. Sie war mit einem nigerianischen Geschäftsmann verheiratet gewesen, und auf dem Bücherregal befand sich ein großes gerahmtes Foto von ihm, sowie einige andere Bilder eines dunkelhäutigen Mädchens, die sie in verschiedenen Entwicklungsstadien zeigten – vom frechen Kleinkind mit Zöpfen bis hin zum lebhaften, attraktiven Teenager. Oswalde spürte ein Flattern in seiner Brust. Augenblicklich hatte er nicht den geringsten Zweifel. Die Ähnlichkeit mit dem Tonkopf konnte nicht größer sein. Ein Teil von ihm war überglücklich – *sie hatten Nadine gefunden!* –, aber dann musste er sich auf eine Aufgabe vorbereiten, von der er wusste, dass sie nicht angenehm werden würde. Er begann vorsichtig.

»Dürfte ich Ihnen diese Fotos zeigen?«

»Ja …«

Es waren Aufnahmen der Armbänder aus geschnitztem Elfenbein, und sie nickte, als sie sie betrachtete. »Erkennen Sie diese Amulette, Mrs Fagunwa?«

»Ja, sie gehörten der Familie meines Mannes. Er hat sie Joanne geschenkt.«

»Dann bedauere ich, Ihnen mitteilen zu müssen, dass sie zusammen mit den Überresten eines jungen Mädchens gefunden wurden. Darf ich Ihnen ein Bild einer Tonskulptur zeigen, die wir haben anfertigen lassen?«

Oswalde wartete, während sie es studierte. Die dunklen

Augen in ihrem blassen Gesicht blieben ausdruckslos. Leise erkundigte er sich: »Sieht das wie Ihre Tochter aus?«

Sie nickte. »Oh ja. Das sieht ihr sehr ähnlich. Wie klug.«

»Es tut mir leid«, sagte Oswalde. Es war furchtbar, er fühlte sich, als steckte ihm ein Messer in den Eingeweiden.

Mrs Fagunwa starrte ihn an. »Wie ist sie gestorben?«

»Wir sind uns nicht sicher, aber die Umstände deuten auf ein Verbrechen hin.«

»Sagen Sie mir nicht, dass sie gelitten hat.« In ihren dunklen Augen lag nun der Schatten eines Schmerzes, und ihre Stimme klang heiser. »Bitte sagen Sie mir das nicht.«

Die Fahrt im Auto schien ihre Zunge gelockert zu haben; es war, als würde man einem Damm dabei zusehen, wie er langsam brach und unaufhaltsam Wasser entströmen ließ. Oswalde fuhr zurück auf die M1; Mrs Fagunwa, die nun losgelegt hatte, konnte sich nicht mehr zurückhalten.

»Ihr Vater starb in jenem Jahr, wissen Sie. Ich begreife immer noch nicht, warum sie von zu Hause wegging. Sie hatte doch alles. Sie hatte sogar ihr eigenes Pony, sie hatte alles …«

»Hatte Joanne als Kind irgendwelche Unfälle?«

»Oh, nein, die üblichen Schnitte und blauen Flecken, Sie wissen schon.« Dann besann sie sich. »Oh, doch – einmal hat sie sich verletzt. Sie hat sich das Handgelenk gebrochen, da ist sie vom Fahrrad gefallen.«

Mrs Fagunwa sah zu ihm herüber. Dass er genau diese Frage gestellt hatte, bedeutete, dass er es wusste, dass er sich sicher war. Sie weigerte sich, es zu glauben, aber es nützte nichts. Sie begriff jetzt, dass es ihre Tochter war, die man gefunden hatte, aber sie konnte sich nicht überwinden, ihn direkt danach zu fragen.

Sie schluckte schwer und fuhr fort. »Jedenfalls hat sie dann alles abgelehnt. Sie fing an, sich irgendwas ins Haar zu flechten. Sie wissen schon, Perlen und so. Ihr Haar ist nicht einmal wirklich schwarz, eher dunkelbraun, mit goldenen Strähnen. Als sie klein war, war sie fast blond. Ihre Haut sieht mehr gebräunt aus als alles andere. Sie war so ein hübsches kleines Mädchen – wir haben so viele Fotos. Ich muss sie immer wieder aussortieren.«

Ein Geräusch löste sich aus ihrem Hals, ihre Stimme stockte. Oswalde hielt das Lenkrad fest umklammert und fuhr mit fünfundsiebzig auf der Mittelspur. Fahren war das Beste, was er im Moment tun konnte.

Mrs Fagunwa holte tief Luft und sammelte sich. »Ich glaube nicht, dass die örtliche Polizei ihr Verschwinden ernst genommen hat. Für sie handelte es sich nur um ein weiteres junges Mädchen, das sein Zuhause verließ und nach London ging. Das tun viele, nicht wahr? Ich habe einen Dokumentarfilm gesehen. Es betrifft nicht nur Joanne …«

Oswalde entdeckte einen Wegweiser zu einer Raststätte, eine Meile voraus. Seine Kehle war ausgedörrt und brannte, außerdem musste er im Präsidium anrufen.

»Sie hat immer nur das Beste von den Menschen gedacht. Vielleicht haben wir sie zu sehr beschützt. Ich weiß es nicht. Haben Sie Kinder?«

»Nein, habe ich nicht. Möchten Sie eine Tasse Kaffee?«

»Oh, das wäre schön.« Mrs Fagunwa lächelte ihn an. Oswalde setzte den Blinker und wechselte auf die Innenspur. »Vielleicht, wenn unsere Ehe keine Mischehe gewesen wäre … Glauben Sie, das könnte der Grund gewesen sein? Dass sie einfach so weggelaufen ist?«

Die Hände hinter dem Kopf verschränkt, lehnte sich Rosper in seinem Stuhl zurück und schaute sich die Videos auf dem Fernseher in einer Ecke der Einsatzzentrale an. Er ließ es sich gutgehen und wippte mit dem Fuß zum Reggae-Beat. Die Band stand auf einer behelfsmäßigen Bühne auf der Straße, mitten im Sonnenschein, eine echte Karnevalsatmosphäre. Viele der Musiker trugen bunte afrikanische Kostüme, ebenso wie das Publikum, das dicht gedrängt vor der Bühne stand und die Hände über dem Kopf zusammenschlug. Rosper summte und tappte den Rhythmus mit dem Fuß mit.

Haskons kam herüber und sah ihm über die Schulter. »Wie läuft's denn, Gary?«

Rosper schaute mit einem strahlenden Grinsen auf. »Ich amüsiere mich prächtig, Kumpel.«

»Ja, das merkt man.«

Der ununterbrochene Reggae-Beat ging den anderen auf die Nerven; einige beschwerten sich, also drehte Rosper den Ton leiser, hielt aber die Augen auf den Bildschirm gerichtet, während eine Band auf die nächste folgte, und studierte eingehend die Gesichter der Background-Sängerinnen sowie der Frauen in der Menge. Seine Beharrlichkeit zahlte sich aus. Er sprang auf, schaute sich die Szene genau an, und just in diesem Moment schwenkte die Kamera dankenswerterweise auf eine der drei Backgroundsängerinnen links von der Bühne.

»Ja«, hauchte Rosper, und dann noch lauter: »Ja. Ja!«

Sie war es, ohne Zweifel, in afrikanischer Tracht, fröhlich lächelnd im Sonnenschein, schunkelnd und klatschend und in bester Stimmung. Voller Energie und jugendlicher Freude hatte sie ihr ganzes Leben noch vor sich, ein Leben, das in weniger als vierundzwanzig Stunden zu Ende sein sollte.

Tennison stand auf dem belebten Krankenhausflur und presste sich eine Hand ans Ohr, während sie sich auf das zu konzentrieren versuchte, was Haskons ihr am Telefon berichtete. Auch er musste schreien, um den Lärm der Männer zu übertönen, die sich um den Fernseher scharten. Der dröhnende Reggae-Beat, den Rosper wieder aufgedreht hatte, war dabei nicht gerade hilfreich.

»Das ist richtig«, rief Haskons. »Und Bob Oswalde hat sich gemeldet. Er hat die Identität geklärt: Joanne … Fagunwa?« Er war sich bezüglich der Aussprache nicht sicher. »Er bringt gerade ihre Mutter her.« In eine andere Richtung brüllte er: »Hey, stellt das bitte mal leiser!«

»Wunderbar«, erwiderte Tennison. »Alles klar, danke, Richard.«

Sie legte auf und gesellte sich zu Muddyman, der all seine Überredungskünste bei der chinesischen Ärztin Dr. Lim einsetzte, in der Hoffnung, dass sie zu David Harvey vorgelassen werden würden. Der Erfolg war allerdings nur mäßig.

»Er ist sehr schwer krank, das haben Sie ja selbst gesehen«, erklärte Dr. Lim. »Ebenso haben Sie mitbekommen, dass er erhebliche Probleme beim Atmen hat, wenn er flach liegt. Er braucht absolute Ruhe.«

Tennison nahm kein Blatt vor den Mund. »Dr. Lim. Wir haben Grund zu der Annahme, dass Mr Harvey in den Mord an einem siebzehnjährigen Mädchen verwickelt war. Es ist mir egal, unter welchen Bedingungen, aber wir müssen mit dem Mann sprechen.«

Dr. Lim entgegnete nichts, denn die Diskussion war zu Ende; der Blick des Chief Inspectors zeigte ihr das deutlich.

Im Verhörraum C3 unweit des Empfangs beschäftigte sich Mrs Fagunwa mit Joannes Sachen. Sie trug es mit Fassung, wie Oswalde fand. Keine einzige Träne, kein Erbeben, sie nahm ruhig ein Fundstück nach dem anderen hoch, die schlammige Levi's-Jeans, die zerknautschten Adidas-Turnschuhe, bis sie zu dem blauen Pullover kam, und ihre Hand zitterte, als sie ihn vor sich hielt.

»Den erkenne ich. Mein einziger Versuch zu stricken …«

Sie zerknüllte ihn in ihrer Hand, den Kopf tief über den Tisch gebeugt, die Schultern bebend. Oswalde tat, was er konnte, um sie zu trösten, sprach einige beruhigende Floskeln, legte seinen Arm um sie.

»Warum sie?« Mrs Fagunwa jammerte, und die Tränen tropften ihr von der Nasenspitze. »Warum sie …?«

Als sie sich die Augen getrocknet hatte, fragte Oswalde sie, ob sie eine Tasse Tee in der Cafeteria trinken wolle, aber sie lehnte ab und meinte, sie wolle lieber zurückfahren. Er begleitete sie zu dem Wagen, der wie von ihm bestellt auf dem Parkplatz wartete.

Mrs Fagunwa stand ihm gegenüber. Sie hatte sich wieder gefasst, aber ihr Kinn zitterte weiterhin. Sie sagte: »Ich danke Ihnen für Ihre Freundlichkeit. Glauben Sie, dass Sie herausfinden werden, wie es passiert ist? Sie wissen schon … dass Sie die Person finden, die es getan hat?«

»Ich bin sicher, das werden wir«, antwortete Oswalde, und das war keine Floskel.

»Ich frage mich, ob das nicht …« Sie zögerte. »Könnte ich die Tonskulptur kaufen, wenn Ihre Nachforschungen abgeschlossen sind? Es ist nur … Finden Sie das seltsam?«, fragte sie ängstlich, als ob sie seine Zustimmung suchte.

»Keineswegs. Ich werde das für Sie in Erfahrung bringen.«

»Es gibt ja sonst nichts, oder?« Mrs Fagunwa zupfte an einem losen Faden ihres Schals, ihre Augen waren meilenweit entfernt. »Nichts, was mich an mein Baby erinnert.«

Harvey schlief und atmete durch seinen Mund. Tennison saß mit geradem Rücken am Bett, die Hände im Schoß verschränkt, beobachtete ihn beim Schlafen und Atmen, und ihr Blick blieb fest auf sein Gesicht gerichtet.

KAPITEL SIEBEN

Nachdem er sich von Mrs Fagunwa verabschiedet hatte, ging Oswalde zurück in die Einsatzzentrale und setzte sich an seinen Schreibtisch. Es war zwanzig nach vier. Eigentlich hätte er einen Bärenhunger haben müssen, denn er hatte das Mittagessen verpasst und sich seit dem Frühstück von ein paar Tassen Kaffee und einem Schokoriegel ernährt. Trotzdem verspürte er keinen Appetit. Er vermutete, dass die Zeit, die er mit der Mutter des toten Mädchens verbracht hatte, und der Anblick ihres Kummers ihm den Hunger genommen hatten. Das war nicht gut. Nach fast neun Jahren im Dienst sollte er in der Lage sein, seine eigenen Emotionen abzuschirmen, nicht persönlich betroffen sein. Man musste kalt und leidenschaftslos bleiben, sonst konnte man diesen Job nicht machen. Ärzte und Krankenschwestern, Sanitäter und Feuerwehrleute mussten das ebenso können, unbeeindruckt mit Situationen umgehen, bei denen sich den meisten Menschen der Magen umdrehen würde, anschließend nach Hause gehen und nachts durchschlafen. Er wünschte, er könnte das auch, diesen Trick beherrschen, ein Herz aus Stein kultivieren, wie einer der Tutoren während der Ausbildung zu sagen gepflegt hatte.

Konzentrier dich wieder auf den Fall, riet Oswalde sich selbst, das war wohl das Beste. Er sah sich um. »Hatten die Allens Schlüssel zu Harveys Haus?«, fragte er niemand Bestimmtes. »Ich nehme es mal an. Und wo ist Tony Allen zur Schule gegangen?«

Lillie warf eine Akte rüber. Oswalde verbrachte ein paar Minuten damit, sie durchzusehen, bis Rosper herüberkam und ihn dabei unterbrach.

»Haben Sie das schon gesehen?«, fragte Rosper und setzte sich auf die Ecke des Schreibtischs. Er hielt eine Videokassette in der Hand.

»Ist das die Aufnahme von Joanne?«

»Das sollten Sie sich ansehen, Bob.« Rosper ließ seine Zunge rollen. »Ich glaube, ich bin verliebt.«

Haskons hatte einen PC geschickt, um sie abzulösen. Der kam herein, nahm seinen Helm ab und klemmte ihn sich unter den Arm.

Tennison stand auf und streckte sich. Sie beugte sich vor, um Harvey genau zu betrachten, dessen Gesicht im schattenhaften Licht über dem Bett fahl und grau wirkte. Er war am Ende seiner Kräfte, schlafend oder bewusstlos, das war schwer zu sagen. Sie zog ihren Mantel an, band den Schal um und nahm ihre Aktentasche in die Hand.

»Rufen Sie mich an, wenn er zu sich kommt.«

»Das werde ich.«

Mr Dugdale unterrichtete Geschichte, was vielleicht erklärte, warum er sich so gut an Daten erinnern konnte. Mit Namen war es ebenso. Er hatte auch kein Problem, sich an Tony Allen zu entsinnen, kaum dass Oswalde ihn erwähnte.

»Ich war in jenem Jahr sein Beratungslehrer. Ich erinnere mich sehr gut an ihn.« Sie gingen in Richtung von Dugdales Büro, der Korridor war bis auf eine Reinigungskraft mit

Eimer und Wischmopp menschenleer. Oswalde war auf gut Glück dort aufgetaucht, weil er dachte, dass der eine oder andere Lehrer noch anwesend war, vielleicht um Arbeiten zu korrigieren, und er hatte Glück gehabt.

»Er war ein aufgeweckter Junge, hatte in der Schule sehr gut abgeschnitten, hervorragende Ergebnisse, wollte Abitur machen und aufs College gehen.« Dugdale schüttelte sein wirres, ergrautes Haar und brachte dadurch weitere Schuppen auf den Kragen seiner Tweedjacke. »Als er dann im September zurückkam, hatte er sich verändert. Er war mürrisch, introvertiert, ein Einzelgänger.«

Als sie in seinem Büro ankamen, ging Dugdale direkt zum Aktenschrank und wühlte darin. Oswalde besah sich die Stundenpläne am Schwarzen Brett, die silbernen Trophäen, die im Regal neben der welken Topfpflanze verstaubten, aber er nahm jedes Wort wahr.

»Ich habe mit ihm gesprochen, die Direktorin hat mit ihm gesprochen. Ich habe seinen Vater einbestellt. Nichts schien zu funktionieren.« Dugdale setzte seine Brille auf und öffnete den dicken Ordner. »Da, sehen Sie … September 1986. Ich irre mich normalerweise selten. Der Bericht des Schulpsychologen. Bedienen Sie sich.«

Oswalde überflog diesen und machte sich ein paar Notizen, während Dugdale herumhantierte.

»Wie ich sehe, hat Tony in einer Band gespielt …«

»Tatsächlich? Das habe ich nicht gewusst. Wir haben unser Bestes getan, aber es hatte wirklich keinen Sinn, ihn hierzubehalten. Die einzige Person, zu der er eine Beziehung hatte, war seine Schwester Sarah. An Weihnachten war er dann weg. Ab und an sehe ich ihn noch im Supermarkt«, murmelte Dugdale abwesend und polierte seine Brille mit dem Ende seiner Krawatte. »Er war wirklich ein kluger Junge.«

Auf den Knien schrubbte Tennison die Badewanne, als der Summer der Gegensprechanlage ertönte. Sie trocknete sich die Hände an ihrem lockeren Baumwolloberteil und ging los, um zu antworten, wobei sie die Stirn runzelte, als sie den Hörer aus der Wandhalterung nahm. Sie hatte keine Ahnung, wer es sein könnte; sie erwartete niemanden.

»Hallo?«

Eine tiefe, hallende Männerstimme, die sie keinem Namen zuordnen konnte.

»Wer ist da?«, fragte sie vorsichtig.

»Bob Oswalde.«

Sie stützte sich mit dem ausgestreckten Arm am Türrahmen ab und fragte sich, was zum Teufel hier vor sich ging, und vor allem, was für ein Spiel er zu spielen gedachte.

»Jane …? Ich weiß, das kommt ein bisschen unerwartet, aber ich muss wirklich mit dir reden.«

»Hat das nicht Zeit? Ich warte auf einen Anruf aus dem Krankenhaus.«

»Nein.«

Seufzend drückte sie den Knopf, um die Haustür zu öffnen, und ließ den Hörer zurück in die Halterung gleiten. Sie machte sich auf den Weg ins Wohnzimmer und bemerkte gerade noch rechtzeitig, wie freizügig sie herumlief, da sie nur das lose Oberteil trug und nichts darunter. Sie huschte zurück ins Bad und zog sich einen lockeren Pullover an, dann ging sie durch das Wohnzimmer und strich sich mit den Fingern durch die Haare.

Oswalde klopfte, und sie öffnete die Tür. Er hatte eine Videokassette dabei. Sie sagte knapp: »Ich hoffe, der ist gut.«

Schon wandte sie sich ab und ließ ihn die Tür schließen. Mit verschränkten Armen stand sie dann da und sah zu, wie er das Video in den Rekorder einlegte und das Gerät einschaltete. Er setzte sich auf das Sofa, immer noch in seinem Regenmantel, und betätigte die Fernbedienung. Das Bild flimmerte zunächst und wurde dann ruhiger: eine Reggae-Gruppe, die einen Sturm der Begeisterung entfachte, eine Schar schwarzer Gesichter, die in der Sonne lächelten, Frauen, die sich in ihren bunten Gewändern und Turbanen hin und her wiegten.

Tennison kniete auf dem Teppich vor dem Fernseher, das Kinn auf ihre Faust gestützt.

»Ich habe das schon gesehen«, sagte sie ihm mit einer Stimme, platt wie ein Pfannkuchen.

Oswalde beugte sich plötzlich vor, berührte den Bildschirm und wies auf eine kleine Figur ganz rechts. »Da.«

»Dein Finger, sehr interessant.«

»Gleich kommt noch eine bessere Einstellung«, sagte er defensiv, verletzt von ihrer Oberflächlichkeit. Die Kamera schwenkte auf eine Nahaufnahme des Bassisten. Oswalde drückte die Pausentaste und stupste auf den Bildschirm. »Da!«

Mit zusammengekniffenen Augen beugte sich Tennison langsam vor. »Ist das Tony Allen?«

Oswalde lächelte grimmig. »Tony Allen. Er hat uns verschwiegen, dass er auf dem Sunsplash-Konzert gespielt hat und Joanne offensichtlich kannte.«

»Jesus!«

»Die Allens hatten Schlüssel zum Haus. Ich war in der Schule –«

»Okay. Warte.« Tennison unterbrach ihn mit einer erhobenen Hand. Sie stellte sich auf ihre Fersen zurück. »Denken wir das mal durch. Nur weil er mit ihr auf der Bühne war, heißt das nicht, dass –« Ihr Pieper ging los. »Scheiße, das könnte es sein.« Sie nahm ihre Umhängetasche, fand das Gerät und schaltete es aus. »Ich warte darauf, dass Harvey aufwacht«, erklärte sie ihm, griff bereits zum Telefon und wählte.

Oswalde stellte derweil fest, dass er auf einem Teller mit halb aufgegessenem, erstarrtem Essen gesessen hatte. Er nahm ihn hoch und verzog den Mund vor Ekel. »Was ist das?«

»Das gestrige Abendessen – eines dieser tiefgekühlten Chili-con-Carne-Gerichte.«

»Und was gibt es heute Abend?«

Sie schnippte ungeduldig mit den Fingern, während sie darauf wartete, dass die Verbindung hergestellt wurde, und blickte zu ihm hinüber.

»Eines von diesen tiefgekühlten Chili-con-Carne-Gerichten … DCI Tennison«, rief sie ins Telefon.

Oswalde warf seinen Regenmantel über die Rückenlehne des Sofas, nahm den ekelerregenden Teller mit ausgestreckten Fingerspitzen hoch und verschwand damit. Tennison war einen Moment lang abgelenkt.

»Wo willst du denn hin?« Dann nickte sie und sprach schnell. »In Ordnung. Hat sie eine Nummer hinterlassen? Ein Münztelefon?« Hastig notierte sie etwas. »Okay … alles klar … danke.« Sie legte auf und wählte sogleich von Neuem. Oswalde war immer noch verschwunden. »Das war nicht das Krankenhaus«, rief sie ihm nach. »Eine meiner Informantinnen versucht, mich zu erreichen.«

»Aha …«, ertönte Oswaldes Stimme aus der Küche.

»Was hast du vor?«, fragte sie laut. »Rachel? Ich bin's, Jane Tennison. Was haben Sie für mich, meine Liebe?«

Als sie in die Küche kam, kochte das Wasser, und eine Packung Nudeln wartete darauf, hineingegeben zu werden. Bob Oswalde hatte ihre spärlich gefüllten Regale geplündert und eingemachte Tomaten, eine Dose Thunfisch, eine Zwiebel und ein paar getrocknete Kräuter gefunden, die letzten in einem Glas. Er hatte eine saubere Pfanne aufgetrieben und bereits mit der Soße begonnen. Mit hochgekrempelten Ärmeln stand er an der Arbeitsplatte, hackte fachmännisch den Knoblauch und zerdrückte ihn in einer Tasse.

Tennison lehnte in der Tür und beobachtete ihn. »Was zum Teufel denkst du, was du da tust?«

Oswalde wischte sich die Hände ab und öffnete die Kühlschranktür. Er wühlte darin und nahm etwas heraus.

»Was ist das?«, fragte er und hielt etwas hoch, das wie ein verschimmelter brauner Tennisball aussah.

»Ein Kopfsalat«, erklärte Tennison. »Nun, zumindest war es das einmal.«

Oswalde warf ihn in den Müll und schimpfte. »Du brauchst etwas Anständiges zu essen. Worum ging es bei dem Anruf? Irgendetwas Interessantes?«

»Nein, im Grunde nicht«, sagte sie und beschloss, ihn gewähren zu lassen, außerdem erweckte der Geruch ihren Heißhunger. »Anscheinend hat das Mädchen, das vorübergehend in der Nummer fünfzehn wohnte, danach alles stehen und liegen lassen und ist untergetaucht. Niemand hat eine Ahnung, wo sie jetzt ist, aber alle sind sich sicher, dass sie nicht mehr auf den Strich geht.«

»Aha«, sagte Oswalde, der gerade damit beschäftigt war, Thunfisch in eine Schüssel zu schaufeln, »ich habe mir Tonys Schulakte angesehen. Bis 1986 war alles in Ordnung. Als Tony aus den Sommerferien zurückkam, war er ein anderer Mensch.« Er schaute sie mit hochgezogenen Augenbrauen an. »Im Bericht des Schulpsychologen ist von Depressionen, Angstattacken und geringem Selbstwertgefühl die Rede.«

Tennison musterte ihn einen Moment lang mit zusammengepressten Lippen. »Was ist mit dir los?«

»Was?«, fragte Oswalde und blinzelte.

»Was willst du beweisen?«

Er leerte die Tomaten aus und rührte sie mit einem Holzlöffel unter. »Hast du Tomatenmark?«

»Nein.«

»Wie soll ich unter solchen Bedingungen arbeiten?«, beschwerte er sich mit gerunzelter Stirn bei der Schranktür.

»Es scheint, als ob du die ganze Zeit eine Art Test absolvieren würdest.«

»Gerade du solltest das doch wissen«, entgegnete er, woraufhin sie sich aufrichtete. »Ich habe dich bei dem Seminar beobachtet. Du weißt genau, dass sie alle insgeheim nur darauf warten, dass du auf die Nase fällst. Thorndike, all die hohen Tiere. Du willst immer die Beste sein, an die Spitze kommen.«

Das war eine unverblümte Ansprache, und Tennison war sich nicht sicher, ob ihr das gefiel. Sie war es gewiss nicht gewohnt, so direkt angesprochen zu werden, schon gar nicht von einem Untergebenen.

»Ich bin genauso wie du«, fuhr Oswalde unerschütterlich fort. Er kostete die Soße, fügte schwarzen Pfeffer hinzu. »Deshalb habe ich, nachdem ich mich beruhigt und darüber nachgedacht habe, verstanden, warum du mich wie einen Bürohengst behandelt hast.«

Er blieb völlig cool, hatte alles im Griff.

»Und warum bist du los und hast eine Nummer auf eigene Faust durchgezogen?«, warf Tennison ihm scharf vor. Er besaß die Unverfrorenheit zu lachen – ein selbstbewusstes, ungezwungenes Lachen noch dazu. »Ich meine es ernst, Bob. Du bist ein Mitglied eines Teams«, erinnerte sie ihn.

»Bin ich das?«, entgegnete Oswalde, wurde auf der Stelle still, und seine strengen dunklen Augen trafen auf die ihren.

»Nun«, sagte Tennison und wünschte sich inständig, er wäre nicht so ein großer, breitschultriger, gutaussehender Mistkerl, »von jetzt an bist du es.«

»Okay«, sagte Oswalde und war wieder ganz der Alte. Er kippte die Nudeln in das kochende Wasser und schöpfte den Thunfisch in die Soße. »Ich nehme nicht an, dass du etwas zu trinken hast?«

Das hatte sie, und sie ging los, um eine Flasche bulgarischen Rotwein zu öffnen.

Tennison war verwirrt und ärgerte sich über sich selbst, weil sie ihm die Oberhand gelassen hatte. Hatte sich Bob Oswalde Freiheiten herausgenommen oder wollte er nur freundlich sein? Sie wusste, sie zahlte die Strafe für diese eine leidenschaftliche Stunde im Hotelzimmer. Die Grenzen waren fließend; kein anderer Officer unter ihrem Kommando wäre in ihre Wohnung spaziert und hätte es sich ohne ihre Erlaubnis beim Kochen des Abendessens gemütlich gemacht. Verdammt sei Kernan, weil er ihn in ihr Team geholt hatte! Es war alles seine verdammte Schuld! Aber genauso wütend war sie auf sich selbst, weil sie sich überhaupt erst in diese missliche Lage gebracht hatte. Dass sie sich von ihrer Libido und nicht von ihrem Verstand hatte leiten lassen. Zum Kuckuck!

Sie aßen am Couchtisch im Wohnzimmer. Die Verkostung des frisch zubereiteten Essens und dreier Gläser Wein bewirkte ein kleines Wunder. Es entzog ihr den Stachel ihrer Wut und stimmte sie fast mild. Es kam ihr sogar in den Sinn, sich zu fragen, was später passieren könnte, aber *diese* Spekulation schlug sie sich sofort wieder aus dem Kopf. Hatte sie sich nicht schon genug zum Narren gemacht, um Gottes willen?

Über die Arbeit redeten sie erst gegen Ende des Essens, als Oswalde erneut das Thema Tony Allen ansprach. Er schien fast eine Privatfehde mit dem Jungen zu führen. Tennison war da eher zurückhaltend, wollte die Angelegenheit nicht überstürzen. Oswalde konnte das nicht nachvollziehen. Allein die Tatsache, dass Tony Joanne Fagunwa kannte, reichte für ihn aus, um ihn zu verhaften.

Tennison leerte ihr Glas und stellte es ab. »Noch nicht.«

»Der Junge war in diesen Mord verwickelt«, insistierte Oswalde. »Ich bin mir sicher …«

»Wir haben keine Beweise dafür.«

»Du hast seine Reaktion auf den Tonkopf nicht miterlebt«, sagte Oswalde ihr unverblümt.

»Wir wissen nur, dass er auf der gleichen Bühne stand wie Joanne …«

»Folglich hat er gelogen.«

»Und wir werden ihn zum richtigen Zeitpunkt dazu befragen.«

»Was soll das heißen?«, wollte Oswalde grob wissen, sein Gesicht wurde steif und mürrisch. Er verabscheute dieses ganze Getue. Er wollte lieber losziehen und es hinter sich bringen.

»Das heißt, noch nicht.« Tennisons Stimme war fest. Drei Gläser Wein machten sie nicht zu einem Umfaller. Sie hielt einen Finger hoch. »Ich kann Harvey knacken. Er ist der Schlüssel – aber der Mistkerl könnte jeden Moment abkratzen. Ich werde mit Tony reden, sobald wir mehr über ihn wissen.«

»Mehr?« Oswalde war sowohl gequält als auch verwirrt. »Ich dachte, du würdest sofort loslegen.«

»Hör zu, Bob, ich will nicht darüber streiten.« Mit anderen Worten, der Chief Inspector sagte: ›Thema abgeschlossen.‹

Oswalde hatte die Botschaft verstanden, oder er dachte es zumindest. Er starrte zu Jane Tennison hinüber, ein Muskel zuckte in seiner Wange. »Aber der eigentliche Punkt ist«, sagte er mit steinerner Miene, »dass ich nicht hätte herkommen sollen, oder?«

»Nein, das hättest du nicht tun sollen – das haben wir schon im Hotel besprochen. Aber darum geht es im Grunde nicht. Schau, alles was ich zu sagen versuche, ist –«

»Mach dir keine Mühe.«

Zehn Sekunden später war er weg, den Regenmantel über die Schulter geworfen, die Tür zugeschlagen. Tennison stapelte das schmutzige Geschirr in der Spüle und ging zu Bett.

Als sie am nächsten Morgen, kurz nach acht Uhr zwanzig, ankam, war es in der Einsatzzentrale ruhig. Sie betrat ihr Büro, um noch etwas Papierkram zu erledigen, bevor der Ansturm einsetzte.

WPC Havers tauchte schließlich auf, sah etwas mitgenommen aus, und Tennison schickte sie in die Cafeteria, um einen Kaffee zu holen und ihr einen mitzubringen. Sie nippte daran und kämpfte gegen den verzweifelten Wunsch nach einer Zigarette an, als die Nachricht aus dem Krankenhaus kam. Tennison schlürfte den Rest ihres Kaffees, verschüttete etwas davon auf ihre beste Chiffonbluse, fluchte unsäglich und ließ so Maureen Havers' Ohren rot werden, während sie ihren Mantel von der Garderobe nahm und hinauseilte.

»Hallo Chef«, grüßte sie Kernan, der gerade sein Büro betreten wollte, und lief weiter.

»Ja, es lief sehr gut, da Sie fragen.«

Tennison hielt inne. »Wie bitte?«

»Mein Gespräch.«

»Oh toll … prima …«

»Gibt es Neuigkeiten von Harvey?«

»Er hat das Bewusstsein wiedererlangt. Ich fahre jetzt zu ihm.«

Kernan nickte und warf ihr einen Blick zu. »Nun, lassen Sie es ruhig angehen, Jane.«

»Ja, ich …«

»Besorgen Sie ihm alles, was er verlangt – Anwälte, Krankenschwestern, Ärzte, Geisha-Mädchen – einfach alles. Solange sein Anwalt nicht behaupten kann, dass Sie seine Aussage mit unfairen Mitteln erwirkt hätten.«

Tennison straffte ihren Gürtel, die Fingerknöchel wurden weiß. »Selbstverständlich.«

Was glaubte er denn, was sie vorhatte – die Wahrheit aus einem sterbenden Mann herausquetschen?

Lillie kam aus der Einsatzzentrale und hielt nach ihr

Ausschau. »Entschuldigen Sie, Chef. Offenbar ist Harveys Frau im Oktober 1985 gestorben. Nicht im August.«

»Seine Schwester hat also geschwindelt.«

»So scheint es.«

»Na dann schauen wir mal, was Harvey dazu zu sagen hat.«

Lillie ging, und Tennison wollte gerade aufbrechen, als Kernan ganz nebenbei meinte: »Heute sind Nachwahlen.«

Dann begriff sie: Jonathan Phelps, der Unruhestifter der Labour Party, stand zur Wahl. Es bestand die – wenn auch geringe – Chance, dass er gewählt werden würde, und wenn dies der Fall wäre, könnte es die eine oder andere Auswirkung haben. Phelps setzte sich für eine bürgernahe Polizeiarbeit in schwarzen Gegenden ein, bei nachrichtenwirksamen Angelegenheiten wie dem Fall Derrick Cameron. Und nun untersuchte Tennison einen Mord in der Honeyford Road, an dem ein Mädchen schwarzer und weißer Herkunft beteiligt war. Eine hochsensible, hochpotente Mischung. Wie die meisten Polizisten war Kernan ein überzeugter Tory, und das Letzte, was er wollte, war, der Opposition die Munition für eine Breitseite zu liefern.

Mit dem Anflug eines Lächelns sagte Tennison: »Warum tragen Sie dann nicht Ihre blaue Rosette?«

Für Kernan war das kein Scherz, sondern todernst. »Leitende Polizisten sind in erster Linie Politiker, Jane. Behalten Sie das im Hinterkopf, wenn Sie Super werden wollen.«

Es war schon schlimm genug, dass er das glaubte, dachte Tennison. Noch schlimmer war es, festzustellen, dass er recht hatte.

Der Teenager mit der schwarzen Lederjacke und der herumgedrehten Baseballkappe stand am Tresen von Esmes Café und konnte sich nicht entscheiden. Er zeigte auf eine große Schüssel Süßkartoffelpüree mit Zimt und Muskatnuss, garniert mit geriebener Orangenschale.

»Wie viel kostet das?«

»Eins fünfundsiebzig«, sagte Esme.

»Wie viel?«, fragte der Junge und bekam kugelrunde Augen.

Esme richtete ihre Aufmerksamkeit auf den großen, gutaussehenden Mann, der geduldig darauf wartete, bedient zu werden. Durch ihr strahlendes Lächeln und das fröhliche »Was darfs sein?« wusste Oswalde, dass sie ihn nicht wiedererkannt hatte.

»Ich nehme ein mittleres Brathähnchen, Reis und Erbsen.«

Während sie es zubereitete, jammerte der Junge mit der Baseballmütze weiter. Offensichtlich hatte er eine Vorliebe für Süßes, denn als Nächstes wies er auf eine Portion Wegerichkrapfen, gebraten in Butter und Apfelmus. »Wie viel kostet das?«

»Fünfundsiebzig Pence.«

»Sie machen Witze, Mann … Ja, also gut.«

Esme bediente ihn, und er schlurfte davon, die Laschen seiner Turnschuhe ragten wie weiße Zungen hervor. Gleich darauf reichte sie Oswalde sein Essen in einem Styroportablett und gab auf einen Fünfer heraus. Oswalde aß es am Tresen und sah dabei zu, wie Esme eine große Torte glasierte; Tonys Hochzeitstorte, dachte Oswalde, die Hochzeit, die am Samstag in einer Woche stattfinden würde.

»Wie schmeckt es?«, fragte Esme ihn.

»Sehr gut. Habe ich schon lange nicht mehr gegessen.«

»Kocht deine Mutter nicht für dich?«

»Nein.«

Sie schenkte ihm ihr strahlendes Lächeln. »Dann komm zu Esme. Ich werde für dich kochen.«

Oswalde wechselte den Platz an der Theke, näherte sich ihrem Arbeitsort. »Erkennen Sie mich nicht, Esme?« Sie richtete sich auf, runzelte die Stirn und schüttelte leicht den Kopf. »Ich bin Polizeibeamter. Ich untersuche den Mord an Joanne Fagunwa. Das war ihr Name, Esme. Das Mädchen, das in Harveys Garten begraben wurde …«

Esme starrte ihn an, Überraschung und Schock vermischten sich auf ihrem Gesicht. Aber ihr Schock war noch größer, als Oswalde leise fortfuhr: »Wussten Sie, dass sie ein Mitglied von Tonys Band war? Dass sie an dem Tag, als sie starb, bei Tony war?«

»Nein«, sagte Esme flüsternd. Sie lächelte nicht mehr, ihre Augen waren jetzt angsterfüllt.

Oswalde schob das Huhn beiseite und stützte sich mit den Ellbogen auf den Tresen. »Sind Sie sicher, dass Tony an diesem Abend da war, als Sie nach Hause kamen?«

»Ja. Ich bin mir sicher.«

»Er kann nicht bei Joanne gewesen sein?«

»Nein.«

Oswalde war überzeugt, dass sie die Wahrheit sagte – jedenfalls so viel, wie sie wusste. Er fragte: »Warum glauben Sie, hat er sich in diesem Sommer so sehr verändert, Esme? Er ist seitdem nicht mehr derselbe, nicht wahr? Was ist vorgefallen, um ihn derart zu verändern?«

Sie antwortete nicht, doch an ihrem Gesichtsausdruck erkannte Oswalde, dass er einen Volltreffer gelandet hatte.

MUDDYMAN WARTETE vor Harveys Zimmer auf sie.

»Können wir rein?«, fragte Tennison kurz angebunden.

»Dr. Lim ist noch etwas unentschlossen, aber ja, ich denke schon.«

In diesem Moment erschien die Ärztin. Als sie gerade eintreten wollten, erhob sie eine Hand zur Mahnung. »Ich möchte nicht, dass er sich aufregt. Jeder zusätzliche Druck auf sein Herz könnte tödlich sein.«

Nicht tödlicher als das, was Joanne Fagunwa zugestoßen ist, dachte Tennison, nickte aber nur und folgte der zierlichen, rundschultrigen Ärztin ins Zimmer.

Harveys Atem erfüllte den Raum. Er starrte mit seinen stumpfen, trüben Augen an die Decke. Tennison schob den Stuhl an das Bett heran und beugte sich vor, ihren Mund nahe an sein Ohr. Sie hielt seine Hand fest.

»Meinen Sie nicht, es wäre eine gute Idee, mit mir zu reden, David?«, begann sie leise. »Es sich von der Seele zu reden?«

Harveys Zunge fuhr heraus, um seine trockenen Lippen zu befeuchten. Er starrte direkt nach oben, seine Stimme war ein schreckliches Krächzen. »Was …?«

»David, wir wissen, dass Joanne – das war ihr Name – wir haben festgestellt, dass Joanne in Ihrem Haus getötet wurde. Ein Fragment ihres Zahns wurde im Haus gefunden.«

Harvey schluckte.

»Das heißt nicht, dass ich sie getötet habe«, keuchte er.

Tennison fuhr fort: »Ihre Frau ist nicht im August gestorben, oder, David? Jeanie starb im Oktober 1985. Was bringt es, zu lügen, David? All diese Schuldgefühle mit sich herumzutragen?«

Aus den Augenwinkeln sah sie den weißen Kittel von Dr. Lim näherkommen, die sich um ihren Patienten sorgte, aber Tennison sprach weiter.

»Sie sind ein sehr kranker Mann. Wenn Sie mir alles erzählen, wird Ihnen nichts passieren – dazu wird es niemals kommen. Wir aber werden das alles aufklären können und …« Sie hielt inne. »Das Wichtigste ist, dass Sie sich viel besser fühlen werden.«

Harvey schloss die Augen und öffnete sie dann wieder, als würde er darüber nachdenken. Tennison wartete, das heisere, röchelnde Atmen laut in ihren Ohren, dessen Geruch in ihrer Nase.

Oswalde pirschte sich an seine Beute heran und wartete geduldig, bis Tony Allen sein Gespräch mit einer der Kassiererinnen beendet hatte, dann schloss er zu ihm auf und griff in seine Jackentasche nach dem Farbfoto von Joanne Fagunwa. »Hallo Tony.«

Tony Allen sprang zur Seite. »Wie bitte?«

»Sie erinnern sich nicht an mich? Detective Sergeant Oswalde. Ich war nur ein bisschen einkaufen.« Tony Allen zog sich einen Schritt zurück, als Oswalde sich vor ihm aufbaute. »Wo ich gerade hier bin, könnten Sie sich das vielleicht ansehen. Erkennen Sie sie?«

Tony warf kaum einen Blick auf das Foto.

»Warum lasst ihr mich nicht in Ruhe?«, sagte er mit zitternder Stimme.

»Weil du uns Lügen erzählst. Du kanntest Joanne.«

»Nein …«

»Ihr wart beide zusammen auf dem Sunsplash. Und nicht nur das«, sagte Oswalde, leise und zielgerichtet, »ihr habt sogar in derselben Band gespielt.«

Tonys Mund blieb offen stehen. Damit hatte er nicht gerechnet. Ein weiterer Volltreffer.

»Erinnern Sie sich an ihr afrikanisches Kostüm und ihre Armbänder?«

»Ich weiß nicht, wovon Sie sprechen.«

»Oh doch, das tun Sie.«

»Tue ich nicht.« Tony prallte mit dem Rücken gegen eine Kühltruhe. »*Tue ich nicht.*«

Oswalde sah ihm nach, wie er davonlief. Es gab keinen Grund, ihn zu verfolgen. Tony Allen würde nirgendwo hingehen.

»Ich bin auch katholisch, David, und es ist lange her seit meiner letzten Beichte, aber ich erinnere mich an das Gefühl der Erleichterung. Diese Last, die einem von den Schultern genommen wird.« Harveys trübe Augen starrten nach oben, und Tennison war sich nicht sicher, wie viel von dem, was sie sagte, überhaupt noch bei ihm ankam. Aber sie sprach weiter, sanft und unerbittlich.

»Ich denke, wir alle wollen an etwas glauben, nicht wahr? Wir würden gerne glauben, dass wir Buße tun können und alles gut wird … wenn wir nur die Uhr zurückdrehen und alles wiedergutmachen könnten. Sie liegen im Sterben, David. Sie sollten es sich von der Seele reden. Sagen Sie mir, was geschehen ist, David. Keine Lügen mehr. Für Lügen ist es zu spät.«

Harvey blinzelte, und Tränen rannen aus seinen Augenwinkeln in sein graues Haar. Tennison beugte sich näher heran und streichelte seine Hand, ihre Stimme war wie Samt.

»Sie können mit mir reden …«

»Kann ich?«, krächzte Harvey.

»Natürlich können Sie das. Sie können einen Arzt dabeihaben, einen Anwalt, Ihre Schwester, Jason, wen auch immer.«

Harveys Kinn zitterte. Er sagte heiser: »Wissen Sie, ich bin erst fünfundfünfzig Jahre alt. Das ist ein verdammter Witz.«

»Ich bin sicher, die Ärzte werden alles tun, was sie können«, erwiderte Tennison.

»Ich habe solche Angst«, gab Harvey zu. Sein Gesicht verzog sich plötzlich, und er weinte.

Die Straßenlaternen flackerten gerade auf, als Tony Allen aus dem Supermarkt kam und zu seinem Auto ging. Er schloss die Tür auf und wollte schon einsteigen, als er eine hochgewachsene Gestalt bemerkte, die drei Autos weiter an der Motorhaube eines schwarzen Ford Sierra lehnte.

»Yo, Tony«, begrüßte Oswalde ihn. »Alles klar?«

Mit geballten Fäusten stürmte Tony um sein Auto herum und ging auf ihn zu. »Was ist los mit dir? Warum tust du mir das an?«

Oswalde breitete die Hände aus und hob die Augenbrauen. »Hey, was tue ich denn, Mann? Ich war einkaufen, das ist alles …«

»Lass mich in Ruhe«, stieß Tony mit vor Wut angeschwollenen Augen hervor. »*Lass mich einfach in Ruhe!*«

Oswalde grinste ihn an. Tony drehte sich um und marschierte zurück zu seinem Auto. In seiner Eile und Wut wäre er fast in das Auto hinter ihm geknallt, als er den Rückwärtsgang einlegte und dann über den Parkplatz auf die Straße schoss. Auf dem gesamten Heimweg blickte er immer wieder in den Rückspiegel, und jedes Mal, wenn er hinschaute, war da der schwarze Sierra und verfolgte ihn ganz offen und ungeniert.

Tony hielt das Lenkrad so fest umklammert, dass ihm die Arme wehtaten. Ein ums andere Mal, und er verschluckte sich fast an den Worten, wiederholte er: »Lass mich in Ruhe, lass mich in Ruhe, lass mich in Ruhe …«

Tennison und Muddyman unterhielten sich in aller Ruhe vor Harveys Zimmer, als sein Neffe eintraf. Der junge, blonde Mann kam leicht außer Atem auf die beiden zu und fragte geradeheraus: »Wie geht es ihm?«

»Es geht ihm ein wenig besser«, antwortete Tennison in dem Wissen, dass sie mit der Wahrheit sparsam umging. Sie blickte in die blassblauen Augen, nahm die familiäre Ähnlichkeit wahr und ergänzte leise: »Jason, Ihr Onkel möchte mit mir sprechen.«

»Ja, das hat man mir gesagt.«

»Und er hat Sie gebeten, dabei zu sein.«

Jason nickte. »In Ordnung.«

»Aber ich möchte Sie bitten, ruhig zu sein und mich nicht zu unterbrechen, während ich mit ihm spreche.«

»In Ordnung«, sagte Jason wieder, als ob er sich mental auf eine Tortur vorbereitete, die es in der Tat sein würde.

Tennison warf Muddyman einen Blick zu und nickte leicht. Er öffnete die Tür, und die drei traten ein.

Oswalde läutete an der Wohnungstür im zweiten Stock. Von drinnen hörte er Stimmengewirr, und einen Moment später öffnete ihm Esta, Tonys zukünftige Frau. Sie blickte zu ihm hoch und kaute auf ihrer Lippe.

»Ist Tony da?«

Bevor sie antworten konnte, erschien Tony in dem engen Flur. Er hielt sich am Türrahmen fest. »Sie wissen doch, dass ich da bin, Sie sind mir nach Hause gefolgt.«

»Darf ich reinkommen, Tony?«

»Nein, dürfen Sie nicht.«

»Ich würde Ihnen gerne ein paar Fragen stellen«, sagte Oswalde.

»Sie haben ihn gehört, er hat Nein gesagt«, schnauzte Esta.

Tony zeigte mit einem Finger, der vor aufgestauter Wut bebte, auf ihn. Er murrte heiser: »Ich muss Ihre Fragen nicht beantworten.«

»Wer hat Ihnen das gesagt?«, fragte Oswalde. Sein Gesicht zeigte ein schiefes Grinsen. »Sarah, die Jurastudentin?«

Cleo stand in ihrem Schlafanzug in der Wohnzimmertür und hielt einen Teddybären an den Ohren. Esta lenkte sie mit einem Wink ab. »Geh wieder rein, Liebes …«

Überzeugt davon, im Recht zu sein, plusterte Tony sich auf und stieß seinen Finger in Oswaldes Brust. »Sie sagt, entweder Sie verhaften mich oder Sie hören auf, mich zu belästigen.«

Das reichte. Wenn Oswalde sich nicht schon längst entschieden hatte, dann gab das für ihn den letzten Ausschlag. Er stürzte nach vorne, packte Tonys Arm und zerrte ihn durch die Tür auf den Treppenabsatz. »Tony Allen, ich verhafte Sie wegen des Mordes an Joanne Fagunwa.«

»Nein!«, rief Esta. Aber sie kam zu spät. Oswalde hatte Tony in einem Haltegriff und schleifte ihn in Richtung Treppe davon.

»Das können Sie nicht …«, jammerte Esta. »Was soll das?«

Zusammengekrümmt rief Tony ihr zu: »Esta, ruf meinen Vater an … Ruf meinen Vater an!«

Oswalde bugsierte ihn die Treppe hinunter. Als Cleo sah, wie ihr Vater vor ihren Augen verschleppt wurde, brach sie in Tränen aus, aber das Weinen des Kindes hielt DS Oswalde nicht ab, denn er wusste, was zu tun war, und tat es.

HARVEY WAR mit einem Mikrofon ausgestattet worden. Tennison saß vor seinem Bett und beugte sich vor, während Muddyman das blinkende rote Licht des Aufnahmegeräts im Auge behielt. Jason stand hinter Muddyman, sein Gesicht und sein blondes Haar waren nur schemenhaft zu erkennen.

»Möchten Sie einen Anwalt konsultieren oder während des Gesprächs dabeihaben?«

»Nein.« Die verlorenen trüben Augen starrten an die Decke. »Wasser.«

Tennison füllte ein Glas und half ihm, ein paar Schlucke zu trinken. Ihre ganze Aufgabe, so schien es, bestand aus Warten, und sie wartete nun sehr geduldig darauf, dass Harvey sich beruhigte.

Custody Sergeant Calder und ein asiatischstämmiger Polizist hatten allergrößte Mühe, als sie versuchten, Tony Allen aus dem Verhörraum zu den Zellen zu bringen. Der junge Mann war der Hysterie nahe, seine weit aufgerissenen Augen starrten verängstigt aus seinem schweißnassen Gesicht. Ununterbrochen stammelte er: »Nein, sperren Sie mich nicht ein, sperren Sie mich nicht ein, bitte sperren Sie mich nicht ein …«

Schließlich schafften sie es nach langem Hin und Her, ihn in Zelle sieben zu bringen, und schlugen die Tür zu. Calder ging zurück in den Kommandoraum, wischte sich über den kahlen Kopf und zog seine Uniform zurecht. Er war ein erfahrener Polizist, und die Sache behagte ihm irgendwie nicht; der Junge war beinahe wahnsinnig, und selbst jetzt hallte seine stöhnende, flehende Stimme den Korridor hinunter: »Lasst mich raus … lasst mich nicht allein, bitte … bitte lasst mich raus!«

Calder betrat den Raum und schüttelte sorgenvoll den Kopf. »Ich hole besser den Arzt, damit er ihn sich ansieht. Ich glaube nicht, dass er inhaftiert werden kann.«

Oswalde hielt das für übertrieben. »Er ist in Ordnung«, sagte er abweisend. »Lassen Sie ihn nur ein bisschen schmoren …«

»Hören Sie, *ich* bin der Custody Sergeant«, blaffte Calder ihn an. »Schreiben Sie mir nicht vor, wie ich meinen Job zu erledigen habe. In Ordnung?«

Oswalde warf ihm einen Blick zu. Dann zuckte er mit den Schultern und ging hinaus. Calder griff bereits nach dem Telefon, aber er nahm nicht ab.

Einen Moment lang stand er unschlüssig da, ließ die Fingerknöchel knacken und fuhr dann den asiatischstämmigen PC mit einem »Ja?« an, der ihm einen Zettel zur Abzeichnung hinhielt. Calder kritzelte seine Unterschrift hin, was ihn daran erinnerte, dass er noch einen Berg an Papierkram zu bearbeiten hatte.

Er gab ein Geräusch von sich, das halb nach Schnauben, halb nach Seufzen klang. Das war alles, wozu sie in dieser Zeit verkommen waren, eine Legion verdammter Bleistiftdrücker.

Als er bereit war, begann sie: »Sie sind nicht verpflichtet, etwas zu sagen, wenn Sie es nicht wollen, aber was Sie sagen, kann als Beweismittel verwendet werden. Haben Sie das verstanden, David?«

»Ja.« Sein Atem rasselte in seiner Kehle. Langsam drehte er seinen Kopf auf dem Kissen und sah sie direkt an.

KAPITEL ACHT

Tennison musste sich zusammenreißen, um ihre Abscheu zu verbergen, als sein Atem sie umwehte. Es schien ihr, dass sie bereits seit einer Ewigkeit an seinem Bett saß und den fauligen Dunst des Todes inhalierte. Sie selbst fühlte sich davon beschmutzt, als wäre er in ihre Poren eingedrungen, und sie musste all ihre Willenskraft aufwenden, um das Erschaudern bei der Berührung seiner kalten, feuchten Hand zu unterdrücken.

Ihr Gesicht verriet jedoch nichts von alledem. Und ihre Stimme blieb ruhig und gelassen, fast besänftigend.

»In Ordnung, David. Lassen Sie mich auf das zurückkommen, was Sie ursprünglich gesagt haben. Dass Sie am Sonntag und Montag bei Ihrer Schwester in Margate waren und nicht in der Honeyford Road.«

»Das war gelogen«, murrte Harvey düster. »Ich bin nicht über Nacht geblieben. Ich bin am Sonntag zurückgekommen. Sonntagnachmittag. Nicht Montag, wie ich sagte.«

»Also haben Sie Eileen gebeten, Ihnen ein Alibi zu geben?«

Harvey schüttelte schwächlich den Kopf. »Nein. Sie weiß nichts davon …«

Tennison runzelte die Stirn. »Aber das muss sie, David,

denn sie hat Ihre Aussage bestätigt. Sie meinte, an diesem Wochenende sei der Todestag Ihrer Frau gewesen. Das stimmt aber nicht. Sie sagte, Sie hätten das Wochenende mit ihr verbracht. Das haben Sie aber nicht.«

»Ich will nicht, dass meine Schwester da mit hineingezogen wird«, beharrte Harvey, und seine Stimme wurde fester. Er starrte Tennison an und blinzelte hektisch.

»Ich fürchte, das ist sie bereits, David …«

»Halten Sie sie da raus.« Mit plötzlicher Wut stemmte er sich auf einen Ellbogen, was ihn vor Anstrengung zum Keuchen brachte. In seinen Augen bahnte sich ein Gewitter an. »Ich werde Ihnen nichts weiter sagen, wenn Sie sie da mit hineinziehen!«

Tennison legte ihm die Hand auf die Schulter, und er sackte langsam zusammen, Speichelflecken bedeckten seinen Schnurrbart. Er lag flach, seine Brust hob sich. Die Heftigkeit seiner Reaktion verblüffte sie. Sie hatte echte Angst in seinen Augen gesehen … aber wovor? Davor, seine Schwester zu belasten? Alleine dafür waren seine Gefühle zu heftig und panisch gewesen, dachte Tennison. Es sei denn, er versuchte, Eileen abzuschirmen, den Verdacht von ihrer möglichen Mitschuld an dem, was an jenem Wochenende geschehen war, zu zerstreuen.

Harvey fuhr fort, fast dröhnend, als ob er zu sich selbst sprechen würde. »Ich habe es da unten sowieso gehasst. Ein gottverlassener, kalter Bastard von einem Ort. Ich dachte, ich könnte genauso gut nach Hause fahren – irgendwas Sinnvolles machen, im Garten arbeiten …«

»Um wie viel Uhr sind Sie also nach London zurückgekommen?«, fragte Tennison.

»Gegen fünf. Ich habe noch etwas gearbeitet und bin dann reingegangen. Ich schaute im vorderen Zimmer fern, da sah ich sie.«

Tennison beugte sich vor, ihre Augen verengten sich leicht. »Wen haben Sie gesehen, David?«

»Ich habe das Mädchen gesehen. Joanne.« Harvey starrte in die Schatten, als würde er sie dort in diesem Augenblick erkennen. »Sie stand an einer Haltestelle. Sie wartete auf einen Bus, der an einem Sonntag aber nicht fuhr.«

»Um wie viel Uhr war das?«

»Ungefähr halb neun, neun. Es wurde gerade dunkel. Ich habe sie beobachtet …« Seine Stimme nahm einen verträumten, entrückten Ton an. »Sie stand da, ein Bein hinter dem anderen, und schaukelte vor sich hin. Ich dachte, ich sollte ihr wohl Bescheid sagen. Also ging zu ihr hinüber. Ich erklärte ihr, der Bus fahre sonntags nicht. Ich sagte, sie solle ein Taxi rufen. Ich schlug vor, sie könne mein Telefon benutzen.«

Er hielt inne, seine trockenen Lippen öffneten sich.

»Sie kam ins Haus«, sagte er mit seiner dumpfen, verträumten Stimme, und dann, als hätte die Erinnerung ihn erschöpft, schloss er die Augen.

DI Burkin war alles andere als erfreut. Calder, der Custody Sergeant, hatte ihm gegenüber bereits seine Zweifel geäußert, und jetzt sah Burkin auch, warum. Der Junge brabbelte unter Tränen vor sich hin. Der Schweiß rann von den Wurzeln seines kurzen schwarzen Haares und ließ sein Gesicht wie eine glänzende, versteinerte Maske wirken. Oswalde schien es nicht zu bemerken – oder wenn doch, dann kümmerte es ihn nicht.

Mit verschränkten Armen lehnte Burkin an der Wand des Verhörraums und beobachtete mit zusammengekniffenen Augen, wie Oswalde das Tonbandgerät einrichtete. Er wusste nicht, welche Gründe Oswalde für die Verhaftung von Tony Allen gehabt hatte, aber sie sollten besser verdammt triftig sein, oder es würde die Hölle losbrechen.

Oswalde platzierte das Mikrofon vor Tony Allen auf dem Tisch, worauf der es wie ein von einer Schlange hypnotisiertes Kaninchen anstarrte. Oswalde streckte sich und drückte die Aufnahmetaste. Immer noch stehend, begann er: »Dieses Gespräch wird auf Band aufgenommen. Ich bin Detective Sergeant Robert Oswalde, zuständig für Southampton Row. Der zweite anwesende Beamte ist …«

»Detective Inspector Frank Burkin«, meldete sich Burkin zu Wort.

Oswalde setzte sich Tony Allen gegenüber. »Sie sind?«

Nichts. Nicht mal ein Flackern. Der junge Mann sah aus, als wäre er in einer Art Trance. Oswalde stützte die Ellbogen auf den Tisch und verschränkte die Finger ineinander. »Nennen Sie Ihren vollständigen Namen und Ihr Geburtsdatum.«

Tonys Lippen bewegten sich. In einem fast unhörbaren Genuschel sagte er: »Anthony Allen. Fünfter Mai …«

»Lauter für die Aufnahme, bitte.«

Der Befehl erweckte Tony zum Leben. Sein Kopf richtete sich auf, seine Augen weiteten sich, und er fing an zu brabbeln wie ein Mensch auf Speed: »*Anthony Allen. Anthony Allen. Fünfter Mai. 1969. 1969* …«

Burkin rollte düster mit den Augen und glotzte zur Decke. Ein verrückt gewordenes Dschungelkind, auch das noch!

Vernon Allen und seine Frau saßen schon seit über einer Stunde im Wartebereich. Esme war außer sich vor Sorge, und er hatte keine andere Wahl, als sie zu beruhigen. Der Anruf von Esta, in dem sie ihnen mitgeteilt hatte, dass Tony verhaftet worden war, hatte sie beide schockiert und verängstigt zurückgelassen. Vernon redete sich ein, dass es sich um einen Irrtum handelte, dass sich die Sache bald aufklären würde, aber je mehr Minuten verstrichen, ohne dass sie etwas erfuhren, desto deutlicher stieg in ihm ein Gefühl der

Beklemmung auf, das ihn fast erdrückte. Aber er musste sich zusammenreißen, durfte es sich nicht anmerken lassen, sonst würde Esme völlig kaputtgehen.

Sie war wieder auf den Beinen, nicht in der Lage, länger als eine Minute still zu sitzen. Der asiatische PC an der Rezeption konnte nur mit den Schultern zucken und ein fades »Es tut mir leid« von sich geben, während Esme sich mit geballten Fäusten und großen, feuchten Augen gegen den Tresen lehnte.

»Wir müssen unseren Sohn sehen dürfen«, forderte sie zum x-ten Mal.

»Der zuständige Officer wird in Kürze zu Ihnen kommen, Madam.«

Esme wandte sich kopfschüttelnd ab, wusste nicht, wohin mit sich selbst. Mit leiser, verlorener Stimme nuschelte sie undeutlich: »Ich kann nicht fassen, was hier passiert …«

»Aber es passiert …«, sagte Vernon. Er seufzte und machte eine müde Geste. »Nun komm und setz dich.«

»Der Officer wird nicht mehr lange brauchen«, versicherte ihnen der Polizist.

Esme ließ sich neben ihrem Mann auf die Bank fallen. Was geschah gerade mit ihrem Jungen, ihrem Tony? Warum ließen sie sie nicht zu ihm? Was machten sie da drin mit ihm?

»Ich habe versucht, sie anzufassen«, sagte Harvey mit rauer, rasselnder Stimme. »Ihre Titten anzufassen.«

Er erwiderte Tennisons ruhigen Blick mit einem herausfordernden Starren, als hoffte er, sie würde sich durch seine Grobheit beleidigt fühlen. Aber er wurde enttäuscht; sie war nicht beleidigt.

»Erinnern Sie sich, was sie anhatte, David?«, erkundigte sich Tennison in demselben ruhigen, gleichmäßigen Ton.

»Nein.«

»Hatte sie einen BH an?«

»Ich glaube nicht, nein«, meinte Harvey nach einem kurzen Zögern.

Tennison hielt einen Moment inne, um das Gesagte abzuwägen, bevor sie fortfuhr: »Was geschah dann?«

Harvey wandte den Kopf ab. Im Schattenspiel an der Wand über dem Bett wirkten sein faltiges Gesicht und seine eingefallenen Wangen wie ein Totenkopf.

»Ich habe sie geschlagen«, sagte er.

Er würde ihn brechen; es ging nur darum, auf ihn einzureden, unerbittlich, bis er sich selbst ein Bein stellte. Aber so schien es nicht zu klappen. Je mehr Oswalde ihn bedrängte, desto wütender und trotziger wurde Tony. Burkin war überrascht, wie viel Mut der Kerl besaß. Er hätte darauf gewettet, dass Tony Allen der Typ war, der zusammenbrach, sobald die Sache zu heiß wurde. Es amüsierte ihn geradezu, Oswalde dabei zuzusehen, wie er sich abrackerte und kein bisschen weiterkam. Das würde dem eingebildeten Bastard eine Lehre sein.

»Was habe ich gerade gesagt?« Tony warf seine Hände in die Luft. »Ich gebe es zu, ich gebe zu, dass ich sie kannte!«

»Sie war Ihre Freundin, Tony«, wiederholte Oswalde zum dritten Mal und ließ es wie eine feststehende Tatsache klingen.

»Nein, war sie nicht. Ich habe es dir doch gesagt. Sie ging mit dem Leadsänger aus. Ich habe sie um eine Verabredung gebeten, aber sie hat Nein gesagt.«

Oswalde stürzte sich darauf. »Wie kommt es dann, dass sie wieder bei Ihnen in der Honeyford Road gelandet ist?«

Tony schloss die Augen und stützte die Stirn in die Handfläche. Er seufzte und sagte müde: »Ich hatte da ein paar Kassetten, die sie haben wollte. Lieder, die sie lernen sollte.« Er blickte zu dem Mann auf, der ihm gegenüber saß, so angespannt und straff wie eine aufgezogene Feder. »Sie kam herein, nachdem mein Vater zur Arbeit gegangen war. Sie blieb nur eine Stunde oder so, das ist alles.«

»Und dann haben Sie sie in Harveys Haus gebracht.«

»*Nein.*«

»Weil Sie wussten, dass er über das Wochenende weg war. Sie haben die Schlüssel Ihres Vaters benutzt und sind mit ihr nach nebenan gegangen.« Für Oswalde waren das weitere Tatsachen. »Was ist dann passiert, Tony?«

Tony Allen schüttelte den Kopf. Er schüttelte ihn immer noch, als er langsam und deutlich sagte: »Ich – habe – sie – nicht – getötet.«

Oswalde wusste ganz genau, dass der Junge nach Strich und Faden log. Burkin war sich da nicht so sicher.

»Ich habe sie gefesselt. Die Hände hinter dem Rücken.«

»Womit?«

»Ich erinnere mich nicht. Ich habe sie geknebelt. Hatte Sex mit ihr. Danach habe ich sie dort liegen lassen.«

»Wo war das genau?«

Harvey runzelte die Stirn. »Was meinen Sie?«

»In welchem Zimmer waren Sie?«

»In der Küche.« Seine Augenlider flackerten. »Ein Gürtel. Ich habe sie mit meinem Gürtel gefesselt ...«

Ohne den Kopf zu bewegen, wandte Tennison ihren Blick zu Muddyman. Er lehnte sich nach vorne, die Ellbogen auf die Knie gestützt, und sein Gesicht war von Konzentration gezeichnet. Hinter ihm, in der abgedunkelten Ecke des Raumes, war Jason nur noch ein verschwommener Fleck, sein schwarzes T-Shirt und die dunkle Windjacke verschmolzen mit dem Hintergrund. Tennison richtete ihre Aufmerksamkeit wieder auf Harvey, auf die dumpfe, dröhnende Stimme.

»Ich ließ sie dort liegen. Ging und schaute fern. Ich weiß

nicht, warum. Es war wie ein Traum. Als ob es gar nicht passiert wäre.«

Tennison schürzte die Lippen, schwieg jedoch.

Tony verzog angewidert die Lippen. »Was für ein Bruder bist du?«, fragte er verächtlich. »So etwas zu mir zu sagen?«

»Ich bin nicht Ihr Bruder, ich bin Polizist«, erwiderte Oswalde stur. Der Kerl versuchte, seine Hautfarbe als Joker auszuspielen, dabei zog der hier gar nicht. Burkin würde das lieben, die Schwarzen waren doch alle gleich. Zum Vergessen.

Mit Abscheu in der Stimme spuckte Tony ihm praktisch ins Gesicht: »Weil du weiß sein willst! Du hasst deine schwarzen Brüder und Schwestern. Du bist *schwarz*!«

Oswalde wurde von Sekunde zu Sekunde gereizter. Aber er ließ sich nicht auf dieses Spiel ein. Keine Chance. Um zu zeigen, wie ruhig er war und sich von Tonys Ausbruch nicht beeindrucken ließ, studierte er seine Fingernägel und fragte beiläufig: »Warum haben Sie nach diesem Konzert aufgehört, Bass zu spielen, Tony?«

»Du bist ein Verräter, du würdest es nicht verstehen.«

»Testen Sie mich.«

Tonys ganzes Gesicht schien sich zu bewegen, als ob er versuchte, etwas zu erklären, was er nicht auszudrücken vermochte. In seinen Augen war ein seltsames Leuchten zu sehen. Dann brach es wie eine Flut aus ihm heraus.

»Bassnoten sind der Puls, sie kommen durch die Fußsohlen in dich hinein … sie klingen in dir, hier. Sie schlagen mit deinem Herzen mit. Von unten. Ein Herzschlag. Aus der Tiefe der Erde.« Er war wie eine mechanische Puppe, die Worte sprudelten nur so aus ihm heraus. Seine Augen richteten sich plötzlich auf Oswalde, seine Stimme war von beißender Verachtung erfüllt. »Siehst du, du verstehst es nicht. Ich konnte nicht mehr spielen … Wieso konnte ich nicht mehr spielen?« Er reckte den Kopf nach vorne und schrie Oswalde in dessen teilnahmsloses Gesicht: »*Warum fragst du, wenn du nichts verstehst?*«

Burkin starrte Tony fasziniert an. Vielleicht verstand Oswalde es nicht, aber er schon: Der Junge war völlig irre. Ende der Geschichte.

Das Gefühl der feuchtkalten Hand, die ihre umklammerte, verursachte bei Tennison Übelkeit. Sie schluckte schwer und sagte sich, dass es bald vorbei sein würde. Harvey wurde rasch müde, seine Stimme schwächer, die Pausen, in denen er Luft holte, immer länger; aber sie hatte jetzt fast alles auf Band, in seinen eigenen Worten. Die Abscheu, die sie empfand, war ein geringer Preis, den sie dafür zahlen musste.

»Sie muss an dem Knebel erstickt sein. Überall war Erbrochenes in ihrem Mund, in ihrer Nase … Ich wollte sie nicht töten.«

Die Tür öffnete sich, und eine Krankenschwester kam mit einem kleinen Tablett herein. Am Fußende des Bettes blieb sie stehen und sagte leise: »Ich muss Mr Harvey seine Medikamente geben.«

Tennison nickte. Sie gab Muddyman und Jason ein Zeichen, dass sie gehen sollten, und wandte sich dann wieder an Harvey. »Ich bin bald wieder da, David.« Für die Aufzeichnung ergänzte sie: »Ich beende dieses Gespräch. Es ist zwanzig Uhr zehn.«

Muddyman wartete mit Jason im Korridor. Die Hände des jungen Mannes hingen schlaff an seinen Seiten, und die Tortur, die er gerade durchmachte, stand ihm deutlich ins Gesicht geschrieben.

Tennison drückte seine Schulter. »Es tut mir leid, das muss furchtbar für Sie sein.«

Jason starrte auf den Boden, aschfahl bis zu den Lippen.

»Ich kenne ihn schon mein ganzes Leben«, flüsterte er fassungslos. »Und dabei kenne ich … Ich kenne ihn überhaupt nicht.«

»Können Sie weitermachen?«, fragte Tennison vorsichtig nach und erhielt ein kurzes Nicken zur Antwort.

Muddyman rührte sich.

»Ich hole uns einen Kaffee«, verkündete er und ging los, um einen Automaten zu suchen.

Tennison fühlte sich beschmutzt und dreckig. Alles, was sie jetzt wollte, war eine heiße, reinigende Dusche und ein großer Brandy, um den Gestank von ihrem Körper zu waschen und die Erinnerung an das hagere, abgemagerte Gesicht auszulöschen, das sein letztes Geständnis ausstieß.

»Wenn ich sie begraben hätte«, sagte Tony Allen mit gefährlich leuchtenden Augen zu Oswalde, »dann so tief, dass man sie nie wieder gefunden hätte. Sie wäre nie wieder aufgetaucht …«

»Ist sie wieder aufgetaucht?«, fragte Oswalde und beobachtete ihn genau.

Tony lächelte halb mitleidig, das Lächeln von jemandem, der einem Unwissenden eine ultimative Wahrheit zu vermitteln versuchte. »Sie ist in dir«, zischte er. »Ich kann sehen, wie sie mich ansieht. Sie sieht mich durch deine Augen an. Sie streckt die Hand nach mir aus.« Er klopfte sich auf die Brust. »Ich bin ihr Freund. Sie will weg von dir. Du bist ein Sarg. Du erstickst sie. *Du bist ihr Sarg*. Deine Augen sind kleine Fenster. Ich kann in dich hineinsehen. Durch deine Augen. Ich sehe Joanne. Sie hasst dich …«

Er wischte sich mit dem Handrücken über den Mund. Als er die Hand wieder wegzog, grinste er Oswalde mit einer seltsamen Mischung aus Triumph und tiefster Abscheu an.

HARVEY SCHIEN INZWISCHEN ein wenig zu Kräften gekommen zu sein. Die Pille oder die Injektion – was auch immer es war – hatte ihn in die Welt zurückgebracht und für kurze Zeit die Schatten vertrieben, die ihn in sich einschlossen.

Tennison drängte darauf, die Sache hinter sich zu bringen. »Was haben Sie mit Joannes Leiche gemacht?«

»Ich bewahrte sie im Schrank unter der Treppe auf. Bis zur darauffolgenden Nacht. Ich grub ein Loch. Die Erde packte ich in Säcke. Ich hatte eine Menge Plastikfolien. Ich wickelte sie in die Folie ein.« Seine Stimme brach. Er starrte seelenlos nach oben. »Ich habe sie begraben.«

Muddyman beugte sich in Tennisons Blickrichtung vor und strich sich über sein Kinn. Sie nickte bedächtig. Harvey offenbarte entscheidende Details – der Gürtel, die Plastikfolie –, die nicht an die Presse weitergegeben worden waren. Harvey konnte unmöglich davon wissen, es sei denn, er war persönlich an der Beseitigung von Joannes Leichnam beteiligt gewesen. Das waren die entscheidenden Beweise, die sie brauchten, um den Fall vor Gericht zu bringen.

Sie wollte gerade eine weitere Frage stellen, als Harvey sich plötzlich und mit großer Anstrengung aufrichtete. Seine Augen suchten die Dunkelheit ab, der schlaffe Mund bebte verzweifelt.

»Es tut mir leid, Jason, es tut mir leid, dass du das alles hören musst. Ich wollte nur, dass du hier bist …« Erschöpft ließ er sich zurückfallen, und Tennison wartete, bis er wieder zur Ruhe kam.

»Haben Sie noch etwas anderes mit ihr zusammen begraben, David?«

»Ja.«

»Was?«

»Eine Plastiktüte.«

Das war ebenfalls nicht in der Pressemitteilung erwähnt worden.

»Was enthielt sie?«

Tennison musste sich nach vorne beugen, um sein gemurmeltes »Ich weiß es nicht« zu verstehen, und es schien ihr, dass er, nachdem er den Mord gestanden hatte, das Interesse an den eher unwichtigen Details des Verbrechens verlor.

Wieder warf sie einen Blick auf Muddyman, der selbstzufrieden dreinschaute. Harvey war dem Tode nahe, in mehr als einer Hinsicht. Er hatte ihnen haarklein die ganze schmutzige Saga erzählt und sie im Beisein dreier Zeugen auf Band gesprochen. Spiel, Satz und Sieg.

Harvey murmelte weiter. Tennison musste sich anstrengen, ihn zu verstehen, und hoffte, dass man ihn auf der Aufnahme überhaupt hören konnte.

»Ich klopfte die Erde flach. Verlegte den Rest der Platten, zementierte sie ein. Aber da war so ein Geruch. Der Schwarze von nebenan beschwerte sich. Ich sagte ihm, es sei … die Kanalisation …«

Er schloss die Augen.

Der keuchende Atem flatterte von seinen Lippen und verstärkte die anschließende Stille.

Tennison straffte die Schultern und lehnte sich in ihrem Stuhl zurück.

»Danke, David«, sagte sie und deutete Muddyman an, dass er den Rekorder abschalten könne. Gott sei Dank war das vorbei. Die Erinnerung an seinen klammen Griff ließ sie erschaudern.

Sie traten auf den Korridor hinaus. Muddyman versiegelte das Band und bat Jason, es gegenzuzeichnen und zu datieren. Der junge Mann tat dies, wobei der Stift in seiner Hand zitterte. Er war immer noch totenblass und sah aus, als ob ihm übel wäre.

»Möchten Sie, dass wir Sie nach Hause bringen?«, erkundigte sich Tennison, die sich Sorgen um ihn machte.

»Es ist alles in Ordnung, danke.« Er hob den Kopf und holte tief Luft. »Ich gehe lieber zu Fuß.«

Sie sahen ihm nach, wie er verloren und ziellos den

Korridor hinunterlief, aber dann bog er in Richtung Rezeption ab, war also auf dem richtigen Weg. Muddyman stopfte die Kassette in die Tasche seines Regenmantels und wandte sich mit einem breiten Grinsen an Tennison.

»Gut gemacht! Sie haben den Bastard festgenagelt.«

»Meinen Sie?«

Muddyman zündete sich eine Zigarette an und sog hungrig den Rauch ein. »Ich weiß es.«

Tennison nickte, als würde sie zustimmen. Sie hätte einen Monatslohn für Muddymans völlige, unerschütterliche Gewissheit gegeben, aber sie konnte sich nicht dazu durchringen. Etwas nagte an ihr. Einige der Details, die Harvey ausgeplaudert hatte, ließen sie nicht los und beunruhigten sie wie ein lockerer Zahn.

Aber es war ein langer, zermürbender Tag gewesen, und sie war erschöpft. Und irgendwie deprimiert obendrein. Alles, worauf sie sich in diesem Moment noch konzentrieren konnte, waren die heiße Dusche und der große Brandy.

Als sie die Treppe zum Parkplatz hinuntergingen, sagte Tennison düster: »Gott, Krankenhäuser deprimieren mich.«

NACHDEM SIE ENDLICH EINEN Babysitter gefunden hatte, flog Esta zur Polizeistation Southampton Row und stürmte in den Wartebereich. »Habt ihr ihn gesehen?«, fragte sie die beiden, die dort auf der Bank kauerten. »*Habt ihr ihn gesehen?*«

Esme schüttelte weinend den Kopf. »Sie wollen mich nicht zu meinem Jungen lassen«, jammerte sie. »Mein Tony …«

Esta stürmte auf den Tresen zu. Sie schlug mit beiden Fäusten darauf ein. Durch die Glasscheibe konnte sie zwei oder drei uniformierte Beamte sehen, die im Hinterzimmer an Schreibtischen saßen. Sie trommelte auf den Tresen und schrie sie an: »Ich will sofort jemanden sprechen! Ich will den Verantwortlichen sprechen! Kommen Sie her – wo ist er!«

Vernon winkte ihr zu. »Sie sagen, es kommt gleich jemand.«

Esta schlug wieder zu, härter, lauter.

»Komm und setz dich«, flehte Vernon. »Immer mit der Ruhe …«

Esta ignorierte ihn. Sie hatte nicht die Absicht, sich zu beruhigen.

Tony stützte sich mit den Ellbogen auf den Tisch, den Kopf in den Händen. Seine Stimme klang dumpf.

»Ich bin ein schwarzer Bastard. Ich verdiene all das, was ich bekomme … Ich bin ein schwarzer Bastard, ich verdiene all das, was ich bekomme …«

Oswalde stand ihm gegenüber und klopfte auf den Tisch. »Tony, hören Sie auf damit, Mann!«

»Ich bin ein schwarzer Bastard, ich verdiene all das, was ich bekomme … Ich bin ein schwarzer Bastard, ich verdiene all das, was ich bekomme …«

»Tony, hör auf! Hör einfach auf, Mann …«

»Das reicht jetzt«, sagte Burkin knapp. Er schritt zur Tür. »Kann ich Sie kurz sprechen, Sergeant Oswalde?«

»Gleich.«

»Sofort, Sergeant Oswalde!« Burkin ging hinaus.

Oswalde sah auf seine Uhr. »Ich beende dieses Gespräch um dreiundzwanzig Uhr fünfundzwanzig.« Er schaltete das Gerät ab und folgte Burkin nach draußen.

Tonys Hände lösten sich von seinem Gesicht und ballten sich zu Fäusten.

»Nein, lasst mich nicht allein! Lasst *mich hier nicht allein!*«

Im Korridor stand Burkin Oswalde gegenüber. Er musste seine Stimme erheben, um Tony Allens erschrockene, beinahe hysterische Schreie zu übertönen.

»Was soll das alles?«

»Was?«, fragte Oswalde. Er war ein oder zwei Zentimeter größer als DI Burkin, und er starrte ihm in die Augen, da er den Mann als den Rassisten erkannte, der er war.

Burkin hielt warnend einen Finger hoch. »Ich weiß nicht, was da zwischen euch beiden vorgeht …«

»Was meinen Sie?«

»Was ich meine?« Burkins Augen weiteten sich. Er zeigte mit dem Daumen in Richtung des kläglichen, unsteten Schluchzens, das aus dem Verhörraum drang – »*Lasst mich nicht allein … bitte lasst mich nicht allein, bitte …*« – »Er ist übergeschnappt!«

Oswalde sah Burkin mit zusammengekniffenen Augen an.

»Das ist also Ihre wohlüberlegte psychologische Meinung?«, spottete er.

»Sie sind ein arroganter Mistkerl, wissen Sie das?«

Oswalde senkte seine Stimme zu einem tiefen Knurren.

»Schauen Sie mich nicht so an, Frank. Seit ich auf diesem beschissenen Präsidium angekommen bin, warten Sie auf eine Gelegenheit, mich fertigzumachen.« Er richtete sich auf und straffte die Schultern. »Na, dann machen Sie schon«, forderte er.

Auge in Auge starrten sich die zwei Männer an. Beide waren etwas über einen Meter achtzig groß, von kräftiger Statur und von gegenseitigem Hass durchdrungen: Burkin, der Boxchampion der Gegend, Oswalde, der Beste seiner Klasse im unbewaffneten Kampf, sie hätten sich gegenseitig die Seele aus dem Leib prügeln können. Beide waren sie aufs Äußerste angespannt, bereit und erpicht darauf, endlich loszulegen.

»Was zum Teufel geht hier vor?« Durch Tonys Geschrei aufgeschreckt, stürmte Custody Sergeant Calder aus dem Kommandoraum auf den Korridor, um der Sache auf den Grund zu gehen.

»Halt dich da raus, Mike«, sagte Oswalde mit fester Stimme.

Calder schätzte die Situation ein und handelte umgehend, um sie zu entschärfen. Er schob die beiden Männer auseinander. »In diesem Bereich habe ich das Kommando. Ich bin für die Gefangenen verantwortlich, verstanden?«

Burkin richtete seine Wut auf ihn.

»Und wo ist sein Anwalt?«, hakte er nach.

»Er sagte, er wolle keinen.«

»Sehen Sie«, explodierte Burkin und zeigte mit dem Finger auf ihn. »Der Junge geht da drin die Wände hoch! War der Arzt schon bei ihm?«

»Noch nicht«, erwiderte Calder abwehrend. Er räusperte sich. »Es ist alles unter Kontrolle …«

Burkin warf Oswalde einen grimmigen Blick zu. Er sagte abfällig: »Der verhaftende Officer hat nicht einmal glaubhafte Beweise.«

Calder war verärgert. »Hören Sie, sagen Sie mir nicht, wie ich meinen Job –«

»Woher wissen Sie das überhaupt?«, rief Oswalde und starrte auf Burkin.

»Sie haben nichts von ihm, was vor Gericht Bestand hätte. Er sollte zurück in die Zellen gebracht werden, bis der Chef informiert ist.«

Calder versuchte, an ihnen vorbei zur halb geöffneten Tür zu spähen. »Haben Sie ihn da drin allein gelassen?«

Oswalde war jetzt richtig wütend. Er wusste, was Burkin vorhatte, und er sagte es ihm direkt. »Finger weg, Frank, das ist meine Beute. Sie sind doch nur sauer, weil der Quotenschwarze diesen Fall bis morgen früh unterschrieben und besiegelt auf den Schreibtisch des Chefs legen wird!«

Burkin entgegnete leise: »Was für ein Schwachsinn.«

Dann schlenderte er den Korridor entlang, um Tennison anzurufen.

Oswalde kehrte in den Verhörraum zurück und schlug die Tür zu.

Calder, der an seinem Daumennagel kaute, blieb stehen. Er wusste, er hätte längst das tun sollen, was Burkin vorgeschlagen hatte, nämlich den Arzt anrufen. Er sollte es besser nachholen. Jetzt gleich.

TENNISON, frisch geduscht und gepudert, war im Seidenpyjama auf dem Weg ins Bett, als das Telefon klingelte. Sie ging an dem kleinen Tisch vorbei und wollte aus reiner Gewohnheit abheben. Ihre Hand schwebte schon über dem Hörer, doch dann schaltete sich der Anrufbeantworter ein. Genau dafür gab es Anrufbeantworter, erinnerte sie sich. Für den Fall, dass man nicht zu Hause war oder zu müde oder nicht in der Stimmung, um den Anruf entgegenzunehmen. Sie erreichte zwei von drei Punkten.

Sie hörte eine Stimme murmeln. Doch sie drehte den Ton ganz leise, schaltete die Lampe aus und ging ins Schlafzimmer, wobei sie die Tür fest hinter sich schloss.

WELCHER ZORN, welcher Trotz auch immer in Tony gewesen war, er hatte ihn so schnell verlassen, wie die Luft aus einem geplatzten Ballon entwich. Er hockte mit gesenktem Kopf und hängenden Schultern da, die Hände lagen schlaff in seinem Schoß. Tränen kullerten ihm über die Wangen. Er gab kaum einen Laut von sich, saß nur da und weinte leise. Hinter ihm schritt Oswalde umher, drehte sich um, schritt wieder umher, drehte sich um. Burkin war in ihn eingedrungen, bis ins Mark. Um ein Haar hätte er die Beherrschung verloren, wäre komplett ausgerastet. Wenn überhaupt, dann war er stolz auf seine Selbstbeherrschung, darauf, sich nicht provozieren zu lassen. *So* knapp war es gewesen, und nur die Glocke hatte ihn gerettet – oder besser gesagt Calder.

Oswalde sah das alles nur zu deutlich. Burkin konnte es nicht ertragen, dass ein außenstehender Officer – noch dazu ein Schwarzer – hier aufkreuzte, den Fall löste und die Lorbeeren erntete. Genau darum ging es ihm. Deshalb war ihm die Sicherung durchgebrannt. Tja, er würde es wohl oder übel hinnehmen müssen, dachte Oswalde mit grimmiger Genugtuung. Er allein hatte Tony Allen dingfest gemacht, und er hatte vor, es aus ihm herauszubekommen. Und wenn es die ganze Nacht dauerte. Von dem Moment an, als er Tonys Reaktion auf den Tonkopf gesehen hatte, wusste er, dass der Junge in den Mord an dem Mädchen verwickelt war. Alles, was er jetzt tun musste, war, es zu beweisen.

Oswalde hielt sich an der Lehne des Stuhls fest und beugte sich über ihn.

»Das ist Zcitvcrschwendung. Sie verschwenden nur meine Zeit. Kommen Sie schon, Tony. Sie sind so schuldig wie die Hölle. Das weiß ich seit dem ersten Mal, als ich Sie gesehen habe.« Er grub seine Finger in Tonys gebeugte Schulter und zog ihn zurück. »Ihr schuldiges Geheimnis steht Ihnen ins Gesicht geschrieben.«

Tony nickte kraftlos, seine Wangen waren von Tränen benetzt. »Ich bin schuldig …«

Oswalde drehte sich schnell um und beugte sich hinunter, sein Gesicht ganz nah an dem des Jungen. »Dann erzählen Sie mir, was in jener Nacht geschehen ist.«

»Wir sind alle schuldig …« Tony öffnete den Mund weit und rang nach Luft. Er umklammerte seine Kehle. »Ich ersticke …«

»Nein, das tun Sie nicht.«

»Ich ersticke …« Er keuchte und krallte sich mit beiden Händen in sein hochgeschlossenes Hemd.

»Nein, das tun Sie *nicht*«, fuhr Oswalde ihn an. Er wandte sich ab und ballte vor Frustration die Fäuste, als Tonys Gesicht in sich zusammenfiel und Tränen unter seinen

Augenlidern hervordrangen. Es war völlig hoffnungslos. Seit Stunden waren sie schon hier, und er kam nicht weiter. Er musste den Jungen zum Einknicken bringen. Er *musste.*

Angewidert schüttelte er den Kopf. »Alles, was Sie getan haben, ist wie ein Baby zu heulen. Ich habe es satt, Ihnen zuzuhören. Sie sind erbärmlich. Ein verdammtes Muttersöhnchen. Kommen Sie schon.« Oswalde wies mit dem Daumen hinter sich. »Sie gehen zurück in die Zelle.«

»Nein … Ich kann da drin nicht atmen«, flehte Tony und blickte mit seinem mitleidigen, tränenüberströmten Gesicht zu Oswalde auf. »Bitte nicht … bitte …«

Er erhob sich halb aus dem Stuhl und zerrte an Oswaldes Ärmel. Der schüttelte ihn ab. »Sie können mich mal. Sie erzählen mir, wie Joanne zu Tode kam, oder Sie gehen zurück in die Kiste und *schwitzen.*«

Tonys Kopf bebte. »Nein … nein …«

Genug war genug. Oswalde wandte sich ab. Und ihm entging die Veränderung in Tonys Gesicht. Die Augen wurden plötzlich weit und wütend. Die Lippen verzogen sich zu einem zornigen Knurren. Tony sprang aus dem Stuhl auf. Er ging Oswalde an die Gurgel und stürzte sich auf ihn, sodass Oswalde gegen die Wand geschleudert wurde. Er war einen Kopf größer als Tony und über vierzig Pfund schwerer, aber was eben noch ein erbärmliches, wimmerndes Wrack gewesen war, verwandelte sich nun in einen rasenden Wahnsinnigen mit Blutgier in den Augen, der danach trachtete, das Leben aus ihm herauszuwürgen.

Atemlos rang Oswalde darum, die Handgelenke des Jungen zu umfassen. Er packte das linke, drehte sich auf einen Fuß und riss Tonys Arm halb auf den Rücken. Er ergriff das andere, klemmte beide Hände hinter seinem Rücken fest und schleuderte ihn mit dem Kopf voran gegen die Wand.

Calder schrie: »Nummer sieben, rein, rein!«, während fünf Officers Tony Allen mit gespreizten Beinen und waagerecht zwischen ihnen durch den Korridor in Richtung des Zellenblocks schleppten. Er strampelte und schrie sich die Seele aus dem Leib. Sie brachten ihn hinein, mit dem Gesicht nach unten auf den Boden, die Arme auf dem Rücken, die Knöchel unter zwei schweren Stiefeln eingeklemmt. »Raus!«, schrie Calder. »Raus! Raus!«

Er war der Letzte, der ging, zog die Tür zu und drehte den Schlüssel um. Tony war sofort wieder auf den Beinen und schlug mit den Fäusten gegen die Stahltür. Seine entsetzten Schreie durchstachen die Luft. Calder wischte sich das Gesicht ab und stieß einen Seufzer aus. Dieses verdammte Geschrei reichte aus, um die Toten zu wecken. Er schob den Riegel zurück, ließ die Metallklappe fallen und spähte durch die Gitterstäbe auf das schwitzende schwarze Gesicht und die irrsinnig rollenden Augen.

»Ich lasse die Klappe offen – in Ordnung!«

Tonys Schreie verkamen zu einem winselnden Stöhnen. Calder wandte sich ab. Gott sei Dank. Er riss seinen Kopf herum, als eine lallende Stimme aus der Zelle nebenan brüllte. Es war der Betrunkene, den sie wegen ungebührlichen Verhaltens festgenommen hatten. »Faschistenschweine!«, wetterte die undeutliche Stimme weiter. »Verdammte Polizeigewalt! Unschuldigen Opfern die Scheiße aus dem Leib prügeln!«

Calder klopfte an die Tür, sagte ihm, er solle den Mund halten, und ging los, um Burkin zu suchen. Der befand sich im Korridor vor dem Verhörraum und wartete am Wandtelefon auf Tennisons Rückruf.

»Tony Allen ist wieder in seiner Zelle«, berichtete Calder. Burkin nickte und sah ausgesprochen beunruhigt aus. Er trat zur Seite, als Calder den Hörer abnahm und ärgerlich grummelte: »Was ist mit diesem Arzt passiert? Ich rufe ihn noch einmal an.«

»In Ordnung.« Burkin sah ihm launisch beim Wählen zu. »Sind Mr und Mrs Allen noch am Empfang?«, fragte er.

»Sie werden so schnell nicht weggehen.« Calder warf ihm einen Blick zu. »Sie hätten schon vor Stunden gehen sollen.« Er nickte in Richtung der Zellen. »Lassen Sie den Kerl ausschlafen. Tennison kann sich morgen früh um ihn kümmern.«

Burkin wollte gerade etwas erwidern, ließ es dann aber bleiben. Er schlich davon. Calder lauschte dem Klingelton und trat ungeduldig von einem Bein auf das andere. »Komm schon … komm schon …!«

OSWALDE FUHR mit dem Aufzug in die Cafeteria. Zu dieser späten Stunde war sie fast leer, nur ein paar kleine Gruppen standen herum, Officer, die während der Nachtpatrouillen eine Pause machten. Er kannte keines der Gesichter und war froh darüber; er wollte allein sein. In der hintersten Ecke summte ein Fernseher vor sich hin, der Ton war leise gestellt.

Oswalde trug seinen schwarzen Kaffee zu einem leeren Tisch und setzte sich. Seine offizielle Schicht war schon vor drei Stunden zu Ende gegangen. Er hätte jetzt zu Hause im Bett sein müssen, um einigermaßen früh schlafen zu gehen, denn am nächsten Morgen um halb neun musste er wieder ran. Er war in einer seltsamen Stimmung, konnte sich nicht entspannen. Er fühlte sich müde und gleichzeitig nervös und aufgedreht; sein Verstand raste, und er wusste, dass es nur gereizte Energie war, die ihn wach hielt.

In den Spätnachrichten wurde gezeigt, wie die Menschen aus einem Wahllokal kamen. Heute fand die Nachwahl statt, wie sich Oswalde erinnerte. Obwohl es ihn nicht sonderlich interessierte, richtete er seine Aufmerksamkeit auf den Bericht des Ansagers. Alles war recht, um seine Gedanken von Tony Allens wilden, starren Augen und seinem geifernden Mund abzulenken.

»… Meinungsforscher, die vor dem Wahllokal eine Erhebung durchführen, gehen davon aus, dass der Konservative Ken Bagnall seinen Sitz halten kann, allerdings mit deutlich reduzierter Mehrheit. Zuvor kam es zu unschönen Szenen, als Mitglieder der Kampagne *Free Derrick Cameron* mit Bagnall zusammentrafen, der ein bekennender Befürworter der Todesstrafe ist. Der Kandidat der Labour Party, Jonathan Phelps, hat eine Erklärung abgegeben …«

Was auch immer die Erklärung war, erfuhr Oswalde nicht mehr. Jemand stand auf, um den Kanal zu wechseln, und nun war Boxen im Programm. Oswalde nippte an seinem Kaffee und sah mit trüben Augen zu, wie sich zwei schwarze Mittelgewichtler bekämpften.

Drei Stockwerke tiefer, in Zelle Nummer sieben, hatte sich Tony Allen bis auf seine Boxershorts ausgezogen. Er stand an der Tür und starrte durch die quadratische Gitterklappe hinaus. Langsam und sehr methodisch riss er sein Hemd in Streifen. In der Zelle nebenan schlief der Betrunkene schnarchend seinen Rausch aus. Die beiden Gefangenen in den angrenzenden Zellen dösten deutlich ruhiger. Tony starrte hinaus, zerrte an dem Stoff und hörte erst auf, als das Hemd komplett zerrissen war.

KAPITEL NEUN

Calder schaute zur Wanduhr. Er nahm einen letzten Zug, stieß die Zigarette in den Aschenbecher und erhob sich vom Schreibtisch. Auf dem Weg nach draußen hob er den schweren Schlüsselbund vom Haken und ging vor sich hinbrummend den Gang entlang.

Er schob den gefetteten Bolzen zurück, ließ die Klappe herunter und warf einen Blick auf den alten Mann in Nummer fünf. Er schlief seinen Rausch aus. Wahrscheinlich würden sie ihn am Morgen mit einer Verwarnung wieder gehen lassen. Dummer alter Kerl, der mitten auf der Straße gepisst hatte. Calder sah nach dem Betrunkenen in Nummer sechs. Dieser bot einen ekelhaften Anblick mit verfilztem Haar, Ohrringen und Tätowierungen. Der Geruch von Schnaps und trockenem Schweiß, der durch das Gitter drang, ließ Calder einen Schritt zurücktreten und die Luft vor sich fächeln. Er knallte die Klappe zu und betätigte den Riegel.

Die nächste Klappe war offen, genau wie Calder sie zurückgelassen hatte. Er trat einen Schritt nach vorn und erstarrte. Etwas stimmte ganz und gar nicht. Ein Strang aus weißem Stoff war um einen der Gitterstäbe geschlungen und hing im Inneren herunter. Calder sank das Herz in die Hose. Er befürchtete, das Schlimmste war geschehen. Schwer atmend drückte er seinen Kopf gegen die Gitterstäbe und blinzelte nach unten. Zuerst entdeckte er nur einen Haufen Kleidung und ein Paar braune Schuhe. Er spannte sich weiter an, sein Herz hämmerte in der Brust, und dann erkannte er Tonys Kopf, ein paar Zentimeter unterhalb der offenen Klappe.

»*Scheiße!*« Calder stürzte sich auf den Panikknopf, und die Alarmglocke dröhnte durch den Zellenblock. »Dave, John«, brüllte er, »kommt schnell her!«

Zurück an der Zellentür tastete er nach dem richtigen Schlüssel und fluchte mit zusammengebissenen Zähnen. Schwere Schritte stampften den Korridor entlang. Plötzlich drängten sich vier oder fünf Uniformierte um den Eingang zur Zelle, als Calder den Schlüssel im Schloss drehte. Die Tür wurde aufgerissen, wobei Tonys Körper mitgeschleift wurde, die nackten Beine gespreizt. Er hatte es äußerst raffiniert und sehr einfach gemacht, sich ein Seil aus dem in Streifen gerissenen Hemd gebastelt, es um die Gitterstäbe geschlungen und sich im Sitzen erhängt. Seine blutunterlaufenen Augen quollen hervor, seine Zunge hing zwischen den blauen Lippen. Calder hatte schon einige Tote gesehen, und jetzt war es wieder so weit.

»Holt mir ein Messer«, sagte er, kniete sich hin, nahm das Klappmesser entgegen und durchtrennte den Strang aus verknoteten Hemdfetzen. Die anderen umfassten Tonys Körper, der wie ein lebloses Gewicht nach vorne sackte, und legten ihn auf dem Zellenboden ab.

Calder stand auf, seine Hände zitterten, auf seinem kahlen Kopf bildete sich ein Schweißfilm.

»Oh, allmächtiger Jesus!« Oswalde kam hinzu und drängte sich an den Männern vorbei, die in der Tür standen. Er ließ sich neben Tony auf die Knie fallen. Dann umfasste er den schlaffen Kiefer des Jungen mit seiner Hand, zog den

Kopf zurück und bereitete eine Mund-zu-Mund-Beatmung vor. »Holt eine Maske.«

Calder schüttelte kraftlos den Kopf. »Es ist zu spät …«

»*Sofort.*«

»Beatmungsmaske!«, schnauzte Calder.

Oswalde beugte sich vor, legte beide Hände flach auf Tonys Brust und nutzte sein Gewicht, um dessen Herz zu massieren. Jemand drückte ihm eine Beatmungsmaske in die Hand. Oswalde vergewisserte sich, dass die aufgeblähte Zunge frei war, und setzte die Maske auf Tonys Mund. Er füllte seine Lunge und blies in das Plastikmundstück. Sein Atem zischte zurück, wurde durch den Druck der Umgebungsluft herausgepresst. Er versuchte es wieder und wieder, und er tat es immer noch, als sich Burkin seinen Weg durch die schweigend zuschauenden Männer bahnte.

Er tauschte einen Blick mit Calder, der den Kopf schüttelte. Dann sah er zu, wie Oswalde sich aufrichtete und mit den Handballen Tonys Brust massierte, leise zählte und dann noch einmal massierte. Alle Anwesenden wussten, dass es hoffnungslos war, ein aussichtsloses Unterfangen, alle außer ihm.

Burkin hatte genug gesehen. Er sagte sanft: »Bob, das nützt nichts …«

Oswalde massierte, zählte leise mit, massierte.

»Es nützt nichts, Bob …«

Massieren, zählen, massieren.

Burkin ertrug es nicht länger. Er trat vor und zog Oswalde zurück. »Hör mir zu. *Sieh mich an!*«

Oswalde erstarrte. Er hörte auf zu zählen. Er spürte Burkins festen Griff an seiner Schulter und hörte seine leise Stimme in seinem Ohr.

»Der Junge ist tot … Er ist tot.«

Oswalde kam langsam zurück auf die Füße, die Arme fielen auf die Seiten. Tony lag auf dem Zellenboden, die

Maske noch auf dem Mund, und starrte seelenlos nach oben. Stille. Niemand sagte etwas. Es gab nichts zu sagen.

Tennison schaltete die Nachttischlampe ein. Sie blinzelte angestrengt gegen das Licht an und taumelte in Richtung des klingelnden Telefons, wobei ihr eine Welle blonder Haare in die Augen fiel. »Oh Scheiße«, murrte sie, dann in den Hörer: »Ja?« und lauschte Burkins Stimme mit halb geschlossenen Augen. »Hat das nicht bis morgen früh Zeit?«

Burkin erklärte ihr, dass dem nicht so sei, und nannte ihr auch den Grund.

Tennison fragte leise: »Wieso war er in der Zelle?« Burkin erklärte es ihr. »Großer Gott. Ich bin auf dem Weg.«

Sie legte auf, aber einen Moment lang rührte sie sich nicht. Das Entsetzen über das, was Burkin ihr soeben geschildert hatte, drang erst noch in ihr Bewusstsein, selbst dann noch, als sie ins Wohnzimmer tappte. Sie schaltete die Lampe ein und drückte die Wiedergabetaste auf dem Anrufbeantworter. Burkins Nachricht vom Vorabend wurde abgespielt. Sie drehte die Lautstärke auf, und seine Stimme erfüllte den Raum.

»*Ma'am, hier ist DI Burkin. Ich bin ein wenig besorgt … nun, nicht wirklich besorgt, aber, also … die Sache ist die: Oswalde hat Tony Allen wegen Mordverdachts verhaftet. Er hat ihn gerade im Verhörraum, und, na ja, der Junge geht die Wände hoch. Ich meine, er flippt völlig aus, und ich bin … besorgt. Könnten Sie mich zurückrufen?*«

Die Aufzeichnung endete mit einem Klick. Tennison stützte sich auf der Tischkante ab und starrte ins Leere. Das geschah gerade nicht wirklich. Es war nicht real. Gleich würde sie aufwachen. Es konnte nur ein Traum sein. Ein verdammter Albtraum.

Superintendent Kernan war aus der Feier eines Rugby-Vereins herausgeholt worden. In Blazer und Clubkrawatte, umnebelt von Whiskydämpfen, erreichte er Southampton Row und stolperte mit dem grimmigen Blick eines Betrunkenen hinein, den die hässliche Realität in Windeseile ausnüchterte.

Calder, der hinter seinem Schreibtisch verstohlen eine Zigarette rauchte, war der Erste, der Kernans finsteren Blick zu spüren bekam, als dieser wie eine Gewitterwolke durch die Abteilung marschierte. Calder starrte verzweifelt an die Decke, als erbäte er sich göttliche Erlösung oder einen schnellen und schmerzlosen Tod.

Die Gewitterwolke bewegte sich weiter durch das Präsidium.

Oswalde hockte in einem der Verhörräume, versuchte, sich zu beruhigen, als die Tür aufgestoßen wurde und Kernan ihn anstarrte. Dann schlug die Tür zu, und Oswalde blieb allein zurück wie ein bußfertiger Mönch in einer Zelle, auf den das Fegefeuer wartete.

Kernan ging weiter. Die Allens hielten sich immer noch beim Empfang auf und warteten geduldig auf Neuigkeiten von ihrem Sohn, aber Kernan konnte sich nicht dazu durchringen, ihnen gegenüberzutreten. Als er mit dem Aufzug in sein Büro fuhr und weiterhin Johnnie Walker Black Label ausatmete, hatte er nur eines im Sinn. Die Fata Morgana von Chief Superintendent Kernan, die in immer weitere Ferne entschwand. Bei Gott, dafür würde er jemanden an den Eiern haben. Und wenn Tennison in irgendeiner Weise die Schuld daran trug, hätte er auch sie an den Eiern.

Der Polizeifotograf hatte gerade seine Aufnahmen beendet, als Tennison den Zellenblock betrat. Sie hatte sich einige Zeit und Mühe gegeben, um sich selbst zu dieser unchristlichen Stunde schick und vorzeigbar zu machen.

Frisch geschminkt, in einem dunkelroten Hosenanzug mit ausgestelltem Jackett, kam sie herein und warf einen langen Blick auf Tony Allens Leichnam am Boden von Zelle Nummer sieben. Die Wiederbelebungsmaske war abgenommen worden. Das Gesicht des Jungen trug noch immer den Ausdruck von erstarrtem Schrecken, der seine letzte Gefühlsregung gewesen war. Tennison wandte sich ab. Mit zusammengepressten Lippen sagte sie zu Burkin: »Decken Sie ihn zu, Frank.«

Sie trat zur Seite, als zwei uniformierte Beamte den Betrunkenen aus der Zelle eskortierten. Sie schoben ihn vorwärts, versuchten zu verhindern, dass er auch nur einen Blick auf das erhaschte, was in der Nachbarzelle vorgefallen war. Doch der Betrunkene wusste es auch so – oder hatte es sich aufgrund des ganzen Aufruhrs zusammengereimt –, und niemand wollte ihn zum Schweigen bringen.

»Ihr habt ihn umgebracht, ihr Bastarde«, begann er zu schreien und reckte sein unrasiertes Gesicht zur Seite, um einen Blick zu erhaschen. Dann schrie er weiter, seine wütende Stimme hallte wider, als sie ihn auf den Korridor zerrten: »Ihr Schweine habt ihn umgebracht, ihr Schweine …«

Tennison strich sich mit der Hand durchs Haar.

»Na wunderbar«, sagte sie.

Zehn Meter von seinem Büro entfernt konnte Tennison deutlich hören, wie Kernans brüllende Stimme jemandem eine Abreibung verpasste. Sie ging auf die Tür zu und zuckte ein wenig zusammen. Ihr tat derjenige leid, der die Schelte bezog, ob er sie nun verdient hatte oder nicht.

»Das reicht einfach nicht aus, verdammt noch mal, es reicht nicht!«, wütete Kernan. »Ihre alleinige Verantwortung ist der Gefangene!«

Es war offensichtlich Calder, der Custody Sergeant, wie

Tennison erkannte. Sie lauschte seiner leise gemurmelten, unterwürfigen Antwort, die von Kernan unterbrochen wurde: »Das brauchen Sie mir nicht zu erzählen – schreiben Sie es in Ihren Bericht! Sofort!«

Calder kam heraus, blass und erschüttert, und ging direkt an ihr vorbei, ohne sie zu beachten. Er war den Tränen nahe. Tennison trat ein. Sie war froh, ein wenig Parfüm aufgetragen zu haben, denn im Büro stank es nach Whisky. Kernans Krawatte war locker und sein Hemdkragen zerknittert. Er sah schlecht aus, seine Augen waren schwerer als sonst, und seine Hände schienen nicht allzu sicher, als er sich eine Zigarette anzündete.

»Damit ist meine Beförderung im Eimer«, begrüßte er sie und blies mit einem verärgerten Seufzer Rauch aus.

Tennison war schockiert. »Ein junger Mann liegt tot in der Zelle, und Sie machen sich Sorgen um Ihre Beförderung?«

Sie machte sich nicht erst die Mühe, ihre Missbilligung zu verbergen.

»Lassen Sie das, in Ordnung?«, murrte Kernan und fuchtelte mit der Hand herum. Er warf ihr einen unheilvollen Blick zu. »Der Custody Sergeant sagte mir, dass Burkin versucht hat, Sie anzurufen, weil er wegen Oswaldes Vorgehen besorgt war …«

Die Messer waren also schon gewetzt, dachte Tennison. Aber sie hatte nicht vor, sich zu Unrecht beschuldigen zu lassen. Sie sagte bissig: »Von Burkin wird erwartet, sich wie ein Detective Inspector zu verhalten, und nicht wie ein Schlappschwanz. Er hätte das klären müssen. Calder hätte es klären müssen.«

Und dabei hatte sie gerade eben noch Mitleid mit dem Mann gehabt!

»Aber das haben sie verdammt noch mal nicht, oder etwa doch?«, entgegnete Kernan mit einer verdeckten Anschuldigung in der Stimme.

Tennison schritt vor dem Schreibtisch umher und ballte die Fäuste. »Allmächtiger Gott, muss ich denn alles selber machen?«

Kernan sagte müde: »Schon gut, schon gut …«

»Ich meine, wofür wird Burkin denn bezahlt? Um Himmels willen –«

»Schon gut! Ich hab es verstanden.«

Tennison beendete das Herumgestapfe, war aber immer noch wütend. Wenn Kernan einen Sündenbock brauchte, konnte er sich verdammt noch mal anderswo umschauen. Sie starrte ihn an, und er verdrehte die Augen. Er fragte: »Wie ist es mit Harvey gelaufen?«

»Er hat einen Mord gestanden.«

»Gott sei Dank«, sagte Kernan erleichtert.

Es hatte keinen Sinn, es zurückzuhalten; sie war eine erfahrene Polizeibeamtin, die dafür bezahlt wurde, ihr Urteilsvermögen einzusetzen. Sie sagte gleichmütig: »Aber ich habe da so meine Zweifel.«

»Wie bitte?« Kernan starrte sie an. »Wir bekommen die Aussage wie als Geschenk verpackt, und Sie haben Zweifel?«

»Ja, die habe ich. Und das aus gutem Grund.« Dann appellierte Tennison an ihn: »Hören Sie, Chef, ich muss jetzt wissen, was in diesem Verhörraum vor sich ging. Ich meine – was hat Tony dazu gebracht, sich umzubringen, um Himmels willen …?«

Kernan drückte seine Zigarette aus und stand auf. »Wenn das an die Öffentlichkeit kommt, wird die Hölle losbrechen«, sagte er düster. »Unruhen und so weiter.«

»Oh, seien Sie nicht lächerlich«, kommentierte Tennison kurz.

Kernan drehte langsam den Kopf und schaute sie mit einem harten Blick an. »Vergessen Sie nicht, mit wem Sie sprechen.«

Jetzt war es an Tennison, den Blick abzuwenden. Sie hob

ihr Kinn und sagte steif: »Ich werde die Verhöre durchgehen und so bald wie möglich Bericht erstatten. Sir.«

»Tun Sie das.«

Die Zigarette glomm noch im Aschenbecher. Zusammen mit den Whisky-Dämpfen roch es hier drin wie in einer Saloon-Bar. »Übrigens«, sagte Tennison, »Sie wissen, dass Tonys Eltern immer noch am Empfang sind, oder?«

»Nun, wir können ihnen das nicht sagen.« Kernan rieb sich über eine Hälfte seines Gesichts und unterdrückte ein Gähnen. »Nicht, ehe wir die Dinge geregelt haben.«

»*Was*?«, erwiderte Tennison entgeistert.

»Schicken Sie sie nach Hause. Teilen Sie es ihnen morgen mit.« Es begann, er spürte es jetzt, eine Art Kopfschmerz, der sich von seinem Nacken bis zu seiner Schädelbasis hocharbeitete. Auch das noch. »Um ihrer selbst willen ist es besser, es ihnen morgen früh zu sagen«, fügte er hinzu.

»Das können wir doch nicht machen.«

»Doch, können wir«, rief Kernan gereizt.

Tennison blinzelte hektisch. »Wie sollen wir das vor Gericht erklären? Es würde nach Vertuschung riechen … Außerdem, denken Sie daran, wie sie sich fühlen würden.«

»Ich habe meine Entscheidung getroffen.«

»Ja, und zwar eine ziemlich schlechte.«

»Tja, dafür werde ich ja bezahlt!«, schnauzte Kernan sie an. Sein Geduldsfaden, der schon in den besten Zeiten mehr schlecht als recht hielt, wurde gerade gefährlich dünn. Wenn er so drauf war, platzte er manchmal mit Dingen heraus, die er besser nicht gesagt hätte. Und das Tüpfelchen auf dem I waren seine Kopfschmerzen, die soeben in den zweiten Gang geschaltet hatten.

Aber diese verdammte Frau wollte es einfach nicht gut sein lassen. Sie sagte säuerlich: »Sie werden dafür bezahlt, schlechte Entscheidungen zu treffen, nicht wahr?«

Um zu verhindern, dass er ihr eine knallte, ging Kernan

zu der kleinen Bar hinüber und nahm die Whiskyflasche hoch.

»Sie wissen, was ich meine«, knurrte er vor sich hin.

Tennison sah zu, wie er sich einschenkte, mindestens drei Finger breit. In ruhigem Ton fragte sie: »Mike, wie viel haben Sie getrunken?«

Kernan warf ihr einen grimmigen Blick über die Schulter zu. »Jetzt passen Sie verdammt noch mal auf«, warnte er sie, wobei sich rote Flecken auf seinen Wangen bildeten. »Das alles wäre nicht passiert, wenn Sie Oswalde besser im Griff gehabt hätten …«

Das war reichlich, und Tennison geriet in Rage. »*Sie* haben ihn hergebracht, nicht ich«, erinnerte sie den Super. »Ich habe nicht um ihn gebeten. Er ist ein Einzelgänger, eine Ein-Mann-Band, er ist nicht mein Typ.«

»Da habe ich aber was anderes gehört.«

Es herrschte Totenstille. Tennison war sich zuerst nicht sicher, ob er das laut ausgesprochen hatte, was sie gehört hatte, doch dann wusste sie mit einem mulmigen Gefühl, dass er es genau das gesagt hatte. Sie kontrollierte die plötzliche Panik, die in ihrer Brust flatterte, und fragte kühl: »Wie bitte?«

»Nichts«, murrte Kernan. Er nahm einen Schluck.

»Nein«, erwiderte Tennison, und an ihren kühlen Worten hingen jetzt Eiszapfen. »Erläutern Sie diese Bemerkung.«

Kernan kehrte an den Schreibtisch zurück und schwenkte seinen Whisky. »Ich will damit lediglich andeuten, dass Ihre persönlichen Gefühle für ihn Ihr Urteilsvermögen getrübt haben könnten.«

»Meine persönlichen Gefühle?«, wiederholte Tennison vorsichtig und bereute es, noch ehe die Worte aus ihrem Mund kamen. Und das zu Recht, denn Kernan stellte sein Glas ab, legte beide Hände flach auf den Tisch, beugte sich zu ihr und sah ihr direkt ins Gesicht.

»Muss ich Ihnen das buchstabieren?« Er hielt inne. »Sie

hatten eine Affäre auf diesem Seminar! Damals. Und jetzt. Ich wollte es eigentlich nicht erwähnen. Aber …« Er zuckte mit den Schultern und nahm das Glas wieder hoch.

Tennison stierte ihn an.

»Auf diesem Seminar ist nichts passiert«, sagte sie, ihr Gesicht starr wie eine hölzerne Maske.

»Sie wollen das ausdiskutieren, nicht wahr?« Kernan schloss die Augen, unsagbar müde und stinksauer auf die Frau.

»Sie sind falsch informiert worden.«

»Das hoffe ich«, erwiderte Kernan mit einem kleinen Seufzer. »Um Ihretwillen.«

Tennison verließ den Raum. Sie musste schnell auf die Toilette gehen.

UNTEN, im Hauptgeschoss, hielt Tennison einen WPC im Korridor an. »Führen Sie Mr und Mrs Allen bitte in mein Büro, ja? Kein Wort darüber, was vorgefallen ist, verstanden?«

»Ja, Ma'am.«

»Danke.«

Oswalde kam gerade durch die Schwingtüren, auf dem Weg zum Aufzug, von Kernan einbestellt. Tennison blickte sich um und vergewisserte sich, dass niemand im Korridor war. »Bob …«

Er starrte mit trüben Augen an ihr vorbei. »Hör zu, es tut mir leid, ich kann jetzt nicht darüber reden«, murmelte er. »Ich muss zu Kernan.«

An seiner Mundpartie konnte sie erkennen, dass er wie eine aufgezogene Feder unter Spannung stand. Aber sie konnte ihn nicht in die Höhle des Löwen gehen lassen, ohne ihn vorzuwarnen. Als er sie umrunden wollte, sagte sie: »Kernan weiß über das mit uns auf dem Seminar Bescheid.«

Oswalde hielt inne. Jetzt sah er sie an, und sein hübsches Gesicht verzog sich zu einem verwirrten Stirnrunzeln.

»Ich weiß nicht, was –«, begann er zu murmeln.

»Hör zu.« Tennison unterbrach ihn. Sie überlegte noch, ob sie wirklich wütend sein sollte oder nicht. Sie sagte: »Falls du damit geprahlt haben solltest, den Chef flachgelegt zu haben …«

»Wofür hältst du mich?« Oswalde war sichtlich verletzt. »Glaubst du, ich hätte etwas ausgeplaudert? Denkst du, ich würde …« Er schluckte und sah weg.

Tennison knetete ängstlich ihre Handflächen. »Alles, woran ich im Moment denken kann, ist, dass ich den Eltern dieses Jungen erklären muss, dass ihr Sohn tot ist.«

»Und der Junge ist meinetwegen tot …« Oswalde erstickte beinahe an den Worten. Er war sehr nahe am Abgrund. Mit leerer Stimme sagte er: »Glaubst du wirklich, es spielt eine Rolle, dass Kernan über uns Bescheid weiß …?«

Tennisons Blick war steinern.

»Ja, das spielt eine Rolle«, antwortete sie, machte auf dem Absatz kehrt und überließ ihn Kernans Ansprache.

Die Allens saßen in ihrem Büro. Lieber wäre Tennison barfuß über weißglühende Kohlen gelaufen, als das Kommende durchzustehen, aber das war der Preis, den sie dafür zahlte, dass sie mit einer Mordermittlung betraut war: das beschissene Ende der Fahnenstange.

Wie immer ein Gentleman, erhob sich Vernon Allen, als sie hereinkam. »Das wurde auch Zeit, Chief Inspector. Wir warten da draußen schon seit einer Ewigkeit.«

Dabei klang er eher vorwurfsvoll als wütend und blinzelte sie durch seine Hornbrille an. Der Mann hatte die Geduld eines Heiligen, dachte Tennison, die an der vor ihr liegenden Aufgabe verzagte, sich fast abwandte und floh.

»Bitte … können Sie das meinem Sohn geben?«

Esme war aufgestanden und hielt ihr einen dicken ordentlich gefalteten Wollpullover hin. Tennison nahm ihn an. Sie wusste nicht, was sie sonst tun sollte.

Esme lächelte angestrengt, ihre Augen waren groß und feucht. »Esta meinte, er habe nicht einmal Zeit gehabt, einen Mantel zu holen. Ich hasse die Vorstellung, dass er die Nacht in einer Zelle verbringen muss. Ich will nicht, dass er sich erkältet …«

Tennison legte den Pullover auf die Ecke des Schreibtischs, neben Vernons Hut. Sie hielt ihm die Hand hin. »Bitte setzen Sie sich. Ich habe eine schlechte Nachricht für Sie.«

»Ich will nur meinen Sohn!«, platzte Esme klagend heraus. Vernon tätschelte ihre Schulter. Die drei standen immer noch. Tennison umrundete den Schreibtisch, drehte sich um und stellte sich ihnen gegenüber. »Esme – Esme, bitte setzen Sie sich.«

Dann wartete sie, die Hände vor sich verschränkt, bis die beiden Platz genommen hatten. Sie hob ihren Blick und sah sie an. »Es tut mir sehr leid, nachdem Tony im Anschluss an das Verhör in seine Zelle zurückgebracht worden ist, hat er sich das Leben genommen.«

Vernon beugte sich leicht vor. Er schien verwirrt zu sein. »Ist er verletzt?«

Tennison sagte leise: »Vernon, Ihr Sohn ist tot. Es tut mir sehr leid.«

Die Allens saßen einfach nur da und musterten sie mit ausdruckslosen Blicken. War irgendetwas von dem, was sie gesagt hatte, zu ihnen durchgekommen? »Verstehen Sie?«, fragte sie sie. Sie zögerte, dann ergänzte sie kläglich: »Es tut mir so leid …«

Vernon hatte seine Brille abgenommen. Wie in Zeitlupe streckte er die Hand aus und legte sie auf seinen Hut. Er sah zu Tennison auf und schüttelte fast unmerklich den Kopf. »Wie?«

»Er benutzte Streifen seiner eigenen Kleidung, um …«

Esme fuhr aus ihrem Stuhl hoch. Ihre Augen funkelten. Spuckend und kratzend stürzte sie sich auf Tennison und kreischte aus voller Kehle: »Sie haben ihn umgebracht! Sie haben meinen Jungen umgebracht! Sie haben ihn umgebracht! Sie haben ihn umgebracht! Sie haben ihn umgebracht …!«

Tennison machte keine Anstalten, sich zu wehren, sondern zog sich, so gut es ging, mit erhobenen Armen in eine Ecke zurück. Sie spürte die knochigen Fäuste und scharfen Nägel, die sie am Kopf und im Gesicht trafen. Unter ihrem Schreibtisch befand sich ein Panikknopf. Sie hätte versuchen können, ihn zu erreichen und Hilfe zu rufen, aber sie tat es nicht. Sie kauerte in der Ecke, die Arme verschränkt, um die Schläge abzuwehren, die Esme mit berserkerhafter, sinnloser Wut auf sie niederprasseln ließ.

»*Du hast ihn umgebracht, meinen Jungen umgebracht, ihn umgebracht, du hast ihn umgebracht* …«

Als Vernon es schließlich schaffte, sie wegzuziehen, richtete Esme ihre Wut auf ihn, schlug wie wild um sich und hieb mit den Fäusten auf seine Brust ein. Vernon hielt ihre Schultern fest, nahm die Schläge hin und ließ sie sich abreagieren. Dann fiel Esme an ihn und schluchzte in seine Brust, und der Anblick dieser leidvollen, verzweifelten Frau kostete Tennison viel Willenskraft, sich zu beherrschen. Sie fühlte sich so hilflos angesichts dieses nackten menschlichen Schmerzes und Elends, dass auch ihr zum Schluchzen zumute war.

Vernons Arme lagen um seine Frau, hielten und trösteten sie; ohne diese Unterstützung wäre sie zusammengebrochen.

Über ihren Kopf hinweg und unter Aufbringung einer eisernen Reserve an Gelassenheit und Würde wandte er sich an Tennison: »Wie ist es passiert?«

»Er hat sich erhängt.«

»Wann?« Es schien sehr wichtig zu sein. »Ich meine, wann genau?«

Tennison schob ihr verfilztes Haar zurück. Ihre linke

Wange brannte, sie berührte sie leicht mit den Fingerspitzen und spürte, wie sich ein blauer Fleck zu bilden begann.

»Zwischen Mitternacht und null Uhr dreißig«, gab sie Auskunft.

Vernon starrte sie an, seine Frau noch immer an ihn geschmiegt; gedämpfte, gebrochene Schluchzer drangen aus ihr heraus. Tennison konnte sich nur mit Mühe beherrschen, nicht wegzusehen.

»Während wir am Empfang gewartet haben?«, hakte Vernon nach.

»Ja.«

Vernon schloss die Augen, seine Kehle arbeitete über seinem Kragen und seiner Krawatte. Er öffnete die Lider, und ein Krampf durchfuhr sein Gesicht. Er sagte heiser: »Lady. Mögen Sie dafür in der Hölle verrotten.«

Mit einer steifen, ruckartigen Bewegung wandte er sich ab und lenkte seine Frau, die er halb auf dem Arm trug, in Richtung Tür. Tennison trat vor, hielt ihm Hut und Brille hin. Er steckte die Brille in seine Manteltasche und nahm seinen Hut.

»Danke«, sagte er höflich.

Tennison stand in der Tür und sah zu, wie die beiden ziellos davonliefen, zwei verlorene Seelen, die vor Angst wie betäubt waren.

»Wohin gehen sie?«, fragte Burkin, der an Tennisons Seite auftauchte.

»Ich glaube nicht, dass sie das wissen. Organisieren Sie einen Wagen für sie«, sagte sie. »Ich schätze, Mrs Allen benötigt ärztliche Hilfe. Wahrscheinlich sie beide.«

Burkin nickte und wollte gerade ihren Befehl ausführen, als er ihr Gesicht bemerkte. »Alles in Ordnung, Chef?«

»Sofort, bitte, Frank.«

Burkin lief ihnen nach und führte sie hinaus.

Noch für eine Weile lehnte Tennison erschöpft in der

Türöffnung. Ihr war so übel, als hätte man ihr in den Magen getreten. Sie ging zurück in ihr Büro.

Kernan hatte Jacke und Schuhe ausgezogen und lag auf dem Ledersofa in seinem Büro, wo er Commander Trayner am Telefon zuhörte. Er hatte drei Aspirin zerkaut und den Brei mit einem ordentlichen Whisky heruntergespült. Er beschattete seine Augen und wartete darauf, dass es wirkte, während er halb auf das Fernsehbild sah, der Ton war leise gestellt. Die Stimmenauszählung der Nachwahlen war noch im Gange. Es würde eine knappe Angelegenheit werden.

In grauer Vorzeit, so überlegte Kernan, war er einmal ein Polizist auf Streife gewesen. Ein *echter* Polizist. Einer, der echte Polizeiarbeit machte. Jetzt war er gefangen und verstrickt in nervige interne Politik, PR und Karriere, genau wie eine Fliege in einem klebrigen Netz. Obendrein hatte er eine Mordermittlung, die aus dem Ruder zu laufen drohte, einen toten schwarzen Jungen in der Zelle und eine rüpelhafte DCI, die beim Vögeln mit einem rangniederen Officer erwischt worden war. Er schloss die Augen und versuchte, sich trotz des dumpfen Pochens in seinem Kopf auf das zu konzentrieren, was der Commander sagte.

»Ist die Familie informiert worden? Gut …«

In einem makellosen dunkelblauen Anzug, einem cremefarbenen Hemd und einer gepunkteten Krawatte stand Trayner im Flur und hielt ein Auge auf den Fernseher im Wohnzimmer gerichtet. Er hatte die Thorndikes zum Abendessen eingeladen, und sie saßen mit seiner Frau Dorothy bei Brandy und Harrods Mint-Crisp-Waffeln, während sie das Wahlergebnis verfolgten.

»Was ist mit MS15?«, wollte Trayner wissen. »Nun, dann setzen Sie sich sofort mit ihnen in Verbindung.« Er fuhr sich mit einer rosafarbenen, dicken Hand über sein glattes, glänzendes Haar, das an den Schläfen ergraut war. »David Thorndike sollte die Ermittlungen leiten, was gut für uns ist«, sagte er hochtrabend.

Bei der Erwähnung seines Namens drehte sich Thorndike auf seinem Stuhl herum, die Nase in der Luft, und war ganz Ohr. Trayner zwinkerte ihm zu und schenkte ihm ein verschwörerisches Lächeln.

»Auf jeden Fall.« Trayner nickte und stimmte Kernan zu. »Ein kompletter Mistkerl – aber ein kompletter Mistkerl, der der wahrscheinlichste Kandidat für Ihre Nachfolge ist, wenn Sie weiter nach oben kommen.« Seidenweich fügte er noch hinzu: »Und das wird sicher davon abhängen, wie Sie die Sache von jetzt an handhaben …«

Dorothy hatte den Ton aufgedreht, und Trayner beugte sich mit einem »Einen Moment« zur Wohnzimmertür, als der Wahlleiter an das Mikrofon trat.

»Kenneth Trevor Bagnall, Konservativer … dreizehntausendeinhundertsiebenunddreißig Stimmen.«

»Das reicht nicht«, murmelte Trayner lapidar und schüttelte den Kopf.

»Jonathan Phelps, Labour … sechzehntausendvierhundert…«

Der Rest ging in einem Jubelsturm der Labour-Anhänger im Saal unter. Phelps reckte breit lächelnd beide Fäuste in die Luft. Trayner drehte ihm den Rücken zu.

»Haben Sie das mitbekommen?«, sagte er ins Telefon. »Es ist in Davids bestem Interesse, zu verhindern, dass Southampton Row durch den Schmutz gezogen wird. Halten Sie mich auf dem Laufenden.«

Er legte auf. Thorndike kam hinzu und knöpfte seine Jacke zu. »Nun, wir sollten besser gehen.«

Die beiden Männer sahen sich an. Vielleicht klappte ja doch noch alles. Die MS15-Untersuchung mit Thorndike als Leiter konnte alles in allem zu keinem günstigeren Zeitpunkt kommen. Zumindest würde sich Tennisons Aussicht auf eine Beförderung verdüstern. Und wenn es Thorndike gelänge, Schadensbegrenzung für den Ruf der Londoner Polizei zu betreiben und die Verantwortlichen damit zu beeindrucken, würde er mit einem blauen Auge davonkommen.

Trayner klopfte ihm auf die Schulter, und Thorndike antwortete mit seinem dünnlippigen, wässrigen Lächeln.

»Sieht aus, als müsste ich morgen früh raus«, sagte er.

»Ich bin ein schwarzer Bastard, ich verdiene all das, was ich bekomme, ich bin ein schwarzer Bastard, ich verdiene all das, was ich bekomme …«

»Tony, hören Sie auf damit, Mann!«

Tennison saß an ihrem Schreibtisch, den Ellbogen auf die Schreibunterlage gestützt, den Kopf in eine Hand gebettet. Sie klopfte die Asche von ihrer Zigarette und setzte sie an die Lippen. Sie atmete tief ein und aus, wobei der Rauch aus ihren Nasenlöchern quoll. Die Tonbandspule drehte sich langsam und gab bei jeder Rotation ein Schimmern aus Plastik im Schein der Lampe ab.

»Ich bin ein schwarzer Bastard, ich verdiene all das, was ich bekomme, ich bin ein schwarzer Bastard, ich verdiene all das, was ich bekomme …«

»Tony, hör auf! Hör einfach auf, Mann …«

Tennison schloss ihre Augen und nahm einen weiteren langen Zug.

Es war schlimmer, als sie befürchtet hatte. Viel schlimmer. Was, um Himmels willen, war in Oswalde gefahren? Warum hatte er es so weit kommen lassen? Er hatte den Jungen bedrängt und eingeengt, obwohl es offensichtlich war, dass der von hysterischer Panik geplagt war, am Rande eines totalen Nervenzusammenbruchs stand? Was zum Teufel wollte er damit erreichen? Beweisen, dass schwarze Polizisten den weißen überlegen waren? Oder dass er nichts mehr von dieser Gestapo zu lernen hatte?

Die im Rahmen von PACE festgelegten Verfahren waren eindeutig, und dieses Verhör stellte ein Musterbeispiel dafür dar, wie man sich über jede einzelne dieser Bestimmungen hinwegsetzte. Ganz gleich, wer von MS15 geschickt wurde, würde leichtes Spiel haben.

»Das reicht. Kann ich Sie kurz sprechen, Sergeant Oswalde?« Die Stimme von Burkin.

»Gleich.«

»Sofort, Sergeant Oswalde!«

Tennison drückte ihre Zigarette neben den fünf Kippen aus und schaltete das Band ab.

KAPITEL ZEHN

Tennison ließ die Morgenbesprechung von neun auf neun Uhr fünfzehn verschieben. Zuerst wollte sie mit Burkin reden, und sie wies DS Haskons an, er solle ihn gleich nach seiner Ankunft herschicken. Er kam herein, blass und hohläugig, mit einem Rasierschnitt am Kinn, blieb stehen und schwieg, während sie auf ihn eindrosch. Das zweite Mal in weniger als zwei Wochen; es wurde allmählich zur schlechten Angewohnheit.

»Ich spreche nicht über Oswaldes Rolle in dieser Sache«, fuhr Tennison ihn an. Sie blieb auf den Beinen und ging auf und ab, denn hätte sie sich hingesetzt, hätte sie nach der Zigarettenschachtel gegriffen. »Sie und Mike Calder hatten die Befugnis, diese Verhöre zu beenden. Stattdessen haben Sie sie weiterlaufen lassen – nein, schlimmer noch, Sie haben Oswalde den Jungen allein befragen lassen, während Sie am Telefon saßen und darauf warteten, dass ich Ihre Arbeit für Sie erledige …«

Sie wandte sich barsch ab, um die Tür zu öffnen. Es war Haskons.

»Ich bin bereit, wenn Sie es sind, Chef.«

»Gut.« Sie schloss die Tür und ging um Burkin herum zum Schreibtisch. Er schaute gewissenhaft auf nichts

Bestimmtes, solange es nicht sie war. Es kümmerte sie nicht, was er fühlte oder von ihr dachte; dies war eine berufliche Angelegenheit; man erwartete von ihr, dass sie ihre Arbeit tat, und sie erwartete das Gleiche von ihm.

»Der Rang eines Inspektors sollte eine Bedeutung haben, Frank. Er bringt Verantwortung mit sich. Er soll eine gewisse Autorität ausdrücken.« Sie starrte zu ihm auf, die Hände in der Taille verschränkt. »Sie werden sich nicht in Ausreden flüchten. Sie werden sich der Sache stellen wie ein Mann. Das wäre alles.«

Burkin drehte sich um und verließ das Büro.

Er ging direkt in die Einsatzzentrale, wo Muddyman auf der Ecke eines Schreibtisches hockte und Kaffee aus einem Styroporbecher trank. Die anderen Teammitglieder lungerten herum, und Muddyman sagte: »Ich verstehe das nicht – wir sitzen an Harveys Bett, um ein Geständnis aufzuzeichnen, und in der Zwischenzeit ist Oswalde auf der Jagd nach Tony. Das ergibt doch keinen Sinn.«

»Vielleicht zu viel Gras im Arsch …«, rief Rosper, der Spezialist für Jive-Slang, mit einem Achselzucken.

Haskons zeigte mehr Mitgefühl.

»Das ist eine furchtbare Sache, die da passiert ist. So was trägt man für den Rest seines Lebens mit sich herum«, meinte er.

Noch von der Begegnung mit Tennison gezeichnet, sah Burkin nicht ein, warum alle anderen vom Haken gelassen werden sollten. »Der Affe sollte suspendiert werden. Ich meine, warum wurde der überhaupt hierhergebracht?«

»Du weißt, warum«, sagte Muddyman.

»Um mit seinen Leuten zu sprechen«, fügte Jones hinzu.

»Ja … und jetzt ist einer von denen tot, und er hat es zu verantworten«, knurrte Burkin. Er schaute in die Runde, wusste, dass nicht alle von seiner Ansicht überzeugt waren.

»Hört zu, ich übertreibe nicht oder so«, sagte er mit Nachdruck. »Der Junge war wirklich seltsam, ich meine, er ist die Wände hochgegangen, hat geschrien und gebrüllt, als wäre er verrückt oder so. Und glaubt mir, ich habe versucht, ihm das klarzumachen …«

»Ja, natürlich, Frank«, entgegnete Haskons und nickte, als würde Burkin darauf bestehen, dass es den Weihnachtsmann tatsächlich gab.

Die Diskussion erstarb, als Oswalde den Raum betrat. Niemand grüßte oder sah ihn an, und es schien ihn auch nicht zu kümmern, denn er ging direkt zu seinem Schreibtisch und setzte sich. Er war ein Fremder in einem fremden Land, es hatte keinen Sinn, hier nach Sympathie oder Kameradschaft Ausschau zu halten.

Einen Augenblick später traf Tennison ein. Die Männer versammelten sich. Die Stimmung war alles andere als fröhlich und locker.

»Guten Morgen zusammen.« Ihr Blick schweifte über sie – Burkin, Muddyman, Lillie, Rosper, Haskons, Jones – und zuletzt Oswalde, der am Rande der Gruppe stand.

»Ich nehme an, Sie haben alle von den Ereignissen der letzten Nacht gehört. Nur zur Klarstellung: Tony Allen hat sich in Zelle Nummer sieben erhängt – mit Streifen seiner eigenen Kleidung. Ich habe seine Eltern kurz darauf informiert. Infolgedessen müssen wir natürlich mit negativer Publicity rechnen. Mir wurde gesagt, dass uns außerdem eine interne Untersuchung unter der Leitung von DCI Thorndike erwartet, die in Kürze beginnt.«

Es folgten finstere Blicke und ein paar unterdrückte Seufzer. Diejenigen, die Thorndike kannten, mochten ihn nicht gerade. Diejenigen, die ihn nicht kannten, waren sich seines Rufs als kaltblütiger Mistkerl bewusst, ein Karrierepolizist, der noch nicht einmal einen Ladendieb festgenommen hatte.

»Ich bedaure natürlich, was geschehen ist, aber die Operation Nadine geht weiter …«

Lillie hob eine Hand. »Aber, Ma'am, wenn Harvey gestanden hat – ich meine, dann war es das doch sicher, oder nicht?«

»Ehrlich gesagt bin ich von David Harveys Version der Ereignisse nicht überzeugt.«

Das war für Muddyman eine Neuigkeit. Er sagte: »Zugegeben, es gibt einige Ungereimtheiten, Chef.«

»Ungereimtheiten?« Tennison hob eine Augenbraue. »Er gab an, sie hätte keinen BH getragen. Hat sie aber. Er behauptete, er hätte sie geknebelt – es gab aber keine Spur eines Knebels.«

»Er könnte ihn entfernt haben«, überlegte Muddyman. »Und danach könnte er verrottet sein.«

»Ja, möglich wäre es«, räumte Tennison ein. Mit Ausnahme von Oswalde war sie sich bewusst, in der Minderheit zu sein. Der Rest des Teams stimmte Muddyman zu: Der Fall war so gut wie gelöst. Sie fuhr fort: »Harvey sagte, er habe sie in der Küche getötet, aber das Zahnfragment wurde im Wohnzimmer gefunden.«

Auch darauf hatte Muddyman eine Antwort. »Vielleicht kam es im Wohnzimmer zu Gewalt – er sagte ja, er habe sie geschlagen –, bevor der Mord geschah. Vielleicht hat er die Leiche danach bewegt …« Er breitete die Hände aus. »Ich meine, er hat ausgesagt, er hätte sie geschlagen.«

»›Vielleicht‹«, wiederholte Tennison zweifelnd. »›Vielleicht‹ wird vor Gericht aber nicht standhalten. Ich bin mir auch nicht sicher, ob das Geständnis eines Sterbenden vor Gericht Bestand haben wird.«

»Er wusste, dass ihre Hände mit einem Gürtel gefesselt waren.«

»Ja – und er sagte ›mein‹ Gürtel.« Das war etwas, das ihr keine Ruhe ließ. Tennison wandte sich an sie. »Sieht der Gürtel, den wir gefunden haben, aus wie etwas, das Harvey tragen würde?«

Muddyman ging alle Punkte geduldig durch und zählte

sie an seinen Fingern ab. »Sie war in Polyethylenfolie eingewickelt. Und mit ihr war ein Plastiksack vergraben. Und er meinte, die Leiche sei zunächst noch nicht eingegraben worden – was die Maden erklärt … Und keines dieser Details wurde in der Pressemitteilung erwähnt.«

Inzwischen nickten die meisten im Team. Der Fall war klar und eindeutig. Die Beweise waren erdrückend, egal welche Unstimmigkeiten es gab. Mord war eine schmutzige Angelegenheit, kein wissenschaftliches Theorem.

»Hören Sie«, räumte Tennison ein, »ich bin mir genauso sicher wie Sie, dass Harvey beteiligt war. Höchstwahrscheinlich an der Beseitigung der Leiche. Aber ich bin nicht überzeugt, dass er sie getötet hat. Wir müssen Harveys Aussage mit einem feinen Kamm durchgehen. Wir müssen prüfen, was Tony Allen gesagt hat –«

»Da werden Sie nicht viel kriegen, Chef«, unterbrach Burkin. »Ich weiß es, ich war dabei.«

»Sie mögen dabei gewesen sein«, sagte Oswalde verächtlich. »Aber offensichtlich haben Sie nicht zugehört.«

»… Sir.«

Oswalde funkelte ihn an. »Sir.«

»Frank«, sagte Tennison mit einem Anflug von Schärfe, »meinen Sie nicht, dass es ein bisschen zu spät dafür ist, auf Ihren Rang zu bestehen?« Sie wandte sich an das Team. »Hört zu. Wir haben es versaut. Und zwar so richtig. Das bedeutet, dass wir von jetzt an doppelt so hart arbeiten müssen. Warum sollte sich Harvey, wenn er nicht in den Mord an Joanne verwickelt war, an der Beseitigung der Leiche beteiligen? Können wir Tony Allen mit David Harvey in Verbindung bringen? Ist diese Verbindung so stark, dass Harvey einen Mord gesteht, den er nicht begangen hat?«

Sie bedachte jeden einzelnen von ihnen mit einem eindringlichen Blick.

»Ich möchte zu Eileen Reynolds zurückkehren. Ich will Beweise. Ich will Bestätigung. Ich will diesen Fall lösen.«

Und damit entließ sie sie, ohne deren Gemurmel Beachtung zu schenken.

THORNDIKE STIEG AUS DEM ROVER, die Aktentasche in der Hand, und wartete, bis sein Fahrer den Wagen abschloss. Gemeinsam schritten sie zügig zum Haupteingang der Southampton Row. Eine von Esme Allens Kundinnen, eine Frau mittleren Alters mit silbergrauem Haar, war gerade dabei, ein paar Blumen auf den Stufen abzulegen. Sie richtete sich auf, Tränen liefen ihr über das Gesicht, und wandte sich zum Gehen. Die beiden MS15-Beamten tauschten einen Blick und gingen hinein.

»DCI Thorndike, DS Posner für Superintendent Kernan«, informierte Thorndike den jungen Officer hinter dem Dienstschalter. »Wir werden erwartet.«

Der PC betätigte den Summer, woraufhin sich die mit einem Stahlnetz verstärkte Glastür öffnete, und die beiden traten ein.

KNAPP DREI STUNDEN Schlaf machten Tennison gereizt und mürrisch, und was sie jetzt rein gar nicht gebrauchen konnte, waren Thorndikes schmierige, salbungsvolle Erscheinung und sein kriecherisches Gezwitscher. Gott, wie sie den Mann verachtete. Je mehr Kenntnis sie von ihm hatte, desto stärker wurde ihre Abneigung. Als sie ihm im Verhörraum gegenübersaß und dabei zusah, wie er mit seinen Papieren herumhantierte, musste sie sich beherrschen und den Impuls bekämpfen, loszuprusten und ihm mitzuteilen, für was für ein überhebliches Arschloch sie ihn hielt.

»Der Ruf der Southampton Row eilt ihr voraus, Jane«, sagte er seufzend und schüttelte den Kopf. Er warf ihr einen offenen, anklagenden Blick zu. »Wenn man vorne reinkommt, geht man sehr wahrscheinlich hinten wieder raus, mit Blut an den Händen.«

»Ist das aktenkundig, David?«, fragte Tennison höflich.

»Selbstverständlich nicht«, sagte Thorndike und zeigte sein hinterhältiges Lächeln. »Wir unterhalten uns nur …«

»Gut«, meinte Tennison. »Weil das nämlich Blödsinn ist.« Mit Genugtuung sah sie, wie sein Lächeln dahinschwand. »Wenn das jemals so gewesen sein sollte, ist es jetzt nicht mehr der Fall. Ich habe noch nie mitbekommen, dass auf diesem Revier übermäßige Gewalt angewendet wurde. Oswalde ist sicher auch nicht so.«

»Und was ist mit dem Fall Cameron …?«

Sie durchschaute sein Spiel. Er versuchte, die Vergangenheit auszugraben, die Derrick-Cameron-Saga, die kürzlich von Phelps wiederbelebt worden war, und sie als Mittel zur Verleumdung zu nutzen. Aber das würde sie nicht zulassen.

»Hören Sie«, erklärte sie ihm, »Sie sind hier, um einen Todesfall in Haft zu untersuchen.«

»Ich weiß, weshalb ich hier bin, Jane.«

»Nun gut, dann sollten wir uns auf den vorliegenden Fall konzentrieren.«

»Das habe ich auch vor, keine Sorge.« Er war nervös und kramte in den vor ihm ausgebreiteten Dokumenten herum. Er hatte dünne, knochige Hände, die ihr eine Gänsehaut bereiteten. »Ich denke, es ist wichtig, Sie wissen zu lassen, dass ich diese Aufgabe ernst nehme«, tat er mit der strengen Stimme der Autorität kund. »Ich bin nicht darauf vorbereitet, Schönfärberei zu betreiben.«

»Niemand verlangt das von Ihnen.«

»Es ist meine Überzeugung, dass es, wenn einer der Fußsoldaten einen Fehler macht, auf den verantwortlichen Officer zurückfällt.«

»Ich akzeptiere das.«

»Ich weiß nicht …« Thorndike bedachte sie mit seinem

zweifelnden Blick. »Vielleicht haben Ihre persönlichen Gefühle Ihr Urteilsvermögen getrübt.«

Tennison wurde kalt. Das waren nahezu die gleichen Worte, die Mike Kernan benutzt hatte. Plötzlich begriff sie. Wie idiotisch, dass sie bis jetzt gebraucht hatte, um zu erkennen, dass Thorndike derjenige war, der geplaudert hatte. *Er* war die schleimige Kröte, die die Gerüchte über sie und Oswalde verbreitet hatte.

»Wie bitte?«, sagte sie frostig.

»Lassen wir das mal so stehen.« Sein Blick glitt zu seinen Akten hinunter. »Könnten Sie den Custody Sergeant …« Er tat so, als suchte er nach dem Namen.

»Mike Calder.«

»Ja, könnten Sie ihn bitte in mein Büro schicken?«

»Eine Sache noch, David.« Tennison kochte. Nur mit großer Mühe konnte sie ihre Stimme ruhig und kühl halten. »Wenn ich befragt werde, möchte ich mit einem Officer sprechen, der im Rang höher ist als ich.«

Thorndike blickte auf. Unwirsch sagte er: »Nun, das ist vielleicht nicht möglich.«

Tja, dachte Tennison, *du solltest es jedenfalls besser nicht sein, oder du kannst dich auf was gefasst machen.*

Es BEGANN GERADE ZU NIESELN, als Tennison auf den Parkplatz des Krankenhauses fuhr. Es war kurz nach Mittag, und sie hatte vereinbart, dabei zu sein, wenn Vernon Allen herkam, um seinen Sohn offiziell zu identifizieren. Obwohl es nicht unbedingt notwendig war, fühlte sie sich verpflichtet, als Geste des Bedauerns und des Beileids im Namen der Polizeibehörde aufzutreten. Was geschehen war, tat ihr zutiefst leid, und sie hielt dies für das Mindeste, was sie tun konnte.

Sie schloss den Sierra ab und wollte gerade zum Haupteingang gehen, als Sarah Allen durch die Reihen der geparkten Autos auf sie zukam. Sie hatte wohl ihren Vater ins Krankenhaus gefahren und in ihrem Auto auf ihn gewartet, als sie Tennison entdeckte. Sie lief quer über den Parkplatz, ihr attraktives Gesicht zu einer schrecklichen Grimasse verzogen, die großen braunen Augen wild vor Hass und Abscheu.

»Wie konnten Sie ihn wegen Mordes verhaften lassen? Wenn Sie nicht gewesen wären, wäre das alles nicht passiert!«

Tennison trat einen Schritt zurück, weil sie für einen Moment befürchtete, dass die verstörte Frau sie angreifen würde. Sie versuchte, sie zu trösten, aber Sarah fuhr mit heiserer, gebrochener Stimme fort: »Tony würde niemanden verletzen, geschweige denn fesseln oder vergewaltigen …«

»Warten Sie einen Moment … Sarah …«

»Was soll jetzt aus seiner Tochter werden?«

Tennison war ganz still geworden. Schlagartig drang zu ihr durch, was Sarah soeben gesagt hatte.

»Woher wissen Sie, dass sie gefesselt war?«, fragte sie. Sie versuchte, Sarah am Arm festzuhalten, in der Hoffnung, sie zu beruhigen. »Woher wissen Sie, dass sie vergewaltigt wurde?«

Sarah riss sich los.

»Das ist ein weiteres Leben, das Sie ruiniert haben«, knurrte sie fast.

Tennison wollte immer noch eine Antwort.

»Wer hat Ihnen das gesagt?«, hakte sie nach.

»Dieses Wochenende wollte er heiraten …« Sarah brach schluchzend zusammen. Tennison streckte die Hand nach ihr aus, doch die junge Frau wich zurück. »Lassen Sie uns einfach in Ruhe!« Sie wandte ihr verweintes Gesicht ab und rannte taumelnd zu ihrem Auto zurück.

Als Tennison dort ankam, hatte sie sich darin eingeschlossen. Tennison klopfte an das Fenster. »Wer hat Ihnen gesagt, dass sie gefesselt war?«

Aber sie merkte bald, dass es nichts nutzte. Sarah umklammerte das Lenkrad mit beiden Händen, ihr Kopf lag dazwischen, und ihre Schultern bebten, während sie unkontrolliert weinte. Vorerst würde die Frage unbeantwortet bleiben müssen.

Die Tür öffnete sich, und ein Angestellter der Leichenhalle erschien. »Würden Sie bitte hier entlang kommen, Sir?«

Vernon Allen erhob sich schwerfällig von der Bank und folgte ihm. Tennison saß draußen im Korridor. Sie stand auf, als Vernon an ihr vorbeiging, sagte aber nichts und rührte sich nicht, als er durch die weiße Tür die eigentliche Leichenhalle betrat. Sie setzte sich wieder.

Tony Allen lag auf einem Metalltisch und war bis zur Taille mit einem Laken bedeckt. Seine Augen waren geschlossen, und wenn man von dem purpurnen kreisrunden Abdruck um seinen Hals absah, hätte man meinen können, dass er schlief. Vernon blickte auf ihn hinab. Seine Augen waren trocken. Ein winziger Muskel zuckte in seinem Mundwinkel. Ganz langsam beugte er sich vor und küsste seinen Sohn auf die Lippen.

Tennison stand auf, als Vernon aus der Leichenhalle kam. Er ging an ihr vorbei, den Blick geradeaus gerichtet, das Gesicht ausdruckslos, und lief hinaus in den grauen Nieselregen, der von einem dunklen Himmel herabfiel.

Als Tennison in seinem Büro anrief, wurde ihr mitgeteilt, dass der Super in der Cafeteria zu Mittag esse. Sie fuhr mit dem Aufzug hinauf, und da sie keinen Appetit hatte, holte sie sich eine Tasse schwarzen Kaffee und trug sie zu seinem Tisch hinüber. Vielleicht würde sie später noch ein Sandwich nehmen, wenn ihr danach war.

Kernan aß gerade Apfelstreusel und Vanillesoße und schaute die Mittagsnachrichten. Sie erzählte ihm von ihrem

Besuch in der Leichenhalle und von dem, was Sarah gesagt hatte. Er leckte seinen Löffel ab und hielt ihn hoch, um sie zu unterbrechen, als ein Foto von Tony Allen auf dem Bildschirm erschien.

Der Sprecher sagte: »Tony Allen, der an diesem Wochenende hätte heiraten sollen, hinterlässt eine Verlobte und eine dreijährige Tochter …«

Kernan ließ den Löffel in die Schüssel fallen und wischte sich den Mund mit einer Papierserviette ab. »Sie können Sarah Allen nicht herbestellen. Nicht nach alldem, was hier vorgefallen ist.«

Er deutete auf den Fernseher, wo ebendieses ›Alldem‹ gerade gezeigt wurde, und zwar in Gestalt von Jonathan Phelps. Gemeinsam verfolgten sie, wie der neu gewählte Labour-Abgeordnete vor dem Unterhaus interviewt wurde.

»Der heutige Tag hätte für mich und meine Unterstützer ein Tag des Feierns sein sollen. Stattdessen wurde er zu einer Totenwache, da ein weiterer Schwarzer in Polizeigewahrsam starb.«

Tennison wandte sich ab und beugte sich zu Kernan vor.

»Ich möchte nur außerhalb des Gebäudes mit ihr sprechen«, sagte sie beschwichtigend.

Aber wohl nicht beschwichtigend genug. Kernan schüttelte den Kopf. »Zu früh. Machen Sie bei Harvey weiter.«

»Er kann im Moment nicht sprechen. Ich weiß nicht, ob er je wieder dazu in der Lage sein wird.«

»Tja, dann prüfen Sie, wohin andere Ermittlungsansätze Sie führen. Wir werden die Situation in ein paar Tagen neu bewerten.« Er zerknüllte die Serviette und warf sie auf den Teller, wobei er Tennison kritisch musterte. Ihr Make-up konnte die Müdigkeitsfalten an ihren Mundwinkeln und die leichte Schwellung unter ihren Augen nicht verbergen. »Gehen Sie nach Hause und schlafen Sie ein wenig, Jane.«

»Ja …«

»Und halten Sie Sarah Allen da raus«, befahl Kernan. »Für den Moment.«

Er ging und ließ Tennison lustlos auf den Fernsehbildschirm starren, wo Phelps gerade sagte: »Bei allem Respekt, ein System, in dem Polizeibeamte gegen die eigenen Kollegen ermitteln, kann nicht ausreichend objektiv sein. Allzu oft wird ein Mantel des Schweigens über diese Fälle gebreitet …«

Eine Gestalt bewegte sich hinter den farbigen Glasscheiben im Vorraum; das Licht ging an, und Tennison sah, dass es Vernon Allen war. Er öffnete die Innentür und spähte hinaus, um zu sehen, wer geklingelt hatte.

Tennison klopfte an die Glasscheibe der Außentür und reckte ihr Gesicht näher hinan. »Vernon, ich muss mit Sarah sprechen …«

Er zuckte zurück, als hätte ihm jemand ins Gesicht gespuckt. »Wie können Sie es wagen, hierherzukommen? Wie können Sie es wagen …«

»Vernon, es ist wirklich wichtig, dass ich mit Sarah spreche.«

»Haben Sie nicht schon genug Schaden angerichtet?« Er zitterte, die Empörung in seiner Stimme klang gepresst und mitleiderregend. »Lassen Sie uns einfach in Ruhe …«

»Aber ich muss mit Sarah sprechen!«, beharrte Tennison. Sie klopfte erneut an, ungeduldig, da sie sah, dass er im Begriff war, die Tür zu schließen.

»Meine Frau ist …« Vernon Allen verschluckte sich, überwältigt von dem Gedanken an Esmes Kummer. Der große Mann schien körperlich zu schrumpfen. Vor Trauer senkte er seinen Kopf. »Meine Frau …«

Sarah erschien neben ihm. »Geh rein, Papa. Lass mich das machen. Geh schon.«

Er wankte davon. Sarah trat mit zusammengekniffenen

Lippen vor und starrte Tennison kalt durch die Glasscheibe an, machte aber keine Anstalten, die Tür zu öffnen. Tennison wusste, dass sie nur ein paar Sekunden Zeit hatte. Sie sagte schnell: »Sarah, waren Sie in jener Nacht dort?«

»Ich weiß nicht, wovon Sie sprechen.«

»Oder hat Jason Reynolds mit Ihnen gesprochen?«

»Ich kenne keinen Jason Reynolds«, schnauzte Sarah. »Und jetzt lassen Sie uns in Ruhe! Ich schließe die Tür –«

»Sarah, bitte«, rief Tennison, »um Tonys willen …«

»Ich schließe die Tür.«

Das tat sie. Das Licht ging aus. Das war's.

Zuerst konnte Tennison nicht erkennen, was das kreischende Geräusch verursachte oder woher es kam.

Es war fast zehn Uhr dreißig, im Präsidium war es ruhig, und sie wollte gerade gehen, als sie es hörte. Verwundert lief sie den leeren Korridor entlang und schob die Tür der Einsatzzentrale auf. Ganz allein hockte Oswalde auf einem Stuhl vor dem Fernseher, die Fernbedienung in der Hand. Das merkwürdige Kreischen war beschleunigter Reggae, während er die Aufnahmen vom Sunsplash-Konzert vorspulte. Dann hielt er das Band an und lehnte sich mit starrem, besessenem Blick vor, seine Augen klebten an Joanne und Tony auf der Bühne.

Tennison kam leise auf ihn zu und runzelte selbst die Stirn. Er drückte auf den Rückspulknopf und spielte die gleiche Sequenz noch einmal ab, wobei ihr die Anspannung in seinen gebeugten Schultern und der Hand nicht entging, die die Fernbedienung umklammert hielt.

»Bob«, Tennison bemühte sich, lässig zu klingen, »gönn dir eine Pause.«

Oswalde warf ihr einen kurzen Blick zu und wandte sich wieder dem Bildschirm zu. »Du kannst ja reden.«

Sie beobachtete ihn noch einen Moment lang, dann

nahm sie ihre Umhängetasche ab. Sie zog ihren Terminkalender heraus, kritzelte etwas auf einen Zettel und reichte ihn ihm. ›Melde dich unter dieser Nummer. Es ist eine Freundin von mir. Sie hat jemandem geholfen, der bei Broadwater Farm war. Sie ist gut.‹

»Eine Seelenklempnerin …?« Oswalde war bitterlich amüsiert.

»So in der Art«, sagte Tennison. »Hör zu, das ist keine Schande. Andere Leute machen Fehler bei der Arbeit, und dann verliert die Firma ein paar Tausender. Wir machen einen Fehler, und jemand verliert sein Leben.« Das war ein Ausspruch, den sie sich selbst sagte, wenn sie einen Fehler gemacht hatte oder deprimiert war.

Oswalde hatte unterdessen abermals zurückgespult und studierte die gleiche Sequenz noch einmal genauso intensiv wie zuvor. Tennison hängte sich ihre Tasche über die Schulter und wandte sich zum Gehen. Er war ein großer Junge, und sie war nicht seine Amme. Sie hielt inne, als ihr ein Gedanke in den Sinn kam.

»Hat Mrs Fagunwa den Gürtel erkannt?«

»Nein.«

Tennison nickte, als sie zur Tür ging.

»Geh nach Hause, Bob«, sagte sie und verließ den Raum.

Das Haus, in dem Eileen Reynolds wohnte, war nur einen Steinwurf von den Blöcken des Lloyd George Estate entfernt. Tatsächlich, so dachte Tennison, als sie an die Tür klopfte, würde ein Stein, der von Harveys Balkon geworfen würde, eines der Fenster seiner Schwester zerstören.

Eileen öffnete die Tür, die Arme mit Laken und Kissenbezügen beladen, die in die Wäsche mussten.

Tennison lächelte. »Hallo Eileen.«

Eileen erwiderte das Lächeln nicht. Im klaren Licht des Tages offenbarte ihr Gesicht einen harten, verkniffenen

Ausdruck, den einer Frau, die in ihrem Leben schon einige Irrungen und Wirrungen durchgemacht und überstanden hatte, um ein Lied davon singen zu können. Ihr kurzes, gebleichtes Haar war an den Wurzeln braun und grau.

»Ich habe Sie schon erwartet«, sagte sie, ging hinein und überließ es Tennison, die Tür zu schließen.

»Ich habe nicht gelogen. An dem Wochenende war er bei mir. Damals kam er oft hierher. Er hatte dort einen Wohnwagen. Manchmal blieb er bei mir, manchmal im Wohnwagen.« Eileen stopfte die restlichen Wäschestücke in die Maschine, richtete sich müde auf und stieß mit dem Knie die Trommeltür zu.

Tennison fragte: »Warum sagten Sie dann, es sei der Todestag seiner Frau gewesen?«

»Weil es keinen Unterschied macht.« Eileen verschränkte die Arme und zuckte despektierlich mit den Schultern. »Ich habe mit einem Anwalt gesprochen, und der sagt mir, dass dieses Geständnis nicht mal das Papier wert ist, auf dem es geschrieben steht. Es wurde unter Zwang erwirkt«, meinte sie, und ihr schottischer Akzent trat in den Vordergrund. »Und wenn mein Bruder es getan hat, warum hat sich dieser Schwarze dann umgebracht?«

»Kannten Sie Tony Allen?«, wollte Tennison mit leiser Neugier wissen.

»Nein, das habe ich im Fernsehen gesehen.« Eileen beugte sich vor und starrte Tennison mit zusammengekniffenen Augen scharf an. »Weil er es getan hat – deshalb!«

»Warum hat Ihr Bruder dann aber gestanden?«

Sie hatte auf alles eine scharfzüngige Antwort im Glasgow-Slang. »Um euch alle loszuwerden.«

»Eileen, Sie helfen Ihrem Bruder nicht, indem Sie lügen …«

»Ich *lüge* nicht!«

Tennison lehnte an der Spüle und sah zu, wie Eileen einen Korb mit sauberer Wäsche auf den Küchentisch wuchtete. Sie war eine kleine, fast dürre Frau, aber zäh wie ein alter Stiefel, und Tennison hätte sich keine Chancen in einer Rauferei ausgerechnet, selbst unter Berücksichtigung der Tricks, die sie von den Karatelehrern der Metropolitan Police gelernt hatte.

Sie sagte: »Sie müssen nicht aufhören, ihn zu lieben, Sie müssen nicht aufhören, ihn zu unterstützen. Aber Sie müssen aufhören, für ihn zu lügen.«

»Wissen Sie was?« Eileen wirbelte herum und kochte. »Sie sind eine eingebildete Kuh! Ich habe alles für diesen verdammten Mann getan, seit er krank ist. Ich schufte mir die Finger wund, um ihn zu unterstützen …«

»Ich weiß.« Tennison nickte. »Das ist es, was ich Ihnen sagen will. Ich weiß, dass Sie ihn unterstützen. Ich weiß, was für ein Kampf das sein muss. Wie etwa die Aufnahme dieses Kredits …«

»Ihr denkt alle, ihr wisst alles!«

»… für ihn. Fünf Riesen sind eine Menge Geld.« Sie hielt inne. »Wie können Sie sich das leisten, Eileen?«

»Mein Sohn hilft mit.« Sie blickte durch die Küche. »In Ordnung?«

Tennison überlegte. »Was macht Jason beruflich?«

»Lassen Sie den Jungen da raus!«

»Das war nur eine einfache Frage«, stellte Tennison gelassen fest.

Eileen schnaubte. »Er hat eine Art … Fotogeschäft.«

»Was bedeutet das?«

»Im Sommer arbeitet er am Strand. Ich weiß es nicht genau. Ich schnüffle nicht so neugierig herum wie Sie«, erklärte sie mit dem Hauch eines spöttischen Lächelns.

»Sie meinen, er ist ein Strandfotograf?«, fragte Tennison, und eine winzige Prise Erregung durchfuhr sie, wie elektrischer Strom. Sie wusste nicht genau, weshalb, aber dann machte etwas in ihrem Gehirn ›klick‹.

Eileen war damit beschäftigt, die Sachen auszusortieren, die gebügelt werden mussten.

»Ja – so was in der Art, okay?«

TENNISON LIEß ihr Auto am Ende der Straße stehen und lief den gefliesten Weg entlang, der zu den Wohnungen führte. Sie betrat das Dwyfor House und erklomm das muffige Treppenhaus. Sie wollte sich noch einmal in Harveys Wohnung umsehen, insbesondere nach den Fotos auf der Glasvitrine. Die Aufnahmen von Jason Reynolds, professioneller Fotograf.

IM DREIZEHNTEN STOCK, in Wohnung Nummer 136, durchwühlte Jason Reynolds auf Knien den Schrank unter dem Waschbecken. Er fand, wonach er suchte, eine schwarze Plastiktüte, und trottete ins Wohnzimmer. Dort herrschte ein ziemliches Durcheinander, der Couchtisch lag auf der Seite, der Aschenbecher und die losen Zigaretten waren auf dem Boden verstreut und nichts war mehr aufgeräumt worden, seit sie seinen Onkel ins Krankenhaus gebracht hatten.

Er schüttelte die Tasche auf und ging um das Sofa herum zur Kommode. Er griff nach dem nächstgelegenen gerahmten Foto und wurde plötzlich ganz still. Er legte den Kopf schief und lauschte. Da war jemand vor der Wohnungstür. Leise umrundete er das Sofa und schlich in den Flur, seine Turnschuhe gaben kein Geräusch von sich. Jemand fummelte an der Klappe des Briefkastens herum. Die Finger stießen hindurch, fischten nach der Kette mit dem Schlüssel und zogen sie hoch. Jason beobachtete noch, wie der Schlüssel durch den Briefkasten gefädelt wurde.

Er sah sich um und kam sofort ins Schwitzen. Als der

Schlüssel ins Schloss gesteckt wurde, stürzte er seitwärts in die Küche und schloss die Tür bis auf einen schmalen Spalt, durch den er mit einem Auge hindurchlugte. Er hielt den Atem an, das Gesicht kalkweiß und angespannt, und sah durch den Spalt, wie Tennison den Flur entlang zum Wohnzimmer ging. Er war sich sicher, sie würde sein Herz hören können.

Tennison ging langsam um das Sofa herum zur Kommode. Im Beisein von Muddyman hatte sie die Fotos in ihren billigen Woolworth-Rahmen nur flüchtig angeschaut. Jetzt betrachtete sie sie nacheinander genau. Das Bild von Harvey und seiner Frau, das sie bereits in der Hand gehalten hatte. Der Sonnenuntergang über dem Meer. Harvey und Eileen nebeneinander, ein kleineres Bild von Eileen allein. Und eines von Harvey und Jason, in einem Garten. Beide lächelten, und Harveys Arm lag um die Schulter seines Neffen.

Tennison berührte das Glas. Ihr Finger fuhr über Jasons kariertes Hemd hinunter zum Kopf des Indianerhäuptlings auf der Schnalle des Gürtels, der durch seine Jeans geschlungen war.

Der Hauch von elektrischem Strom wurde jetzt ein Stoß, der ihre Wirbelsäule versteifte.

Sie drehte den Kopf und spürte einen kühlen Luftzug an ihrer Wange. Sie stellte das Foto zurück und trat in den Flur. Die Eingangstür stand offen. Hatte sie sie geschlossen? Sie war sich dessen sicher. Sie schaute hinaus ins Treppenhaus. Sie lauschte einen Moment lang, hörte nichts und ging wieder hinein, vergewisserte sich diesmal, dass die Tür verschlossen war.

Im Wohnzimmer hob sie das Foto erneut hoch, drehte es um und lockerte die Plastiklaschen, um den Abzug selbst an sich zu nehmen. Als sich die Pappunterlage löste, erstarrte Tennison. Hinter dem Abzug waren ein halbes Dutzend Polaroids versteckt. Sie breitete sie auf der Rückseite des

Rahmens aus, ihr Mund war trocken, rang darum, nach Luft zu schnappen. Die Fotos zeigten Joanne Fagunwa und Sarah Allen, die zwar vollständig bekleidet waren, aber ziemlich aufreizend posierten, die Hände an ihren Brüsten. Sie befanden sich anscheinend in einer Küche. Und es gab eine Nahaufnahme von Joanne und Sarah, die kichernd in die Kamera blickten, mit Tony Allen in ihrer Mitte, der ein lustiges Gesicht machte.

Tennison schloss ihre Augen. Das war es. Das, wonach sie die ganze Zeit gesucht hatten. Die Verbindung – Joanne – Sarah – Tony – und wer auch immer die Polaroids gemacht hatte. Alle zusammen. Und derjenige, der die Polaroids aufgenommen hatte, trug den Gürtel mit dem Häuptlingskopf.

Sie ging zum Telefon, wählte Southampton Row an und fragte nach DS Oswalde. Als er sich meldete, sagte sie: »Bob, ich bin's, Jane. Ich bin in Harveys Wohnung. Ich habe etwas Interessantes entdeckt.«

KAPITEL ELF

Oswalde saß auf dem Sofa, die Hände ineinander verschränkt, die Polaroids vor sich ausgebreitet. Er nickte langsam. »Tony war also tatsächlich involviert …«

»Ja.«

Als ob eine Schnur gerissen wäre, sank Oswaldes Kopf nach vorne. »Gott sei Dank.« Er holte tief und erleichtert Luft, dann rutschte er ein Stück nach vorn und starrte auf das Foto. »Ist das nicht Sarah?«

»Ja«, sagte Tennison. Sie beugte sich vor und zeigte auf ein weiteres Bild. »Und es kommt noch besser. Erkennst du das da?«

Oswalde studierte das Foto von Harvey und Jason im Garten. Dann sah er zu ihr auf, sein Blick wurde klar: »Das ist der Gürtel …«

Tennisons Augen leuchteten.

»Wir haben ihn, Bob – ich will, dass er ins Präsidium gebracht wird, und ich will, dass hier alles auf den Kopf gestellt wird«, sagte sie und zeigte mit schnippenden Fingern durch die Wohnung.

»Hast du einen Durchsuchungsbefehl?«

»Darum kümmere ich mich.«

Fünfundvierzig Minuten und zwei Telefonanrufe später

war die Wohnung von einer kleinen Invasion heimgesucht worden. Eine systematische Durchforstung hatte stapelweise Softporno-Magazine und zwei Schuhkartons voller Originalabzüge und Polaroids zum Vorschein gebracht: Jasons Privatsammlung, die er zweifellos hier gelagert hatte, um sie vor den neugierigen Augen seiner Mutter zu schützen, wie Tennison vermutete. Gemeinsam mit Lillie sortierte sie sie.

Einige der frühen, amateurhaften Aufnahmen waren ziemlich harmlos – schmollende, heranwachsende Mädchen, die sich wie Seite-Eins-Models gebärdeten, einige davon in Schuluniformen. Jedoch gab es noch andere, spätere Fotos, die Tennison ekelhaft und abstoßend fand. Nackte Mädchen, gefesselt und geknebelt, mit Angst in den Augen; ob echt oder vorgetäuscht konnte Tennison nicht sagen. Einige weitere zeigten Gruppen von zwei oder drei Mädchen, die verschiedene Hilfsmittel an sich selbst anwandten. Und auf einer Reihe von ihnen war der Junge selbst zu sehen. Jason, der Pornostar, der die Hauptrolle in seiner eigenen Produktion spielte. Diese Aufnahmen waren mit einem Fernauslöser gemacht worden. Man konnte das Kabel sehen, das von seiner Hand zur Kamera führte, als er mit verzogenem Gesicht und hervorstehenden Adern zum Höhepunkt kam. Die Mädchen sahen nicht so aus, als würde ihnen das Spaß machen.

Je professioneller das Foto, so schien es, desto extremer die Posen und Situationen, als ob Jason versuchte, mit seinem wachsenden technischen Fachwissen Schritt zu halten, indem er immer ausgefallenere Szenarien aus den Tiefen seiner schmutzigen Fantasie ausgrub.

Lillie hielt das Titelbild eines Magazins hoch, auf dem eine überglückliche Blondine abgebildet war, und den identischen Original-Farbabzug aus Jasons privatem Fundus.

»Ganz der kleine Fotograf«, murmelte er säuerlich.

Tennison schob den Stapel angewidert beiseite, denn sie hatte mehr als genug gesehen. »Wenden Sie sich an die Sitte.

Versuchen Sie herauszufinden, wer diesen Dreck veröffentlicht.« Sie rief Oswalde zu: »Bob, schicken Sie jemanden auf Harveys Station. Sorgen Sie dafür, dass ich informiert werde, sobald er wieder einen Laut von sich geben kann.«

Sie stand auf, fühlte sich beschmutzt und schmuddelig, und ihr war leicht übel. Sie wandte sich von den Zeitschriftenstapeln und Haufen von Fotos ab und sagte mit zusammengebissenen Zähnen: »Wir müssen diesen kleinen Scheißer ausfindig machen.«

Mit einem Anflug von Panik fügte sie in Gedanken hinzu: *Bevor er einem armen, unschuldigen Mädchen das antut, was er Joanne Fagunwa angetan hat.*

Haskons war mit Umsicht vorgegangen. Er hatte das eher freizügige Material aussortiert und nur die Aufnahmen an die Pinnwand geheftet, die für eine gemischte Gesellschaft geeignet gewesen wären. Einige der Sequenzen begannen zwar harmlos, endeten dann aber unverhohlen pornografisch.

»Jason scheint Amateurmodelle zu bevorzugen«, sagte Tennison und schritt an den Bilderreihen vorüber, gefolgt von Muddyman, der sich selbst als Hobbyfotograf betätigte, allerdings in bescheidenerem Rahmen.

»Ja, aber er muss sie ja nicht bezahlen, oder?« Muddyman deutete auf die Bilder. »Die Polaroids sind frühe Fotos. Die späteren sind von viel besserer Qualität, fünfunddreißig Millimeter. Ziemlich professionell.«

»Könnte er die selbst entwickeln?«

Muddyman strich sich die Haare über seine kahle Stelle. »Ich denke, bei Schwarz-Weiß ist es ziemlich einfach. Für Farbe braucht man eine anspruchsvollere Ausrüstung.«

Tennison kniff sich in die Nase und dachte nach. »Ich nehme an, er könnte ein Studio oder so etwas haben … Es lohnt sich wohl, bei einem dieser Läden nachzufragen, die sich auf die Entwicklung dubioser Fotos spezialisiert haben. Vielleicht haben sie eine Adresse oder sogar eine Kontaktnummer.«

Muddyman nickte und stürzte sich wieder ins Getümmel. Im Einsatzraum herrschte reges Treiben. Rosper, unterstützt von WPC Havers, arbeitete am Computerterminal. Burkin und Oswalde hatten etliche Aktenordner auf ihren Schreibtischen liegen, die sie mit gesenktem Kopf durchforsteten. Die anderen Teammitglieder waren am Telefon und verfolgten jede noch so dürftige Spur. DC Jones kam gerade leicht errötet durch die Schreibtischreihen gelaufen, die Augen blinzelten hinter seiner Brille. Er hielt einen offenen Ordner in der Hand.

»Sie hatten recht, Ma'am – Jason Reynolds besuchte die gleiche Schule wie Tony Allen. Sie waren im selben Jahrgang. Als Eileen nach Margate zog, um in der Nähe eines ihrer Freunde zu sein, blieb Jason in London und wohnte hauptsächlich in Nummer fünfzehn.«

»Oh, gut!«, hauchte Tennison.

»Ihr Klassenlehrer meint aber, dass sie nicht befreundet waren. Er sagt, Jason sei ein Unruhestifter gewesen – ein bisschen wie ein Kleinganove.« Jones fügte zweifelnd hinzu: »Ich nehme an, wenn sie Nachbarn waren, haben sie vielleicht zusammen abgehangen, aber sie sagen was ganz anderes.«

»Womit wir wieder bei Sarah wären.« Tennison schlug ihre Fingerknöchel in ihre Handfläche, verärgert, frustriert. »Und die wurde von Kernan aus dem Spiel genommen.«

»Boss …?« Haskons winkte sie zu sich und wandte sich gleich wieder stirnrunzelnd zwei Fotos an der Tafel zu. Es handelte sich um frühere Aufnahmen einer attraktiven blonden Teenagerin in BH und schwarzen Netzstrümpfen, die mit einladenden dunklen Augen über ihre Schulter blickte.

»Das kommt jetzt ein bisschen aus heiterem Himmel, aber ich glaube, ich erkenne sie.«

»Fahren Sie fort.«

»Wie soll ich sagen.« Haskons war sichtlich unruhig. Er räusperte sich. »Ich kenne sie schon seit einer Ewigkeit.«

»Richard …«, sagte Tennison warnend, ihre Augen wurden messerscharf.

»Nein, ich meine, Camilla ist dort wirklich glücklich«, entgegnete Haskons kleinlaut.

Tennison verstand nur Bahnhof. Camilla war sein ältestes Mädchen, sechs Jahre alt. »Was hat Camilla damit zu tun?«

Haskons starrte auf die Fotos und bearbeitete seinen Daumennagel.

»Ich glaube, das ist ihre Lehrerin«, sagte er.

Miriam Todd, die Leiterin der dritten Klasse an der *St. John's Primary*, war genauso attraktiv und hatte dunkle Augen, war aber nicht blond. Sie hatte schulterlanges schwarzes Haar und war etwa zweiundzwanzig, wie Tennison schätzte. Angenommen, die Pin-ups des Mädchens in BH und Netzstrümpfen wären vor fünf, sechs Jahren aufgenommen worden, dann wäre Miriam ein Teenager gewesen. Das Alter dürfte passen.

Auf winzigen Stühlen saßen sie während der Mittagspause in dem sonnigen Klassenzimmer, während das fröhliche Getümmel der Kinder auf dem Spielplatz den Zweck von Tennisons Besuch auf seltsame und beunruhigende Weise untermalte.

Sie nahm die beiden Fotos des blonden Mädchens, das Haskons zu erkennen glaubte, aus ihrer Tasche und zeigte sie Miriam.

»Sagen Sie mir, ob Sie diese Person erkennen.«

»Nein, ich habe sie noch nie gesehen, Inspector.«

Aber ihre Nasenflügel verrieten sie. Sie hatten sich gebläht, nur ein wenig, sodass Tennison das scharfe

Einatmen bemerkt hatte, das Miriam zu verbergen suchte. Sie wählte einen anderen Ansatz.

»Was ist mit diesem Mädchen?«

Miriam betrachtete das farbige Studioporträt von Joanne, das ihre Mutter ihnen überlassen hatte – glücklich und lächelnd, voller Leben.

Miriam schüttelte langsam den Kopf. »Nein. Sie ist wunderschön …«

»Nein, Miriam«, sagte Tennison freiheraus. »Sie *war* wunderschön. Ihre Überreste wurden im Garten von Honeyford Road fünfzehn gefunden, wo sie vergraben wurde. Ihre Hände waren mit einem Gürtel auf dem Rücken gefesselt worden. Der Gürtel gehörte Jason Reynolds. Erkennen Sie diesen Mann?« Sie hielt das Bild mit Harvey und Jason hoch, und Miriam wurde blass. »Wollen Sie sich diese Fotos noch einmal ansehen?«

»Nicht nötig.« Miriams Stimme war kaum hörbar. Sie mied Tennisons direkten Blick.

»Sagen Sie mir, was Sie über den Fotografen wissen.«

»Jason Reynolds.« Miriam setzte sich aufrecht hin und befeuchtete ihre Lippen. »Ich lernte ihn im Sommer … sechsundachtzig kennen. Damals war ich noch in der Schule und lebte mit meinen Eltern in Margate. Er machte Fotos am Strand. Sie wissen schon, ein Fotograf am Meer. Er war charmant, witzig …« Sie holte tief Luft und fuhr fort: »Wie Sie wissen, habe ich mich von ihm fotografieren lassen. Eine Zeit lang gab er mir das Gefühl, attraktiv zu sein, im Mittelpunkt zu stehen. Ich habe mich ausgezogen und posiert, ich habe mich herausgeputzt und posiert. Was immer er wollte, wirklich. Ich wollte von zu Hause weg. Meine Mutter war krank.«

Sie sah auf ihre Hände hinunter, die sich in ihrem Schoß drehten. Tennison wartete.

»Er sagte … er sagte, sein Onkel hätte eine Wohnung, die ich mieten könnte, und dass er sich um mich kümmern würde. Also ging ich mit ihm nach London. In die Honeyford Road …«

Auf dem Korridor wurde es laut, als die Kinder vom Spielplatz hereinstürmten. Sie drängten sich in der Tür, ein oder zwei kamen in das Klassenzimmer. Tennison verstaute die Fotos in ihrer Tasche.

»Könnt ihr bitte draußen warten?«, rief Miriam ihnen zu. »Stellt euch einfach leise auf.« Sie gingen hinaus. Sie wandte sich wieder um und strich sich ein paar Haarsträhnen aus der blassen Stirn. »Ich habe dort zwei Monate lang in der Kellerwohnung gewohnt.«

»Juni und Juli?«

»Ja.«

»Haben Sie als Prostituierte gearbeitet, Miriam?«

Sie errötete ein wenig. »Nein, nicht wirklich. Jason hat versucht, mich zu überreden, mit ein paar Freunden zu gehen, die er mitgebracht hat, aber …« Sie zuckte mit den Schultern. »Nun, keiner von uns wusste wirklich, was wir da taten.«

Tennison blickte in die dunklen Augen mit dem schwarzen Wimpernkranz. *Was für ein kranker Scheißkerl*, dachte Tennison, Jason Reynolds musste irgendetwas an sich haben, irgendeine Form von hypnotisierender Kraft, um – neben vielen anderen – einen so attraktiven Teenager einzufangen, wie Miriam Todd vor sechs Jahren einer gewesen war. Sie fragte: »Hatten Sie Sex mit seinem Onkel? David Harvey?«

»Manchmal«, gab Miriam zu. »Wenn ich die Miete nicht bezahlen konnte.«

»Erkennen Sie einen dieser Männer?« Tennison zeigte ihr Bilder von Vernon und Tony Allen. »Hatten Sie mit einem von ihnen Sex?«

»Nein.«

»Wo wurden die Fotos von Ihnen gemacht?«

»In der Wohnung.«

»Auch in Margate?«

»Sein Onkel hatte einen Wohnwagen.«

»Können Sie mir sagen, wo genau das war?«

Tennison spürte, wie sie sich anspannte und Miriam dazu bringen wollte, einen Namen oder einen Ort zu nennen, aber die schüttelte den Kopf. »Ich kann mich nicht erinnern, wie der Ort hieß. Es war irgendwo außerhalb der Stadt.«

»In Ordnung. Also.« Tennison stand auf. Sie schnallte ihre Umhängetasche zu. »Vielen Dank.«

»Das war's?« Miriam blickte auf.

»Ja, danke«, erwiderte Tennison und ging.

FÜR EIN MITTAGESSEN in der Cafeteria war es zu spät, und ein weiteres Sandwich konnte sie sich nicht mehr leisten, also rauchte sie in der belebten Einsatzzentrale eine Zigarette, um den Hungerschmerz zu lindern. Ihr Nikotinkonsum stieg allmählich wieder an. Zum Teufel damit, es war vergebens: Sobald dieser Fall abgeschlossen war, würde sie versuchen, das schmutzige Gras loszuwerden.

»Boss – haben Sie das gesehen?« Sie schaute sich zu Lillie um, der eines der Fotos von der Tafel nahm.

»Was denn?«

Er brachte es herüber und legte es auf den Schreibtisch: ein junges Mädchen blickte in die Kamera, die Hände umschlossen ihre Brüste. Der Raum war winzig und unordentlich, ein Etagenbett und ein kleines Fenster waren zu erkennen. Es wirkte wie das Innere eines Wohnwagens. Lillie zeigte auf einen Kalender oberhalb der rechten Schulter des Mädchens, der am Ende des Etagenbettes befestigt war.

»Das ist ein Kalender von 1992«, sagte er.

So war es, wie Tennison feststellte, als sie es genau betrachtete. »Also könnte er den Wohnwagen nach wie vor benutzen. Fragen Sie bei allen Stellplätzen in Margate und Umgebung nach.« Sie drückte ihre Zigarette aus und stand auf. »Ich will, dass Eileen Reynolds verhaftet wird«, informierte sie alle. »Bringen Sie sie her, stecken Sie sie in einen Verhörraum und lassen Sie sie schmoren. Vielleicht bringt das Jason aus seinem Versteck heraus.«

Muddyman rief Rosper zu: »Überprüf alle Campingplätze in der Gegend von Margate – Jonesy, hilf ihm.«

Im Raum herrschten rege Betriebsamkeit und Aufregung, ebenso wie ein Nebel aus Zigarettenrauch. Jetzt hatten sie etwas Positives, worauf sie aufbauen konnten. Sie hatten einen echten Hauptverdächtigen, und sie waren hinter ihm her.

LILLIE ÖFFNETE die Plastiktüte und nahm den Gürtel mit dem Häuptlingskopf auf der Schnalle heraus. Er reichte ihn an Tennison weiter, die ihn in ihren gespreizten Händen hielt, damit Eileen Reynolds ihn sehen konnte.

Eileen saß schon eine halbe Stunde oder länger im Verhörraum, nur mit einer WPC als Gesellschaft. Sie hatte zwei Tassen Maschinenkaffee getrunken, drei Zigaretten geraucht und sah recht übellaunig aus. Tennison ging nicht davon aus, dass sie kooperieren würde, aber das spielte keine Rolle. Sie war überzeugt, dass die Frau, die ihr gegenübersaß, die Mutter eines Mörders war, und deshalb war sie nicht in der Stimmung, sanftmütig zu sein oder sich in verbaler Zurückhaltung zu üben.

»Das ist der Gürtel, Eileen, mit dem Joannes Hände auf dem Rücken gefesselt wurden.«

»Den habe ich noch nie gesehen«, wies Eileen das mit kaum einem Blick zurück. Aus einem Umschlag nahm Tennison das Foto von Harvey und Jason. Sie bemerkte, wie Eileen registrierte, dass die Schnalle an Jasons Gürtel identisch war. Aber das löste bei ihr nur ein gleichgültiges Achselzucken aus. »So sehen doch viele Gürtel aus.«

»Wirklich. Ich denke, er ist ziemlich charakteristisch.« Tennison nahm die Polaroids heraus und legte sie, eines nach dem anderen, in einer Reihe auf den Tisch. Sie sagte: »Das tote Mädchen, Joanne Fagunwa. Joanne und Tony. Joanne und Sarah.«

Eileen streckte ihren Kopf vor. »Und wieso sitzt dann nicht Mrs Fucking Allen hier?«, knurrte sie. »Geht und verhaftet die. Nehmt Sarah fest.«

Tennison erklärte leise: »Weil ich glaube, dass Jason diese Fotos gemacht hat.«

»Dafür haben Sie keine Beweise.«

»Sie wurden in der Wohnung Ihres Bruders gefunden, Eileen.«

»Davon weiß ich nichts«, erwiderte Eileen kurz. Ihre fahlen Wangen waren gerötet. Sie errichtete eine Steinmauer, aber die bröckelte an den Fundamenten. In ihren Augen konnte Tennison die ängstliche Unsicherheit sehen und dachte: *Sie wird einbrechen.*

Aber sie hatte nicht vor, Eileens Gefühle zu schonen; sie wollte so weitermachen, wie sie angefangen hatte. Kühl, als würde sie Karten austeilen, platzierte sie ein paar der späteren, härteren, expliziteren Aufnahmen in der Mitte des Tisches.

»Das ist Ihr Sohn, Eileen. Ihr Sohn, der Pornograf. Würden Sie sich das bitte anschauen?« Eileen starrte absichtlich weg. »Sehen Sie sich das bitte an. Sie wollen es sich nicht ansehen. Also gut«, sagte Tennison mit geradem Rücken, die verschränkten Hände auf der Tischplatte ruhend, »dann beschreibe ich Ihnen die Bilder. Das erste zeigt ein Mädchen, sie ist etwa vierzehn, würde ich sagen. Der Penis Ihres Sohnes ist in den Anus des Mädchens eingeführt. Ihr Gesicht zeigt Schmerz … und Angst.«

»Hör auf …!« Eileens ganzer Körper reckte sich nach vorn, ihr Mund war hässlich verzogen. »Du kranke Schlampe!«

»Das bin nicht ich auf den Fotos, Eileen«, fuhr Tennison unbeeindruckt fort, »ich habe sie nicht gemacht. Das war Ihr

Sohn Jason.« Sie blickte nach unten. »Das nächste, ein anderes Mädchen, etwas älter vielleicht …«

Sie brauchte nicht weiterzumachen.

Eileen sackte nach vorne, bedeckte ihr Gesicht und schüttelte den Kopf hin und her. Ein erstickter Schluchzer entrang sich ihr. Sie war dabei, in Stücke zu brechen. Tennison sah sie an, ungerührt. Sie sagte: »Verraten Sie mir, wo Jason ist.«

»Ich weiß es nicht …« Eileen sah auf, Speichel tropfte über ihr Kinn, Qual sprach aus ihren Augen. »Wir hätten nie in den Süden kommen dürfen. Gott … Ich habe mein Bestes getan …« Tränen kullerten ihr über das Gesicht. »Er ist nicht mein Sohn. Er ist … er ist … er ist eine Art …«

»Sagen Sie mir, wo Jason ist«, wiederholte Tennison.

»Ich weiß es nicht«, erwiderte Eileen mit kläglicher, hoher Stimme, fast wie die eines kleinen Mädchens. Tennison glaubte ihr.

»Wo befindet sich der Wohnwagen Ihres Bruders, Eileen?«

»Soweit ich weiß, hat er … ihn verkauft.« Sie schluchzte und rang nach Atem. »Um den Kredit zu tilgen.«

Tennison legte die Fotos in die Mappe zurück. Mit der Mappe unter dem Arm verließ sie das Zimmer, ohne sich noch einmal umzusehen. Den ganzen Korridor entlang hörte sie Eileens gequältes Schluchzen. Sie fragte sich, ob Joanne Fagunwa genauso geschluchzt hatte, ehe Jason Reynolds ihr den Schädel eingeschlagen hatte.

Vernon Allen saß am Wohnzimmertisch, die Zeitungen vor sich ausgebreitet. Ungewöhnlich für einen Mann, der Wert auf sein Äußeres legte, war er unrasiert und zerzaust, fast schon ungepflegt. Er trug seine unförmige Strickjacke, sein Hemdkragen war aufgeknöpft und sein Filzhut auf den Hinterkopf geschoben. Wie mechanisch schnitt er Artikel und Fotos aus und legte sie auf einen ordentlichen Stapel zusammen. Der Raum lag im Halbdunkel, das flackernd blaue Licht des Fernsehers und eine kleine Lampe in der Ecke stellten die einzigen Lichtquellen dar.

Vernon schnippelte weiter, legte den Ausschnitt auf den Stapel und griff nach der nächsten Zeitung. Er sah erst auf, als ein Schatten über den Tisch fiel. Sarah stand in der Tür. Sie war barfuß und hatte einen Frotteebademantel um sich gewickelt.

»Wie geht es ihr?«, fragte er. Seine Stimme klang dumpf, als ob es ihm egal wäre; aber das war es nicht, jedenfalls nicht in seinem tiefsten Innern, doch alle Gefühle waren aus ihm herausgespresst, er war innerlich leer.

»Sie schläft.«

»Mir gefällt es nicht, wenn sie Tabletten nimmt.«

»Das ist besser, als wenn sie die ganze Nacht weint.« Sarah trat ein und setzte sich auf die Armlehne eines Sessels. Sie betrachtete schweigend die Ausschnitte und zerfetzten Zeitungen.

»Papa, wieso machst du das?«, fragte sie leise.

»Es geht um Anthony.«

»Das weiß ich. Nur verstehe ich nicht, was das bringen soll.«

»Nun«, sagte Vernon wehmütig, »solange es mir hilft, ist es sicher nicht verkehrt.«

»Du weißt, dass ich gleich nach der Untersuchung wieder aufs College gehen werde«, sagte Sarah.

»Natürlich.« Ein weiteres Mal schnippte die Schere. »Hast du jemanden, der für dich mitschreibt, damit du nicht in Verzug gerätst?«

»Ja.« Sie seufzte, als ob das in einem solchen Moment eine Rolle spielen würde. »Ja, mach dir keine Sorgen.«

»Sarah, hat Tony jemals mit dir über diese … diese Nacht gesprochen?«

»Nein.« Sarah stand auf. Sie verschränkte ihre Arme fest

über ihrer Brust, die Hände unter ihren Achseln. »Mein Badewasser läuft gleich über.«

Vernon wurde ganz still, die Schere immer noch in der Hand. Sein Sohn war im Fernsehen. Sein Tony. Gerade liefen die Lokalnachrichten, und in einer Ecke des Bildschirms, oberhalb der linken Schulter des Sprechers, war ein kleines Bild von ihm zu sehen.

»Der zweiundzwanzigjährige Anthony Allen steht im Mittelpunkt einer internen polizeilichen Untersuchung bezüglich des Betriebs des Präsidiums. Detective Superintendent Mike Kernan gab heute die folgende Erklärung ab, nachdem bekannt worden war, dass die richterliche Untersuchung des Todesfalls morgen beginnen würde.«

Sarah ertrug es nicht länger. Sie musste weg von ihm, weil sie den glasigen, besessenen Gesichtsausdruck ihres Vaters nicht aushielt. Das Bild wechselte zu Kernan, der vor Southampton Row stand.

»Ich bin sehr froh, dass die morgige Untersuchung so schnell nach diesem tragischen Ereignis eröffnet wird. Ich bin zuversichtlich, dass das Urteil die Polizei in vollem Umfang rehabilitieren wird.«

In dem abgedunkelten, flackernden Raum starrte Vernon auf den Bildschirm, seine Wangen nass von Tränen. Ihm war nicht bewusst gewesen, dass er überhaupt noch welche vergießen konnte.

Der Zug ratterte vorbei und beleuchtete kurz die neben den Gleisen kauernde Gestalt. Kaum war er um die Kurve verschwunden, sprang Jason flink über die Gleise und ging die gegenüberliegende Böschung hinunter. Auf halber Strecke blieb er stehen, teilweise hinter einigen Büschen versteckt, fast auf gleicher Höhe mit dem Schlafzimmerfenster des Hauses, das an die Bahnlinie grenzte. Das Licht war an und die Vorhänge nicht zugezogen.

Sarah Allen betrat das Schlafzimmer. Sie war in ein großes Badetuch gewickelt, ein kleineres trug sie um den Kopf. Sie nahm einen Hosenanzug ab, der an der Schranktür hing, und entfernte die Plastikhülle; er war chemisch gereinigt worden. Sie hielt ihn gegen das Licht, um ihn zu begutachten, und hängte ihn wieder an die Schranktür.

Jason öffnete den Reißverschluss seiner Windjacke. Darin griff er nach der Pentax Z10, die er um den Hals trug. Die Kamera verfügte über einen dreistufigen Powerzoom mit Autofokus und automatischer Vor- und Rücklauffunktion. Er schaltete sie ein und überprüfte den Batteriestand auf dem LCD-Display. Dann war er bereit.

Sarah wickelte das große Badetuch auf und ließ es fallen. Es war nicht nötig, die Vorhänge zuzuziehen, da die Rückseite des Hauses nicht einsehbar war. Sie nahm das Handtuch von ihrem Kopf und begann, ihr Haar zu trocknen.

Grinsend richtete Jason seinen Blick auf den Sucher und drückte den Auslöser.

DER TOD von Tony Allen in Polizeigewahrsam war eine brandheiße Story, und die Presse und das Fernsehen waren zahlreich vor Ort und belagerten die Stufen des Gerichts. Jonathan Phelps ließ keine Gelegenheit aus und hatte bereits eine Erklärung abgegeben, in der er ankündigte, dass er persönlich eine Spitzenanwältin, Mrs Elizabeth Duhra, engagiert habe, um die Familie Allen zu vertreten.

Es war nur gut, dass er schnell den Gerichtssaal betrat. Die Ankunft von Tonys Verlobter Esta mit ihrer Tochter Cleo stahl ihm die Show. Das war das Foto, das die Journalisten wollten, und sie rückten näher, drängelnd und sich gegenseitig zur Seite stoßend, als Esta mit Cleo im Arm aus dem Taxi stieg. Esta schlängelte sich durch die Menge und bahnte sich den Weg die Treppe hinauf, von einem Blitzlichtgewitter geblendet, welches das kleine Mädchen zutiefst ängstigte.

Dankbar nahm sie die Hilfe eines Saaldieners an, der ihr entgegenkam und sie ins Innere des Gebäudes führte, aus dem Getöse in relative Ruhe und Frieden. Dabei hatte die Tortur noch gar nicht begonnen.

Oswalde saß mit Burkin und Calder auf der Zeugenbank. Zu seiner Linken sah er Tennison sich leise mit Superintendent Kernan unterhalten. Oswalde ließ seinen Blick über den vollbesetzten Saal schweifen, dann senkte er den Kopf und starrte auf den Boden. Er konnte die Familie Allen nicht ansehen. Vernon hatte den Arm um die Schulter seiner Frau gelegt, die in einem Schockzustand zu sein schien. Sie weinte nicht einmal, schaute nur aus leeren Augen vor sich hin und war so betäubt, dass sie kaum wusste, was vor sich ging oder ob es überhaupt geschah.

Sarah saß bei Esta, Cleo zwischen den beiden. Sarah starrte Oswalde an, und obwohl er seinen Blick auf den Boden gerichtet hielt, spürte er die Kraft ihrer Gefühle, wie eine Welle des Hasses, die ihn überrollte. Es gab keine Gnade, und das überraschte ihn nicht, da er für sich selbst ebenso keine empfand.

Der Untersuchungsrichter war bestrebt, mit dem Verfahren zu beginnen. Er wartete, bis der Gerichtsbeamte um Ruhe bat, und begann dann mit seiner Ansprache an die Geschworenen. Seine Stimme war forsch, neutral, frei von jeder Nuance und jedem Gefühl.

»Es steht niemand vor Gericht. Wir ermitteln nicht in einem Verbrechen, sondern in einem Todesfall. Es ist unsere Aufgabe – Ihre und meine –, zu entscheiden, wie Anthony Allen in Polizeigewahrsam zu Tode gekommen ist. Ein Wort der Warnung: Sie werden möglicherweise gebeten, sich einige belastende Fotos anzusehen, die sowohl zum Zeitpunkt des Todes des jungen Mannes als auch während der Autopsie aufgenommen wurden. Ich halte die Betrachtung dieser

Bilder für unerlässlich, um Ihre Entscheidung zu treffen. Wir werden heute zunächst den Pathologen, Professor Bream, hören.«

Bream war nicht einmal zehn Minuten im Zeugenstand. Er gab die Todesursache an, nämlich Erstickung, und beantwortete ein oder zwei Fragen des Untersuchungsrichters. Dann wurde Custody Sergeant Calder in den Zeugenstand gerufen. Er legte den Eid ab und wusste sofort, dass ihm kein Vergnügen bevorstand, als Mrs Duhra ihn zu befragen begann. Sie war eine schlanke, elegante, dunkelhaarige Frau mit hohen Wangenknochen und schnellen, intelligenten Augen; ein Mitglied einer prominenten anglo-indischen Familie, von der einige Angehörige in der Rechtsbranche tätig waren.

Calder war sich nicht sicher, ob sie bewusst für die größtenteils mit farbigen Menschen gefüllte Besuchertribüne agierte, jedoch schien sie sich nicht an den gelegentlichen Zwischenrufen und wütenden Unterbrechungen von dort zu stören.

»Es muss viel Kraft und Entschlossenheit gekostet haben, sich auf diese Weise zu strangulieren.« Mrs Duhra neigte ihren Kopf ein wenig, um seine Zustimmung zu erfragen. »Meinen Sie nicht auch?«

Wie es das Verfahren verlangte und ihm erklärt worden war, richtete Calder seine Antworten an den Untersuchungsrichter.

»Das weiß ich nicht.«

»Professor Bream nahm das an. Er war der Meinung, dass Tony Allen ziemlich lange zum Sterben gebraucht habe.« Sie blickte auf einige Unterlagen und sah wieder auf. »Sie haben doch alle fünfzehn Minuten eine Kontrolle durchgeführt, oder?«

Calder schaute geradeaus, das Licht der Kugelleuchten spiegelte sich auf seinem kahlen Kopf. »Dreißig Minuten, Sir.«

»Ach ja …« Mrs Duhra nickte. Ihre Lippen wurden schmal. »Weil die Kontrollen nur für Risikogefangene alle fünfzehn Minuten stattfinden. Und Sie hatten natürlich entschieden, dass Tony Allen kein solcher Risikogefangener war, nicht wahr?«

»Mrs Duhra«, wies der Untersuchungsrichter sie milde zurecht. Sie stellte Vermutungen über Calders damaliges Urteilsvermögen an, ohne dass es dafür Beweise gab.

»Weshalb wurde die Klappe offen gelassen?«, fragte Mrs Duhra.

»Weil der Gefangene darum gebeten hat, sie offen zu lassen, Sir.«

»Warum?«

»Um frische Luft hereinzulassen.«

»Weil er nicht atmen konnte …? Weil er an Klaustrophobie litt?«

»Das weiß ich nicht, Sir.«

»Nein, ich glaube Ihnen, dass Sie das nicht wissen«, erwiderte Mrs Duhra, obwohl ihr Tonfall andeutete, dass jeder mit halbwegs gesundem Menschenverstand es hätte wissen müssen. »Wenn er, wie Sie angeben, den Beistand eines Anwalts abgelehnt hat …«

»Das hat er, Sir.« Das wollte Calder im Protokoll wissen.

»Warum haben Sie nicht dafür gesorgt, dass ein verantwortlicher Erwachsener bei ihm war? Sein Vater zum Beispiel, der sich fast den gesamten Zeitraum über am Empfang aufhielt?«

»Weil es keine Notwendigkeit gab.«

Mrs Duhra runzelte die Stirn und warf ihm einen zweifelnden Blick zu, der eher für die Geschworenen bestimmt war. »Aber seine geistige Gesundheit hat Ihnen Sorgen bereitet, nicht wahr?«

»Nein, Sir«, sagte Calder gelassen. »Hat sie nicht.«

Diese Antwort schien Mrs Duhra noch mehr zu verwirren. Sie sah in ihren Unterlagen nach. »Aber wie wir aus der

Haftakte ersehen können, haben Sie um einundzwanzig Uhr fünfzehn einen Arzt gerufen.«

Abwartend blickte sie auf.

»Ja«, gab Calder zu. Er hatte das Prozedere vergessen und richtete seine Antwort direkt an sie.

»Sie müssen also besorgt gewesen sein«, fuhr Mrs Duhra fort und leitete damit ihren Standpunkt logisch her. »Aber er ist doch nicht erschienen, oder? Nicht vor ein Uhr nachts. Haben Sie nicht in Erwägung gezogen, einen anderen Arzt zu rufen?«

Calders Gedächtnis war wie leergefegt. Eilig sagte er: »Ich war beschäftigt.«

Mrs Duhra ließ die Stille für sich arbeiten. Sie sagte in einem ruhigen Ton: »Ein Junge verliert sein Leben, weil Sie beschäftigt waren?«

Der Untersuchungsrichter beugte sich vor. »Bitte, Mrs Duhra …«

»Einen Arzt rufen oder nicht, es lag in Ihrer Macht, Tony Allen ins Krankenhaus einzuweisen. Würden Sie im Nachhinein nicht zustimmen, dass Sie eine Reihe von unüberlegten – wenn nicht sogar fatalen – Entscheidungen getroffen haben?«

Das Gericht wartete. Calder nickte schließlich. »Ja. Ich habe Fehler gemacht, das gebe ich zu …«

In dem darauffolgenden Tumult, während der Gerichtsbeamte um Ruhe bat, murmelte Kernan vor sich hin: »Um Gottes willen, heul doch nicht rum, Mann!«

Der Anruf kam ein paar Minuten nach acht Uhr abends. Tennison war gerade in der Küche und bereitete ihr Abendessen vor. Dazu nahm sie das ›Dinner for One‹ (eine komplette Mahlzeit aus zwei Gemüsesorten) aus dem Gefrierschrank und erhitzte es in der Mikrowelle. Sie hob das Wandtelefon ab. »Tennison.«

»Ich bin's, Muddyman. Ich bin im Krankenhaus. David Harvey ist heute Abend um neunzehn Uhr dreißig verstorben.«

»Gott …« Sie ließ sich gegen den Türrahmen sinken. »Diese Ermittlung wird mehr und mehr zu einem Friedhof.«

»Wie ist es heute gelaufen?«

»Furchtbar.«

»Oh, na ja, morgen ist auch noch ein Tag.«

Sie verabschiedete sich und legte auf. Die Mikrowelle piepte. Sie nahm das flache Tablett heraus, klappte den Deckel ab und betrachtete das ›Dinner for One‹. Ein paar schlammige Dinger schwammen in einem Meer aus streifiger orange-brauner Soße. Davon konnte sich nicht mal ein Hund ernähren, dachte sie, griff nach einem Teller und kramte in der Schublade nach Messer und Gabel.

KAPITEL ZWÖLF

»WÜRDEN SIE SAGEN, dass das Verhör in Übereinstimmung mit den PACE-Vorschriften durchgeführt wurde?«, fragte Mrs Duhra.

»Ja, Ma'am.«

»Sie haben nicht versucht, Tony Allen zu schikanieren oder unter Druck zu setzen?«

»Nein, Ma'am.«

»Sergeant Oswalde, haben Sie ein Diplom in Psychologie?«

»Ja, Ma'am.«

»Mit Auszeichnung bestanden?«

»Ja, Ma'am.«

Die hintere Tür des Gerichtssaales öffnete sich, und eine unförmige Gestalt schlüpfte herein. Kernan hatte es nicht mitbekommen, aber Tennison schon. Sie stupste ihn an, und beide starrten bestürzt auf Commander Trayner, der sich auf einen Stuhl setzte. Was zur Hölle wollten die hohen Tiere hier? Wollten sie etwa entscheiden, welche Köpfe rollen sollten?

Oswalde schlug sich gut bei der Befragung. Er hielt seine Antworten kurz und eindeutig, um keine Missverständnisse aufkommen zu lassen. Er füllte den Zeugenstand imposant aus, groß und sehr gutaussehend, mit einer natürlichen, ruhigen Würde. Er war tadellos gekleidet, trug einen gut geschnittenen dunklen Anzug, und sein Hemd hob sich in strahlendem Weiß von seiner dunklen Haut ab.

»Ich habe die Absicht, gleich einen Sachverständigen aufzurufen«, fuhr Mrs Duhra fort. »Einen Professor für forensische Psychologie. Aber zuvor möchte ich Ihnen einige der letzten aufgezeichneten Worte von Tony Allen vorlesen – bevor Sie ihn in seine Zelle zurückbringen ließen – und Sie um Ihre Einschätzung bitten.«

Oswaldes Gesicht war wie ein geschlossenes Buch. Jetzt kam der Teil, vor dem er sich fürchtete, und er musste sich immer wieder ermahnen, gelassen zu bleiben, ihr keine Blöße zu geben, es kurz und bündig zu halten.

Mrs Duhra begann, aus der Niederschrift vorzulesen, wobei sie diese in der linken Hand hielt, sodass ihr Gesicht für die Geschworenen sichtbar blieb und ihre Stimme im überfüllten Gerichtssaal zu hören war.

»Tony: ›Ich ersticke.‹

Sie: ›Nein, tun Sie nicht.‹

Tony: ›Ich bin am Ersticken. Ich kann nicht atmen.‹

Sie: ›Es ist alles in Ordnung mit Ihnen.‹

Tony: ›Ich bin Dreck. Ich bin Dreck in jedermanns Mund. Ich ersticke sie alle. Mein Leben ist Dreck.‹

Sie: ›Das ist sinnlos. Ich bringe Sie zurück in die Zelle.‹

Tony: ›Mein Leben ist eine Zelle. Ich bin gefangen. So viel Erde und Schlamm. Erde zu Erde. Staub zu Staub.‹«

Mrs Duhra legte die Abschrift weg. Sie verschränkte die Arme und schaute Oswalde an, wobei sie den Kopf auf die für sie charakteristische, leicht spöttische Art neigte. »Wie würden Sie Tonys geistigen Zustand bei nüchterner Betrachtung einschätzen, Sergeant?«

»Ich würde sagen, dass er hysterisch war.«

»Besessen vom Tod?«

»Ja.«

»Verzweifelt?«

Oswalde zögerte. »Ja.«

»Klaustrophob?«, fragte Frau Duhra, und ihre Augen verengten sich, als sie sein regloses Gesicht musterte, auf der Suche nach einem Funken Schwäche, einem Zweifel, den sie ausnutzen konnte.

»Möglicherweise«, sagte Oswalde, bemerkte, wie sie versuchte, ihn in die Enge zu treiben, und weigerte sich, sich treiben zu lassen.

Er spürte die Augen aller Anwesenden auf sich gerichtet. Auf seinem erhöhten Platz stützte sich der Untersuchungsrichter auf einen Ellbogen, das Kinn in die Hand gebettet. In der Mitte des Gerichtssaals saß die Familie Allen in einer Reihe, wirkte wie aus Stein gemeißelt. Vernon Allen hatte seine großen Hände in einer Gebetshaltung fest vor der Brust verschränkt. Neben ihm starrte Esme stumpfsinnig ins Leere. Sarahs Augen waren von kaltem, unerbittlichem Hass erfüllt.

Mrs Duhras Stimme fuhr leise und tödlich fort: »Trotzdem haben Sie ihn in seine Zelle zurückgebracht. In seine drei Meter mal zwei Meter große Zelle. Sie haben einen vorbildlichen Lebenslauf, Sergeant. Könnte es sein, dass Sie auf subtile Weise strenger … härter … mit diesem schwarzen Verdächtigen umgegangen sind, weil Sie selbst schwarz sind?«

Auf der Besuchertribüne entstand Gemurmel, und einige gedämpfte Rufe erklangen. Jemand schrie wütend: »Du Kokosnuss!«

»Ich fürchte, Ihre Frage ist zu subtil für mich«, erwiderte Oswalde gleichmütig.

Mrs Duhra gestattete sich ein winziges Lächeln. Seine Antwort, so geschickt er ihr damit auch ausgewichen sein mochte, war kaum von Belang. Sie hatte ihren Punkt gemacht. Sie sagte: »Nun zu dem Angriff, den Tony auf Ihre Person verübt haben soll.«

»Beabsichtigen Sie, Sergeant Oswalde noch länger zu

befragen, Mrs Duhra?«, erkundigte sich der Untersuchungsrichter.

»Nun, das hängt in erster Linie von seinen Antworten ab«, entgegnete Mrs Duhra.

»Dann möchte ich die Sitzung für heute unterbrechen. Die Verhandlung wird morgen Vormittag um zehn Uhr fortgesetzt.« Er sammelte seine Papiere zusammen.

Die Stimme des Gerichtsbeamten ertönte: »Erheben Sie sich!«

Eine kleine, aber lautstarke Gruppe antirassistischer Demonstranten befand sich auf den Stufen vor dem Gebäude, schwenkte Plakate und rief Parolen. Als sie mit Kernan herauskam und sie gemeinsam die Straße überquerten, hörte Tennison, wie Oswalde Dinge wie »Bounty-Riegel« und »Kokosnuss« zugerufen wurden, während er sich mit grimmiger Miene seinen Weg hindurch bahnte. Was sollte das bedeuten?

Kernan entriegelte die Tür seines Wagens. Er sah aus, als hätte er schlechte Laune.

»Was zum Teufel wollte der Commander hier?«, fragte er wütend.

Tennison, die zu ihrem eigenen Auto ging, drehte sich um. »Mike – das Urteil muss ›Selbstmord‹ lauten«, beruhigte sie ihn. »Alles andere ist unvorstellbar.«

Kernan blickte finster drein. »Währenddessen wird mein Präsidium von Duhra als Brutstätte von Rassismus und Brutalität dargestellt. Tja, ich kann mich wohl von meiner Beförderung verabschieden. Dank zweier schwarzer Bastarde …«

Tennison starrte ihn an und war von Grund auf schockiert. »Wie bitte?«

»Nun … Sie wissen, was ich meine«, murmelte Kernan und warf ihr einen verlegenen Blick zu.

»Nein, das tue ich nicht.«

»Oh, um Gottes willen …«, sagte er müde, stieg mit einem schweren Seufzer in den Wagen und schlug die Tür zu.

AUSNAHMSWEISE HATTE Tennison einen entspannten Abend zu Hause. In ihrer Aktentasche befand sich zwar Papierkram, der dringend durchgesehen werden musste, aber sie dachte, zum Teufel damit. Sie war nicht in der Stimmung, sich zu irgendetwas aufzuraffen. Die Untersuchung ging ihr nicht aus dem Kopf. Solange sie nicht abgeschlossen war und das Urteil nicht vorlag, konnte sie sich auf nichts mehr konzentrieren.

Nach einer langen, wohltuenden Dusche zog sie sich einen Pyjama und ihren luxuriösen Morgenmantel aus chinesischer Seide an, ein besonderes Geschenk an sich selbst. Sie war nicht die Art von Frau, die sich verhätschelte, aber gelegentlich verspürte sie das Bedürfnis, sich etwas Extravagantes zu gönnen, und pfiff auf die Kosten.

Sie hatte niemanden erwartet, schon gar nicht Bob Oswalde. Sie ließ ihn herein und fragte sich, ob das klug war, aber sobald sie seinen verzweifelten Gesichtsausdruck sah, fühlte sie mit ihm. Er trug einen langen Mantel und darunter den dunklen, konservativen Anzug, in dem er bei Gericht aufgetreten war. Er war höflich und zaghaft, aber sehr verkrampft, was sie daran erkennen konnte, wie er in der Mitte des Raumes stand, sich mit ruckhaften, fahrigen Bewegungen umschaute und seine Handflächen rieb.

»Es tut mir leid, dass ich einfach so auftauche. Ich musste mit jemandem reden.«

Sie warf ihm einen forschenden, gewitzten Blick zu. »Mit *jemandem*?«

Er sah sie an und biss sich auf die Lippe. »Mit dir.«

Sie deutete auf den Sessel, und er setzte sich, stützte die

Ellbogen auf die Knie und starrte auf den Teppich. »Ich weiß einfach nicht, was in jener Nacht mit mir los war. Als sie mir das Zeug heute vorgelesen hat, da fand ich es«, er schluckte und zog die Brauen zusammen, »so offensichtlich, dass Tony Allen gefährdet war und ich ihn schikaniert habe. Aber warum …?«

Sein Gesicht war gezeichnet. Er sah aus, als litte er Schmerzen. Sie wandte sich dem Tablett auf dem kleinen, verzierten Tisch zu und schenkte zwei reichliche Gläser Glenlivet ein, brachte sie zurück und reichte ihm eines.

Oswalde hielt es in der Hand, ohne daraus zu trinken. »Vielleicht haben die recht«, sagte er nach einer Ewigkeit. »Vielleicht bin ich tatsächlich eine Kokosnuss.«

Tennison setzte sich auf das Sofa und strich ihren Morgenmantel über ihr Knie. »Ja, das habe ich sie rufen hören. Was hat das zu bedeuten?«

»Kokosnuss oder Bounty-Riegel – außen braun, innen weiß.« Seine Stimme klang bitter.

»Ich hätte gedacht, dass es ein bisschen komplexer ist, Bob.«

Er hob den Kopf. »Glaubst du, dass ich für seinen Tod verantwortlich bin?«

Er sah so verzweifelt aus, dass sie dem Drang widerstehen musste, zu ihm zu gehen, ihre Arme um ihn zu legen und ihn zu trösten. Stattdessen sagte sie fest und wahrheitsgemäß: »Nein, das glaube ich nicht. Aber es kommt darauf an, was du denkst.«

Der Schmerz in seinen Augen mischte sich mit Angst. Er sagte heiser: »Ich denke, ich habe ihn so gut wie getötet.« Abrupt stellte er das Glas auf dem Teppich ab und stand auf. »Ich muss gehen.«

Tennison erhob sich ebenfalls. »Du kannst bleiben, wenn du willst.«

»Nein. Ich gehe besser.«

Sie begleitete ihn hinaus und ging mit ihm den Flur

entlang bis zur Haustür. Auf der Treppe, sich gegen die Kälte abschirmend, sagte Tennison: »Ruf mich an, wenn du reden willst.«

»Danke.«

Mit dem Gefühl, ihn im Stich gelassen zu haben, ihm nicht geholfen zu haben, streckte sie die Hand aus, zog seinen Kopf nach vorne und küsste ihn sanft auf die Lippen. »Pass auf dich auf.«

Sie sah ihm nach, wie er die dunkle Straße hinunterging, die Schultern gebeugt, und der Mantel flatterte um seine langen Beine. Im Schatten eines Baumes, direkt gegenüber, hielt Jason den Finger auf dem Auslöser und dachte sich, er könnte hierfür genauso gut alle sechsunddreißig Bilder verbrauchen, weil er den Film morgen früh sowieso als Erstes entwickeln lassen würde.

»Und um dreiundzwanzig Uhr zwanzig unterbrachen Sie Sergeant Oswalde und baten um eine Unterredung mit ihm.« Mrs Duhra sah von den Notizen auf, die sie mit DI Frank Burkin im Zeugenstand durchging. »Weil Sie über die Art und Weise, wie Sergeant Oswalde die Befragung durchführte, besorgt waren?«

»Nein, Ma'am.«

»Sie waren also nicht um die Sicherheit oder das Wohlergehen von Tony Allen besorgt?«, hakte Mrs Duhra nach, wobei sich ein Hauch von Überraschung, ja sogar Ungläubigkeit in ihre Stimme mischte.

»Nein, Ma'am.«

»Warum wollten Sie dann diese Unterredung?«

»Ich war der Ansicht, dass eine bestimmte Art der Befragung erfolglos war«, erwiderte Burkin mit beständiger Monotonie, als hätte er seine Antwort einstudiert, was natürlich der Fall war. »Ich wollte Sergeant Oswalde eine andere Vorgehensweise vorschlagen.«

»Ich verstehe.« Mrs Duhra warf einen Blick in Richtung der Geschworenen, um ihre absolute Skepsis zu verdeutlichen, und wandte sich dann wieder Burkin zu. »Sie haben also *nichts* an Tony Allens Verhalten bemerkt, was Sie beunruhigt hätte?«

Burkins Gesicht war unbeweglich, sein Blick undurchsichtig. »Nein. Überhaupt nichts, Ma'am. Was passiert ist, kam für mich völlig überraschend. Und es war ein Schock.«

Die Verwandlung, so dachte Tennison, war wirklich unglaublich. Keine Spur war mehr von den Tätowierungen zu finden, den Ohrringen, dem verfilzten Haar und dem Fünftagebartwuchs. Stattdessen wartete dort im Zeugenstand ein vorzeigbarer junger Mann mit Kurzhaarschnitt, der einen ordentlichen dunklen Anzug, ein blassgrünes Hemd und eine marineblaue Krawatte trug. Der ehemalige Betrunkene war so herausgeputzt, dass er sich selbst nicht erkannt hätte, wäre er sich auf der Straße begegnet.

Mrs Duhra hatte einen freundlichen Zeugen vor sich, den sie entsprechend behandelte.

»Mr Peters, Sie saßen in der Zelle neben Tony Allen, in der Nacht, als er starb.«

»Ja, Miss.«

Und höflich war er auch noch, dachte Tennison. Ein so wohlerzogener junger Mann würde nicht im Traum daran denken, ›Scheiß Faschistenschweine‹ zu brüllen.

»Haben Sie etwas gesehen oder gehört, das für diese Untersuchung relevant ist?«

Der bekehrte Miesepeter fuhr mit einem Finger in seinen Kragen und öffnete den obersten Knopf. »Ich habe die Leiche gesehen. Sie wollten nicht, dass ich das mitbekomme. Sie wollten mich wegbringen, aber ich sah ihn auf dem Boden der Zelle liegen.«

»Ich verstehe. Sonst noch etwas?«

»Ja, Miss. Ich hörte den Gefangenen schluchzen. Er versuchte, der Polizei mitzuteilen, dass er nicht mehr atmen könne. Ich hörte, wie einige Polizisten gegen seine Zellentür traten, ihn anschrien und ihm sagten, er solle still sein. Dann hörte ich, wie er sie bedrohte.«

Er hielt inne, als hätte man ihn dazu aufgefordert, und Mrs Duhra griff das Gesagte auf.

»Wie er sie bedrohte? Womit genau hat er ihnen gedroht?«

»Damit, sich umzubringen. Wenn sie ihn nicht aus der Zelle lassen würden, würde er …«

Seine Worte gingen in dem Tumult auf der Tribüne unter. Der Gerichtsbeamte stand auf, rief die Anwesenden zur Ruhe, und der Lärm legte sich.

»Er hat also gedroht, sich umzubringen«, sagte Mrs Duhra. »Fahren Sie fort.«

»Ich hörte, wie ein Polizeibeamter – ich bin nicht sicher, welcher – ihn anschrie.«

»Was hat der Polizeibeamte gerufen?«

Wahrscheinlich genoss er seinen Auftritt und antwortete mit lauter Stimme: »›Na los, du Affe, häng dich auf!‹« Auf der Tribüne brach ein Tumult aus. Die Leute sprangen auf und schwangen die Fäuste. Der Miesepeter fuhr fort: »Sie schrien alle: ›Mach schon. Mach schon. Mach schon.‹«

»Ruhe!« Der Gerichtsbeamte war wieder auf den Beinen. »*Ruhe!*«

Der Lärm schwoll wieder ab, doch diesmal setzte sich ein wütendes Grollen fort, wie ein entfernter und doch unheilvoller Donner. Sarah Allen war schon halb auf den Beinen, ihr Vater zog sie an ihrem Arm. Esme neigte den Kopf zur Seite und weinte leise, riesige Tränen rieselten über ihr Gesicht.

Der Untersuchungsrichter wurde ungeduldig und musste eine Weile warten, bis man ihn wieder verstehen konnte.

»Sydney Peters, können Sie den Geschworenen erklären,

wie es dazu kam, dass Sie in der Nacht, in der Anthony Allen starb, in der Zelle neben ihm saßen?«

»Ich war verhaftet worden, Sir«, sagte der Miesepeter kleinlaut. »Weil ich betrunken war, Sir.«

»Mr Peters, stimmt es, dass Sie Mitglied bei den Anonymen Suchtkranken sind?«

»Ja, Sir.«

»Vielleicht könnten Sie den Geschworenen sagen, warum das so ist.«

Der Miesepeter blinzelte und schenkte den Geschworenen ein einschmeichelndes Lächeln. »Weil ich, meine Damen und Herren, früher süchtig nach verschiedenen Rauschmitteln war.«

»Danke, Mr Peters«, sagte der Untersuchungsrichter eisig.

Der plumpe Versuch des Untersuchungsrichters, ihren Zeugen zu diskreditieren, verursachte ein flüchtiges süffisantes Lächeln auf Mrs Duhras Gesicht. Seine Aussage war gehört worden, darauf kam es an, und was gesagt worden war, konnte nicht wieder zurückgenommen werden.

Tennison kramte in BH und Slip im Schrank nach einer sauberen Bluse, als am nächsten Morgen um zwanzig nach acht das Telefon klingelte. Sie ließ sich auf das Bett fallen und streckte die Hand aus, um den Hörer abzunehmen. Sie lauschte und sagte dann scharf: »Wer sind Sie? Und warum sollte ich diesen Schund lesen wollen?«

Jason stand in einer Telefonzelle nahe der Küste. Es war ein herrlicher Tag hier unten, über ihm ein klarblauer Himmel, die Sonne glitzerte auf den Wellen und ließ die Segel der Yachten, die zu einer morgendlichen Fahrt in die Bucht aufbrachen, wie blendend weiße Dreiecke erstrahlen.

Er sagte seidenweich: »Ich denke, Sie werden etwas darin finden, das Sie amüsiert. Versprechen Sie mir jetzt, dass Sie sich eine Ausgabe kaufen.«

»Wer sind Sie?«

Jason legte auf. Eigentlich wollte er das nicht, denn er mochte den Klang ihrer Stimme, aber es hätte gefährlich sein können, in der Leitung zu bleiben. Sie hatte eine sexy Stimme. Und sexy sah sie auch aus, eine schöne Figur, große Titten. In der Regel mochte er sie jung, je jünger, desto besser, weil sie dann unschuldig und beeinflussbar waren. Aber in ihrem Fall hätte er eine Ausnahme gemacht. Er hätte ihr ein paar Drinks gegeben, sie bis auf BH und Höschen ausgezogen, die Pentax geladen und einen Film geschossen. Und danach, na ja, wer weiß? Es hätte ihr Glückstag sein können, ein Stück pochendes junges Fleisch. Man sagte, die Älteren wüssten eine gute, kräftige Nummer zu schätzen.

Jason trat aus der Telefonzelle auf die sonnige Promenade. Er atmete ziemlich schwer, und seine Erektion scheuerte im engen Schritt seiner Jeans.

Gemächlich ging er los, sein schwarzes T-Shirt unter der offenen Windjacke klebte feucht an ihm, und suchte nach Unterhaltung, Ablenkung, Nervenkitzel.

Sarah Allen war gerade auf dem Weg in die Küche, als sie die Post in den Briefkasten fallen hörte. Oben beklagte sich ihr neunjähriger Bruder David, dass er seine Schuhe nicht finden konnte und dass Miss Hoggard ihn nachsitzen lassen würde, wenn er wieder zu spät käme. Aus dem Badezimmer, gedämpft durch das Geräusch von fließendem Wasser, ertönte der dröhnende Bass von Vernons Antwort.

Sarah blätterte durch die Rechnungen und den Werbekram, um zu sehen, ob etwas für sie dabei war. Da war etwas. Sie riss den großen Briefumschlag auf und nahm ein Bündel von Hochglanzfotos im Format zehn mal acht heraus. Zuerst fiel ihr nur auf, dass diese eine junge, schlanke, nackte schwarze Frau zeigten, die ein Handtuch um den Kopf gewickelt hatte. Dann keuchte sie auf, als sie erkannte, dass sie es war. Entsetzt und völlig ungläubig starrte sie die körnigen Bilder von sich selbst an, die offenbar mit einem starken Zoomobjektiv in ihrem eigenen Schlafzimmer aufgenommen worden waren.

Auf der Rückseite eines von ihnen stand etwas geschrieben. Sarah befand sich in einem solchen Schockzustand, dass sie es zweimal lesen musste, bevor sie die Botschaft begriff. Ihre Beine wurden zu Pudding. Zitternd und krank vor Angst steckte sie die Fotos zurück in den Umschlag und schob ihn unter ihren Pullover, als Esme die Treppe herunterkam.

An der Küste mochte es herrlich sonnig sein, aber in London goss es in Strömen. Tennison kam aus dem Kiosk und rannte durch den Regen zu ihrem Auto. Sie setzte sich hinter das Steuer und schüttelte sich das kalte Regenwasser aus den Haaren. Dann klappte sie die Boulevardzeitung auf und blätterte hastig die Seiten um. Sie brauchte nicht lange zu suchen. Da war es, auf Seite fünf, eine fette Schlagzeile, die ihr direkt in die Augen stach.

DAS DUNKLE GEHEIMNIS DES TOP-COPS

Darunter drei trübe Fotos, auf denen zwei sich küssende Gestalten auf einer Türschwelle eindeutig als Bob Oswalde und sie selbst zu erkennen waren; und als ob das nicht schon schlimm genug wäre, trug sie auch noch einen Pyjama und diesen verdammten chinesischen Seidenmantel.

Tennison ließ sich im Sitz zurücksinken. In ihrem Kopf

ging es zu wie in einem Schneesturm, die Gedanken wirbelten haltlos umher. Sie brauchte ein paar Minuten, um sich wieder zu fassen, sich zu beruhigen. Danach wusste sie, was sie zu tun hatte. An der Ecke gab es eine Telefonzelle. Sie rannte dorthin und rief Mike Kernan zu Hause an, in der Hoffnung, ihn noch zu erwischen, bevor er ging. Gott sei Dank war er noch nicht unterwegs. Er hörte ihr zu, schien aber nicht sofort zu begreifen, worum es ging.

Vor Zorn und Frustration kochend, erklärte Tennison wütend: »Das ist eine Drohung. Von Jason – er ist der Fotograf.« Sie nickte energisch und verteilte Regentropfen um sich herum. »Ja, selbstverständlich gehe ich vor Gericht! Ich werde ihnen nicht diese Genugtuung geben. Jemand muss Oswalde vorwarnen …«

Im selben Moment saß Oswalde in einem Café in einer Seitenstraße, fast gegenüber dem Gerichtsgebäude, und verzehrte Speck und Eier. Er trank gerade seinen Kaffee aus, als Burkin mit einem abfälligen, wissenden Grinsen hereinkam. Das gefiel ihm; er fand es an der Zeit, dass diese hochnäsige, selbstgefällige Schlampe bekam, was sie verdiente.

Auf dem Weg zum Tresen blieb er kurz stehen, wedelte Oswalde unhöflich mit einer gefalteten Zeitung vor der Nase herum und knallte sie auf den Tisch.

»Was soll das?«

»Seite fünf.«

»Was soll das?«, wiederholte Oswalde.

»Spiegelei, Speck und Bohnen, zwei Toasts, dazu eine Tasse Tee bitte, Liebes.« Burkin brachte seinen Tee an den Tisch und ließ sich neben Oswalde nieder. »Seite fünf«, meinte er grinsend. »Das erklärt, warum der Boss so scharf darauf war, sich auf deine Seite zu schlagen, als Tony sich umgebracht hat.«

Oswalde hatte den Artikel gefunden. Er las die Überschrift und starrte ausdruckslos auf das Bild, zu geschockt, um irgendetwas zu fühlen.

Burkin rührte in seinem Tee. »Also sag mir, ist sie gut? Hat sie Tricks auf Lager?« Er grinste Oswalde anzüglich an und gab ihm einen verschmitzten Stups. »Ich wette, sie mag es obenauf, nicht wahr?«

Oswalde erhob sich hastig, erwischte dabei Burkins Ellbogen und stieß seine Tasse um. Der heiße Tee ergoss sich in Burkins Schoß, und auch er stand rasch auf und presste ein »*Scheiße!*« heraus. Als er mit zusammengekniffenen Lippen aufblickte, fiel die Tür hinter Oswalde zu.

Es WAR der letzte Tag der Untersuchung, und es herrschte eine nervöse Anspannung, als sich das Gericht schnell füllte. Tennison nahm neben Kernan Platz, der sie mit Argusaugen anstarrte. Inzwischen hatte er die Schlagzeile in der Boulevardpresse gesehen, ein weiterer Nagel im Sarg seiner Aufstiegschancen. Er wusste nicht, ob er ihr das jemals verzeihen konnte, und er war sich auch nicht sicher, ob er das überhaupt wollte.

Beide beobachteten, wie Familie Allen hereinkam. Tennison war nicht darauf aus, deren Blicke auf sich zu ziehen, denn bis heute waren es reine, unverfälschte Wut und Hass gewesen, die auf die von der Polizei besetzten Bänke gerichtet waren, insbesondere von Sarah. Jetzt sah Sarah sie direkt an, mit einem Ausdruck, den Tennison nicht ergründen konnte. Fast so, als ob sie mit ihr fühlte oder zumindest verstand, was Tennison nach den schäbigen Enthüllungen in der Zeitung von heute Morgen durchmachen musste. Es war verwirrend. Sie hätte erwartet, dass Sarah sich in ihrem Unbehagen suhlte – sich geradezu daran weidete – und dennoch tat sie es nicht, und Tennison fragte sich, warum.

Alle Anwesenden erhoben sich, als der Untersuchungsrichter eintrat, und nahmen dann wieder Platz. Die Zuschauertribüne war mit schwarzen Gesichtern gefüllt. Völlige Stille senkte sich wie ein Leichentuch, als der Richter mit seiner Zusammenfassung begann.

»Meine Damen und Herren Geschworenen. Es ist an der Zeit, dass Sie sich zurückziehen und über Ihr Urteil beraten. Bevor Sie dies tun, möchte ich Ihnen einen Rat geben. Es gibt eine Reihe möglicher Urteile, aber ich denke, unter den gegebenen Umständen sollten Sie Ihre Aufmerksamkeit vor allem auf drei konzentrieren.«

Er hielt inne und nannte sie einzeln und deutlich, damit es keine Verwirrung gab.

»Widerrechtliche Tötung. Unfall. Selbstmord.«

Auf der Tribüne ging ein Raunen durch die Menge.

Drei mögliche Urteilssprüche, aber nur einer würde sie zufriedenstellen und davon überzeugen, dass der Gerechtigkeit Genüge getan worden war.

Während der Pause, als die Geschworenen nicht anwesend waren, betrat Tennison das weiß gekachelte Erdgeschoss, das als Warteraum diente, um eine Zigarette zu rauchen.

Sie saß abseits von allen anderen, denn sie wollte allein sein. Außerdem befand sich die Familie Allen dort unten, umgeben von Freunden und Unterstützern, die zuvor die Zuschauertribüne bevölkert hatten.

Deshalb war sie überrascht, als Sarah auf sie zukam und sich nach kurzem Zögern neben sie setzte.

Sie schaute Tennison auf dieselbe einvernehmliche Art wie beim Betreten des Gerichtssaals an, als ob sie eine verborgene Sorge teilten.

»Es tut mir leid, dass die Klatschpresse so viel Mist geschrieben hat.«

»Mir auch«, sagte Tennison gefühlvoll und paffte an ihrer Zigarette.

»Die habe ich heute Morgen erhalten.« Sarah schaute sich um, nahm, durch ihren Körper abgeschirmt, einen braunen Umschlag aus ihrer Tasche und reichte ihn herüber. »Vom gleichen Absender, würde ich sagen. Nein – sehen Sie sich das nicht in der Öffentlichkeit an«, sagte sie rasch, als Tennison die Lasche anhob. Dann stand sie auf und begab sich wieder zu ihrer Familie.

Auf der Damentoilette nahm Tennison die Fotos aus dem Umschlag und betrachtete sie.

Jasons Handarbeit, keine Frage. Er und sein phallisches Zoomobjektiv, das er an unerwünschter Stelle einsetzte.

Jetzt wusste sie, warum sich Sarahs Haltung ihr gegenüber so dramatisch verändert hatte. In dieser Angelegenheit waren sie Schwestern, zwei weibliche Opfer desselben hässlichen, kranken männlichen Geistes.

Sie las die mit grünem Filzstift hingekritzelte Nachricht.

DENK NICHT EINMAL DARAN, MIT DIESER
VERFLUCHTEN TENNISON ZU SPRECHEN.
ICH BEOBACHTE DICH.

Tennison spürte, wie sich ihr Zorn zur Weißglut steigerte.

Nicht wegen dem, was er über sie geschrieben hatte, daran verschwendete sie keine Sekunde.

Es war seine schiere egoistische Arroganz, die sie wütend machte. Der prahlerische Fiesling, der sich zu den niedrigsten, gemeinsten und feigsten Tricks herabließ und glaubte, damit durchzukommen. Bis hin zu Vergewaltigung, Unzucht und Mord.

Gott, sie würde diesen kleinen Scheißer drankriegen, und wenn es das Letzte wäre, was sie tat.

Der Gerichtsbeamte wartete, bis völlige Stille eingekehrt war.

»Und haben Sie ein Urteil gefällt?«, fragte er.

Der Vorsitzende der Jury erhob sich. »Das haben wir. Das Urteil lautet Selbstmord.«

Die Menge an Reportern, Fotografen und Fernsehteams drohte in einen Aufruhr auszuarten, während sie darum rangen, möglichst nahe an Vernon und Esme Allen heranzukommen, als diese die Stufen des Gerichtsgebäudes hinunterstiegen. Esme weinte offen, in der schützenden Umarmung ihres Mannes, der sich den Weg zum wartenden Taxi bahnte. Hinter ihnen strömten nach und nach ihre Freunde und Unterstützer durch die Türen, immer noch wütend und über das Urteil schimpfend. Die antirassistischen Demonstranten schlossen sich ihnen an. »Kokosnuss«- und »Bounty-Riegel«-Rufe wurden laut, als Oswalde erschien. Er kämpfte sich die Treppe hinunter und wurde von allen Seiten geschubst und angerempelt.

Tennison und Kernan wurden weitgehend ignoriert. Sie schlüpften durch, während die Medien sich auf die Familie stürzten, um Aufnahmen von Esta und dem kleinen Mädchen zu machen, die von Sarah begleitet wurden.

Vernon tat sein Bestes, um Esme in das Taxi zu bekommen. Sie war hysterisch, schwankte und schüttelte den Kopf wie eine Betrunkene. »Er würde sich nicht umbringen, niemals«, jammerte sie. »Er hatte keinen Grund dazu. Er sollte dieses Wochenende heiraten …«

Die Fotografen rückten näher, Blitzlichter lösten sich.

»Er liebte seine Tochter, seine Familie, er war immer ein fröhlicher Junge … Er würde sich niemals umbringen!«

Sarah, die Cleo im weiter hinten geparkten Taxi in Estas Arme legte, richtete sich auf und blickte über die Menge hin zu Tennison. Die Augen der beiden Frauen trafen sich und hielten einander fest. Beide wussten, dass Esme, die trauernde Mutter, sich selbst etwas vormachte. Tony war weit davon entfernt gewesen, ein glücklicher Junge zu sein; vielmehr war er innerlich zerfressen gewesen von einem schrecklichen Wissen, einem Geheimnis, das er mit ins Grab nahm.

Als sie Sarah in das Taxi steigen sah, fragte sich Tennison, wie viel von diesem Geheimnis sie mit ihrem Bruder teilte. Wie viel die beiden tatsächlich über die Ursache und die Umstände des brutalen Mordes an Joanne Fagunwa wussten.

Tennison fuhr die Chancery Lane hinunter, bog links in die Fleet Street ein in Richtung Ludgate Circus. Sie hatte beschlossen, dass das Präsidium für ein paar Stunden ohne sie auskommen konnte. Es war kurz nach zwölf; sie würde eine ausgedehnte Mittagspause einlegen und sich vielleicht bei *Sainsbury's* mit Tiefkühlgerichten eindecken.

Der Regen prasselte immer noch herunter, als sie an der Ampel bei der Kreuzung der Shoe Lane wartete. Während sie durch die Windschutzscheibe schaute, fiel ihr Blick auf den Umschlag, den Sarah ihr gegeben hatte. Er lag hinter dem Lenkrad auf dem Armaturenbrett. Tennison beugte sich vor und runzelte die Stirn. Da war ein Poststempel. Natürlich gab es einen Poststempel, wenn das verdammte Ding per Post verschickt worden war! Da hätte sie auch gleich drauf achten können! Sie nahm den Brief hoch. Der Poststempel besagte ›CLACTON‹ und war mit dem gestrigen Datum versehen.

Anstatt rechts abzubiegen, wechselte Tennison auf die linke Spur, erntete dafür einige Blicke, zeigte ihnen den Stinkefinger und fuhr die Farringdon Street hinauf, zurück in Richtung Southampton Row.

Sie stürmte in die Einsatzzentrale, wickelte ihren langen Schal ab und war bereits halb aus ihrem Regenmantel heraus. Die Exemplare der reißerischen Boulevardzeitung waren schnell weggeräumt. Sie ließ sich nicht anmerken, sie je gesehen zu haben, und selbst wenn, waren sie ihr egal.

»Richard.«

»Ja, Chef.«

»Machen Sie sich erneut an die Campingplätze. Beginnen Sie in Clacton und allen anderen im selben Postbezirk. Und dann arbeiten Sie sich von dort aus entlang der Küste von Essex vor. Schnell, bitte.«

Haskons machte sich sofort an die Arbeit und teilte das Team ein, um die Suche zu starten.

Jason hatte sie gut fünf Minuten lang beobachtet, bevor er den ersten Schritt tat. Sie trug einen Anorak über einer weißen Bluse und einen grauen Faltenrock, weiße Söckchen und Adidas-Turnschuhe. Eine Studentin – die erkannte er schon aus einer Meile Entfernung. Sie steckte Münzen in einen Spielautomaten. Das war der vierte, den sie in der Spielhalle am Ufer ausprobierte, und bei diesem Tempo würde sie binnen kürzester Zeit kein Geld mehr haben.

Er umkreiste sie und kam näher. Neunzehn, schätzte er, eventuell gerade zwanzig geworden. Reif wie ein Pfirsich, der darauf wartete, gepflückt zu werden. Ein festes Paar Titten, die sich unter der gestärkten Bluse abzeichneten. Ein schöner Hintern war auch dabei. Er mochte einen schönen festen Hintern.

Er kam auf sie zu, lehnte sich lässig an den Automaten, den sie bearbeitete, und begann, laut aus der Boulevardzeitung in seinen Händen vorzulesen, die er auf der Seite mit dem Pin-up aufgeschlagen hatte.

»Die hübsche Donna aus Clacton. Neunzig, sechzig, neunzig. Das bist du, stimmts?«

»Was?«, sagte das Mädchen und kaute Kaugummi. Sie hatte kleine, sehr weiße Zähne und einen weichen, flaumigen

Teint. Ihr langes dunkles Haar war zu einem strengen, strähnigen Dutt hochgesteckt, der aber nicht verbergen konnte, wie hübsch sie war.

»In der Zeitung.« Jason drehte sich um und zeigte ihr das Bild des Mädchens, das den Rücken krümmte und sich leicht vorbeugte, sodass ihre Brüste nach unten hingen und die Brustwarzen sich aufrichteten. »Du bist Donna.«

Die Studentin warf ihm unter ihren Wimpern einen Blick zu.

»Dreckiger Widerling«, sagte sie, aber sie lachte dabei.

KAPITEL DREIZEHN

Der junge David nahm den Hörer ab. »Bleiben Sie bitte dran«, sagte er, höflich wie immer, und rief aus: »Sarah – Telefon.«

Sarah kam aus der Küche und wischte sich die Hände an einem Geschirrhandtuch trocken. Sie warf einen Blick die Treppe hinauf, wo das ungehaltene Schluchzen ihrer Mutter die Luft zerriss. Seit einer Stunde weinte sie fast ununterbrochen auf diese Weise. Vernon hatte den Arzt herbeirufen müssen, und sie waren jetzt mit Esme im Obergeschoss.

»Wer ist dran?«, fragte Sarah und nahm den Hörer entgegen.

»Ich weiß es nicht.« David ging in die Küche.

»Hallo?« Es war Tennison. Sarah erstarrte. Sie schüttelte den Kopf und sah sich verstohlen um, als ihr Vater und ihr Hausarzt die Treppe herunterkamen. Mit leiser Stimme sagte sie: »Es ist gerade ungünstig …«

Vernon kam in den Flur. »Danke, Doktor. Vielleicht wird sie jetzt schlafen.«

Er öffnete die Tür zum Vorraum und geleitete den Arzt hinaus.

»Warten Sie kurz.« Sarah trug das Telefon ins Wohnzimmer und schob die Tür mit dem Fuß zu. »Okay.«

Tennison klang ernst und nachdrücklich. »Wir können ihn damit nicht davonkommen lassen, Sarah. Er darf uns nicht auch noch zu seinen Opfern machen.«

Sarah schaute an die Decke. Die Schluchzer ihrer Mutter waren wie Sägeblätter, die durch ihr Gehirn schnitten. Sie wusste nicht, wie lange sie das noch aushalten konnte. Sie sah sich hektisch im Zimmer um, als ob sie eine Fluchtmöglichkeit suchte, und fasste dann einen Entschluss. »Also gut. Aber inoffiziell. Ich werde nicht als Zeugin aussagen. Morgen …«

»Nein, heute Abend«, insistierte Tennison. »Bitte.«

Sarah schloss fest ihre Augen und atmete ein. »Also schön. Ich könnte es wahrscheinlich gegen sieben schaffen.«

»Ich danke Ihnen. Auf Wiedersehen.«

Sarah legte den Hörer auf. Ihre Hände waren schwitzig, und sie zitterte am ganzen Körper. Über ihrem Kopf hörte sie Esmes gebrochenes Schluchzen, immer und immer wieder.

In der Einsatzzentrale herrschte hektisches Stimmengewirr und Telefongeklingel. Jedes Teammitglied hatte einen Abschnitt der Küste von Essex zugeteilt bekommen, von Burnham-on-Crouch bis Harwich, und überprüfte jeden Campingplatz in einem weiten Umkreis von Clacton. Tennison an ihrem Schreibtisch überwachte das geschäftige Treiben, kaute auf einer Nicorette und wartete gespannt auf das erste Anzeichen einer positiven Spur.

Es war Gary Rosper, der das Glück auf seiner Seite hatte. Er knallte den Hörer auf die Gabel und war sofort auf den Beinen. Mit leuchtenden Augen huschte er durch den Raum zu Tennison und wedelte mit seinem Notizblock. »Das Shangri-friggin'-la, Walton-on-the-Naze.«

»Wo zum Kuckuck ist das?« Tennison runzelte die Stirn.

»Das weiß der Teufel.« Rosper wusste es schon mal nicht.

»Richard«, rief Muddyman Haskons zu, der bereits

dabei war, eine großformatige Karte zu entfalten. »Walton-on-the-Naze.«

Alle versammelten sich. Muddyman zeigte auf den Ort, neun Meilen nördlich von Clacton, direkt an der Spitze einer Halbinsel mit winzigen, verstreuten Inselchen, Buchten und Wattflächen.

»Wie lange wird es dauern, bis wir da hinkommen?«, fragte Tennison.

»Um diese Tageszeit etwa dreieinhalb Stunden«, schätzte Muddyman.

»Ich möchte, dass Oswalde hinfährt«, sagte Tennison. Sie ignorierte die Blicke, die hin- und hergetauscht wurden, und fuhr knapp fort. »Informieren Sie die örtliche Dienststelle. Sagen Sie ihnen, sie sollen sich bereithalten, bis er eintrifft.«

»Warum Oswalde?«, wollte Muddyman wissen und sprach die Frage aus, die keiner der anderen zu stellen wagte.

»Weil ich es sage.«

Darauf war nichts zu erwidern. Haskons rief Oswalde zu Hause an und bat ihn, seine Stiefel zu schnüren. Nach drei Tagen in einem stickigen Gerichtssaal wäre ein Aufenthalt am Meer eine willkommene Abwechslung.

Mit professionellem Blick durchstöberte Jason das Regal mit den gerüschten Slips, Cami-Tops und französischen Spitzenhöschen. Er entschied sich für ein süßes, pfirsichfarbenes Modell mit plissierten Seiten und vorne einem durchsichtigen Spitzeneinsatz. Mit einem listigen, berechnenden Blick in seinen blassblauen Augen ging er zur Umkleidekabine hinüber und schob den Plastikvorhang beiseite.

»He«, rief Sandra. In BH und Höschen wandte sie sich ab, um sich zu bedecken. Er hatte sich nicht getäuscht. Obenrum war sie gut gesegnet. Das würde ein Vergnügen werden.

»Schau mal, Sandy.« Jason grinste. »Probier mal die an.«

Sie nahm den plissierten französischen Slip und betrachtete ihn ausgiebig, während er am offenen Vorhang verweilte. »Na mach schon.«

Jason schürzte die Lippen und warf ihr einen feuchten Kuss zu, bevor er sich abwandte. Seine Brust fühlte sich eng an, sein Atem drängte sich in seinem Hals.

Oswalde brauchte etwas mehr als drei Stunden, um den Campingplatz in Walton-on-the-Naze zu erreichen. Drei Beamte der örtlichen Kriminalpolizei von Essex erwarteten ihn im Büro des Campingplatzbetreibers. Er übernahm das Kommando und sagte ihnen, sie sollten hierbleiben, bis er sich ein Bild von der Lage gemacht habe. In Begleitung des Betreibers ging er den abschüssigen Kiesweg hinunter, vorbei an mehreren Reihen von Wohnwagen bis zu dem einen, der Jason Reynolds gehören sollte. Vom Meer her wehte eine kühle Brise, und Oswalde war froh, dass er einen dick gestrickten Rollkragenpullover und seine Lederjacke angezogen hatte.

Der Platz war auf zwei Ebenen angelegt. Jasons Wohnwagen, gelb gestrichen und mit glänzenden Metallstreifen an den Seiten, befand sich auf der oberen Ebene; darunter sammelten sich dreißig oder vierzig weitere Wohnwagen in einem Bereich, der an die Sanddünen grenzte, und dahinter fiel das Gelände steil zum Strand hin ab, einer ausgedehnten Fläche aus ebenerdigem, nassem Sand, die, so weit das Auge reichte, menschenleer war.

Da gerade Nebensaison war, war niemand zu sehen. Jede Bewegung, so stellte Oswalde mit Genugtuung fest, würde sofort bemerkt werden. Er schaute auf seine Uhr. Es war ein paar Minuten nach sechs, und es wurde bereits dunkel. Über sein Mobiltelefon sprach er mit den Beamten im Büro des Platzbetreibers am Eingang.

»Ja, kommen Sie her … Einer von Ihnen bleibt im Büro

und passt auf. Die anderen beiden kommen zu mir an den Wagen, okay?«

Oswalde sah sich kurz um, dann ging er den kleinen geteerten Weg bis zur Tür hinauf. Sämtliche Fenster, so stellte er fest, waren mit schwarzen Vorhängen abgedeckt. Er versuchte, die Tür zu öffnen, und warf dem Platzbetreiber, einem plumpen, glatzköpfigen Mann mit grauen Haarbüscheln, die ihm über die Ohren ragten, einen fragenden Blick zu.

Doch der zuckte bloß mit den Schultern. »Ich habe keinen Schlüssel.«

Oswalde machte sich ans Werk. Innerhalb von zwei Minuten hatte er die Tür geöffnet. Drinnen war es stockfinster. Er tastete nach einem Schalter, worauf der Innenraum in rotes Licht getaucht wurde. Der gesamte Wohnwagen war zu einer Dunkelkammer umfunktioniert worden, ausgestattet mit Entwicklungsgeräten, einem fotografischen Vergrößerer, einem Abzugstrimmer, einfach allem.

»Ach du heilige Scheiße«, murmelte der Manager und starrte ins Innere.

»Würden Sie bitte draußen warten?« Oswalde zog die Tür zu und schaute sich um. Filmstreifen hingen an hölzernen Wäscheklammern herunter. An einer Korkplatte waren Dutzende Fotos von Mädchen angeheftet, die meisten in Schwarz-Weiß, ein paar in Farbe. Auf drei großen Drahttabletts lagen stapelweise Abzüge. Ganz oben fand sich eines von Sarah Allen, aufgenommen durch ihr Schlafzimmerfenster. Oswaldes Mund zuckte, als sein Blick auf einige Fotos von ihm und Tennison fiel, wie sie sich auf ihrer Türschwelle küssten. Er stopfte sie in seine Jacke und zog den Reißverschluss zu.

Einige Minuten später trafen die beiden Beamten der Kripo Essex ein.

Sie sahen ihn erwartungsvoll an, ihre Gesichter waren vom schwachen Licht gerötet.

»Wir müssen einfach abwarten, bis er auftaucht«, beschied Oswalde.

Tennison tat ihr Bestes, damit Sarah sich beruhigte. Das Mädchen war so angespannt, dass sie anfangs nur in Tennisons Büro saß, den Rücken starr, die Hände im Schoß verschränkt. Auf dem Revier war es nach dem anstrengenden Tag ruhig, die meisten Teammitglieder waren nach Hause gegangen, sodass sie nicht mehr gestört werden würden. Tennison übte sich in Geduld. Sie stellte keine Fragen und begnügte sich damit, Sarah das sagen zu lassen, was sie sagen wollte, ohne Druck und ohne Aufregung.

Natürlich drehten sich alle ihre unmittelbaren Gedanken um Tony. Sie waren sich sehr nahe gewesen; der Schmerz über seinen Tod war wie eine rohe Wunde, die Trauer um ihn stand ihr unverkennbar ins Gesicht geschrieben.

Schließlich begann sie sich mit leiser Stimme zu offenbaren, erinnerte sich, wie depressiv Tony geworden war.

»Ich glaube, als es ganz schlimm war, hörte er Stimmen. Ich weiß, dass er von Joanne träumte, Nacht für Nacht. Es war immer derselbe Traum, … dass sie lebendig begraben wurde. Er konnte jene gedämpften Schreie hören.« Sarahs große dunkle Augen trübten sich. Sie presste ihren Kiefer zusammen und kämpfte gegen die Tränen an. »Er konnte es nicht ertragen, allein zu sein. Enge Räume ließen ihn vor Angst erstarren. Wenn ich nur in der Nähe gewesen wäre, hätte ich es erklären können … aber Mum und Papa wollten einfach nicht glauben, dass mit ihm etwas nicht stimmte.«

Sie starrte kläglich ins Leere, überwältigt von Schuldgefühlen, weil sie ihren Bruder im Stich gelassen hatte, weil sie am College gewesen war, als er sie gebraucht hätte.

Tennison ließ eine kurze Stille entstehen. Dann sagte sie sanft: »Sarah, Sie könnten uns immer noch helfen, indem Sie uns sagen, was passiert ist.«

»… er hatte nie eine Freundin«, fuhr Sarah fort, hörte nicht zu, sondern folgte den Spuren ihrer eigenen Gedanken. »Niemand war verwunderter als ich, als Esta auf der Bildfläche erschien. Ich glaube nicht, dass das lange gehalten hätte, wäre sie nicht schwanger geworden.«

Tennison wusste, dass Sarah nach wie vor Kreise zog und sich für den Sprung wappnete, um die Wahrheit zu enthüllen. Aber hier, in der Vertraulichkeit dieses Büros, war das zwecklos. Es musste eine Aussage sein, die aus freien Stücken gemacht und auf Band aufgenommen wurde. Ansonsten führte das alles zu nichts.

Sie beugte sich vor und gewann Sarahs Aufmerksamkeit durch die Wucht ihres Blicks. »Bitte, Sarah …«

Sarah wandte den Kopf ab, und Tennisons Laune sank. Aber dann, als sie entschlossen und mit Tränen in den Augen wegschaute, nickte Sarah fast unmerklich. Tennison ließ ihren Atem entweichen.

Als sie sich im Restaurant an den Tisch setzte, wölbten sich Sandras Brüste über dem tief ausgeschnittenen Dekolleté des schwarzen Samtkleides. Dieses hatte auch am Rücken einen Ausschnitt, der offenbarte, dass sie keinen BH trug. Mit ihrem dunklen, üppigen Haar, das ihr in Kaskaden über die Schultern fiel, ihren Augen, die mit dunkelgrauem Lidschatten geschminkt waren, und dem Virgin-Rose-Lipgloss, der ihre vollen Lippen betonte, hätte sie leicht für Mitte zwanzig gehalten werden können. Jason war sehr zufrieden mit sich. Er konnte sie sich nach Belieben aussuchen.

Sandra war errötet und aufgeregt, schon ein bisschen beschwipst von den zwei Drinks, die sie im Pub getrunken hatte. Jason bestellte ein Pint für sich und einen Martini und Limonade für sie. Es war noch früh am Abend, und im Lokal war es ruhig, insgesamt waren nicht mehr als ein Dutzend Gäste anwesend, zumeist Paare.

»Können wir ein paar von diesen Papadams haben?«, fragte Sandra und zappelte in ihrem Stuhl.

Jason schmunzelte angesichts ihrer Verwechslung. »Dies ist ein chinesisches Restaurant, Sandy.«

»Ich weiß«, sagte sie schmollend und wurde rot.

»Ich bestelle für uns.« Er tätschelte ihre Hand. »Zerbrich dir nicht deinen hübschen kleinen Kopf.«

Als das Essen kam, wusste sie nicht, wie man Stäbchen benutzte, und musste mit einer Gabel essen. Jason orderte noch eine Runde Getränke, obwohl Sandra protestierte, dass sie schon genug getrunken habe. Ihre Augen waren glasig, und sie musste kichern. Jedes Mal, wenn Jason ihr etwas ins Ohr flüsterte, meist irgendeine plumpe sexuelle Anspielung, kreischte sie vor Lachen. Einige der anderen Gäste begannen, sich darüber zu ärgern. An einem Nachbartisch murmelte ein Mann zu seiner Begleiterin, dass es eine Schande sei und man diese Art Leute gar nicht erst ins Restaurant lassen dürfe.

Sofort war Jason auf den Beinen, der Hals geschwollen, die Fäuste geballt. Er stapfte hinüber und hielt seinen Kopf vor das Gesicht des Mannes.

»Was sagten Sie? Meine Art Leute? Was ist ›meine Art Leute‹, hm? Häh?« Weiß vor Wut schnappte er sich einen Teller voll Essen und warf ihn dem Mann in den Schoß. »Du Arschloch.« Er packte die Kante des Tisches und schmiss das ganze Ding um.

Zwei Kellner eilten herbei und meckerten auf Chinesisch. Jason scheuchte sie wütend fort. Er marschierte zurück zu seinem Platz, warf etwas Geld hin und winkte Sandra mit dem Daumen zu. »Komm schon, Schätzchen.«

Sandra erhob sich, und ein kleines, nervöses Lächeln umspielte ihre Lippen. Sie hatte noch nie erlebt, dass sich jemand so schnell und so plötzlich wandelte. Jetzt war er ein völlig anderer Mensch. Ein Schauer lief ihr über den

Rücken, aber sie tat, wie ihr geheißen, und folgte ihm ohne Widerspruch nach draußen.

In dem abgedunkelten Wohnwagen warteten Oswalde und die beiden örtlichen Kripobeamten. Sie hatten es sich in dem engen Raum so bequem wie möglich gemacht, Oswalde auf der Sitzbank unter dem Fenster, die beiden anderen auf Kissen am Boden. Von Zeit zu Zeit blickten alle drei hoffnungsvoll auf das Mobiltelefon, das aufrecht auf dem Waschbecken stand. Ihr Kollege im Büro des Platzbetreibers würde ihnen Bescheid geben, sobald Jason eintraf. Dann würden sie vorbereitet sein, wenn er durch die Tür trat. Oswalde unterdrückte ein Gähnen. Ein Leben voller Nervenkitzel und Aufregung bei der Polizei – dabei wurden jedoch die endlosen Stunden der Langeweile unterschlagen, während man darauf wartete, dass etwas geschah.

Auf dem geprägten Plastikschild in der Mitte der Tür stand:

VERHÖRRAUM MIT TONBANDGERÄT

Sarah hielt auf der Schwelle inne, als Tennison die Tür aufstieß und sie hereinbat. Zitternd fragte sie: »Ist das der Raum, in dem Tony verhört wurde?«

Tennison schüttelte den Kopf. »Nein, Liebes.« Sie berührte Sarahs Arm, um sie zu beruhigen. »Nein.«

Sarah trat ein. Tennison folgte ihr und schloss die Tür.

Jasons Arm legte sich um Sandras Taille und führte sie zu seiner Cavalier Kombilimousine am Bordstein. Das Kichern war wieder da. Sie schwankte auf ihren hohen Absätzen und stolperte fast, und er musste sie hochziehen. Seine Hand glitt hinunter und drückte ihr Gesäß. Sie besaß einen herrlich festen Körper, kein bisschen schlaff. Deshalb mochte er sie lieber jung; diese alten Kühe mit ihren heraushängenden Ärschen drehten ihm den Magen um. Er wettete darauf, dass dieses Flittchen mit Höchstgeschwindigkeit kommen würde, eine richtige Granate im Bett.

Er entriegelte die Beifahrertür und setzte sie sicher hinein. Er hatte einen Ständer wie eine Zeltstange, konnte es kaum erwarten, sie ausgezogen zu sehen und hineinzugleiten. Er hatte noch etwas Whisky im Wohnwagen, nur für den Fall, dass sie Auflockerung brauchte, ein bisschen hochprozentigen Mut. Er begab sich auf die andere Seite, die Brust geschwollen, und grinste in die Nachtluft. Er würde ihr viel mehr geben als Whisky und hochprozentigen Mut.

Sarah hatte ihren Mantel und ihren Schal abgelegt. Sie hatte sich nicht umgezogen, bevor sie das Haus verließ; in einem einfachen dunklen Kleid und einer lockeren ärmellosen Strickjacke saß sie Tennison gegenüber, die Füße zusammengeschoben und die Hände in den Schoß gelegt. Selbst in ihrem angespannten Zustand strahlte sie eine edle Würde aus, wie Tennison fand. Sie hielt sich stolz aufrecht, die Schultern zurückgezogen, und nur in ihren großen, wässrigen Augen zeigten sich die schreckliche Angst und der Schmerz, mit denen sie rang.

Tennison startete das Band. Ohne Aufforderung begann Sarah mit gleichmäßiger, kontrollierter und doch deutlicher Stimme zu sprechen und ließ die Ereignisse des letzten Tages im August 1986 Revue passieren.

»Ich war zu Hause bei Paps, bis Tony zurückkam. Das war kurz vor neun, wie vereinbart. Sobald Paps weg war, sagte Tony, er müsse noch ein bisschen rausgehen. Natürlich durfte er das nicht, also fingen wir an zu streiten. Ich sah noch, wie er zurück zu einem Mädchen ging, das draußen auf ihn wartete. Joanne. Tony muss irgendwoher Paps' Schlüssel gehabt haben, denn sie gingen nach nebenan …«

»In Harveys Haus?«, sagte Tennison, um dies für das Protokoll klarzustellen.

»Ja. Joanne war auf der Suche nach einer Mietwohnung, und Tony erzählte ihr von Harveys Keller. Dass das alles seinem Vater gehöre und so weiter. Ich folgte ihnen und beobachtete sie. Sie gingen zusammen ins Schlafzimmer. Sie küssten sich und legten sich aufs Bett. Ich schaute ihnen eine Weile zu. Es kam mir seltsam vor. Aber ich war vierzehn … und neugierig, nehme ich an.«

Sie starrte an Tennison vorbei, ihre Augen waren leicht glasig, als sie die Erinnerung wiederholte.

»Dann sah ich Jason reinkommen. Tony wusste nicht, dass er dort wohnte …«

DIE CAVALIER KOMBILIMOUSINE bog am Tor ein und holperte über den aufgefurchten Weg unweit des Büros des Platzbetreibers. Sie fuhr nur wenige Meter an einem offenen Fenster vorbei, durch das in dem Moment ein Jubelsturm drang, da Paul Merson den Ausgleichstreffer gegen Liverpool per Kopf erzielte. Der CID-Kollege beugte sich in seinem Stuhl vor, stieß in die Luft und grinste zum Platzbetreiber hinüber. So machte man das! Er nahm noch einen Bissen von seinem Corned-Beef-und-Gurkensandwich und lehnte sich voller Vorfreude in den bequemen Sessel zurück.

Draußen wurden die roten Rücklichter schwächer und verschwanden schließlich ganz, als sich die Schotterpiste absenkte.

»ICH GING zur Haustür und läutete. Jason machte auf. Er bat mich herein. Damals war ich ziemlich in Jason verknallt …«

Sarahs Augen wandten sich in Tennisons Richtung, der Gedanke daran erfüllte sie mit Schrecken. Sie befeuchtete ihre Lippen. »Tony war stinksauer, als er mich bemerkte, aber ich wollte nicht gehen. Tony und Joanne tanzten zusammen. Jason beobachtete sie, ermutigte sie, sagte ihnen, sie sollten sich küssen …«

Scharf und ungeduldig gab Jason Sandra einen feuchten Kuss, als sie gemeinsam den geteerten Weg hinauftorkelten. Ihr Kichern war jetzt nicht mehr ganz so überzeugend. Die kalte Nachtluft hatte ihre Sinne geschärft und den Alkoholdunst, der in ihrem Kopf herumschwirrte, durchdrungen. Er hatte ihr schicke neue Kleider und Unterwäsche gekauft, sie zum Essen eingeladen, und sie war nicht so dumm, davon auszugehen, dass er dafür keine Gegenleistung erwartete. Doch sie war sich überhaupt nicht sicher, ob sie ihm diese geben wollte.

Aber es war zu spät; sie war hier, vor seinem Wohnwagen, und sie hatte keine Ahnung, wie sie da wieder herauskommen sollte.

Jason fischte seine Schlüssel heraus. Er hätschelte sie, drehte den Schlüssel im Schloss, riss die Tür auf und schob sie hinein in die Schwärze.

»… Jason hat eine Polaroidkamera gefunden. Sie muss Harvey gehört haben. Jason machte Fotos. Wir haben uns an Harveys Schnaps bedient und waren ziemlich betrunken.«

Sandra stand blinzelnd da, als das Licht anging. Jason schob sich an ihr vorbei und klopfte ihr auf den hübschen kleinen Hintern in ihrem schwarzen Samtkleid. »Fühl dich wie zu Hause.«

Er ging zu einem Schrank und suchte nach der Flasche White Horse.

»Das ist mein Studio … In einem anderen Wohnwagen habe ich noch meine Dunkelkammer«, erklärte er ihr.

Sandra schwankte leicht und schaute sich um. Ihr war ein wenig mulmig zumute, und das lag nicht nur an den Getränken und dem chinesischen Essen. Die Wände waren vom Boden bis zur Decke mit Bildern nackter Mädchen bedeckt. Es gab eine Kamera auf einem Stativ und eine Batterie von Lampen – und eine Couch, die in ein Satinlaken gehüllt war. Plötzlich merkte sie, dass sie am ganzen Körper zitterte. Ein schreckliches, kaltes, kriechendes Gefühl sickerte aus ihrer Magengrube empor.

Sie zuckte zusammen, als er sich zu ihr umdrehte, eine Flasche und zwei Gläser in der Hand. Seine hellen Brauen waren hochgezogen, und in seinen blassblauen Augen lag ein teuflischer Schimmer.

OSWALDE SCHLOSS DIE AUGEN. Er war nicht müde, fühlte sich kein bisschen schläfrig, aber es war anstrengend, einfach nur dazusitzen und ins schwarze Nichts zu starren, während die Minuten quälend verstrichen.

Seine Nasenlöcher zuckten. Jemand hatte einen fahren gelassen, leise und tödlich. Na toll.

Er lehnte sich auf der Couch zurück und versuchte, sich die Zeit mit etwas Angenehmem zu vertreiben, aber das war gar nicht so einfach, wenn dieser Gestank die Luft durchwallte.

»DANN HAT JASON VORSCHLÄGE GEMACHT.«

»Welche Art von Vorschlägen?«, fragte Tennison, als Sarah innehielt.

»Dass wir uns ausziehen sollten. Er ermutigte Tony,

Joanne zu berühren. Ich konnte sehen, dass Jason davon erregt wurde … Wir waren alle irgendwie erregt«, gab sie zu. »Nach etwa zehn Bildern ging ihm der Film aus, aber er hörte nicht auf. Er wurde immer ernster. Hartnäckiger.«

Sandra nahm einen weiteren Schluck Whisky, nur um ihn zum Schweigen zu bringen. Er redete immer weiter auf sie ein, also tat sie es. Sie hoffte, dass sie sich dadurch besser fühlen würde, aber das war nicht der Fall. Der ganze Raum drehte sich. Sie setzte sich schwerfällig auf die Couch, und dann war er neben ihr, sein Atem auf ihrer Wange, seine Hand kroch über ihre Brust. Sie versuchte, ihn wegzuschieben. Doch irgendwie hatte sie nicht die Kraft dazu. Der Raum wirbelte um sie herum, und ihr Kopf fühlte sich heiß an. Und die ganze Zeit flüsterte er, flüsterte in ihr Ohr mit einer listigen, schmeichlerischen Stimme. Sie konnte sich keinen Reim auf die Worte machen, aber sie ahnte, was er von ihr wollte. Sie erkannte es an der Art, wie seine Hand ihre Brüste knetete und an dem schwarzen Samtkleid zerrte. Und an seiner sanften Stimme, die ihr ins Ohr flüsterte.

»Als Joanne sich weigerte, oben ohne zu posieren, fing er an, an ihrer Kleidung zu zerren.«

Tennison saß still da, unterbrach sie nicht und stellte keine Fragen, sondern ließ Sarah ihre Geschichte erzählen. Ihre Stimme hatte eine mechanische, fast traumartige Klangfarbe angenommen. Als ob sie einen Film beschriebe, der in ihrem Kopf ablief. Einen Horrorfilm, von dem sie ihre Augen nicht abwenden konnte, den sie bis zu seinem grausigen Ende sehen musste.

»Sie versuchte, ihn aufzuhalten. Es war nicht mehr lustig. Er zerrte an ihrer Kleidung. Joanne war verängstigt. Auch Tony versuchte, ihn davon abzubringen. Aber Jason wurde richtig wütend. So wütend, wie ich noch nie jemanden erlebt habe. Er rastete völlig aus. Er schlug Joanne ins Gesicht. Sie blutete aus dem Mund …«

Sarahs eigener Mund verzog sich zu einer hässlichen Form. Ihre Augen wurden groß und hell vor Angst, als sie den Film ablaufen sah. Ein Krampf erschütterte ihren ganzen Körper, der starr und kerzengerade auf dem Stuhl saß. Jetzt begann das wahre Grauen. Sie zwang sich, fortzufahren.

»… er zerbrach eine Flasche. Ich habe wirklich geglaubt, er würde sie benutzen. Er ließ Tony eine Strumpfhose, meine Strumpfhose«, sie stockte, ihre Kehle arbeitete, »um Joannes Mund binden. Jason nahm seinen Gürtel ab und fesselte Joannes Hände hinter ihrem Rücken.«

ENDLICH HATTE er ihr das Kleid ausgezogen. Sie saß in ihrem tief ausgeschnittenen BH bebend auf der seidenen Couch und starrte ihn mit ängstlichen Augen an, als er die Schnalle öffnete und den Gürtel langsam durch die Schlaufen seiner Jeans schob. Er spürte, dass er im Fieber war. Das Blut pochte in seinen Schläfen. Er atmete tief ein, um sich zu beruhigen, um das Zittern aus seiner Stimme zu nehmen und sie natürlich klingen zu lassen, als er lässig sagte: »Hab keine Angst …«

Sandra starrte zu ihm auf und schlang sich die Arme um den Körper. Dadurch schwollen ihre Brüste über dem Spitzentop an. Er konnte direkt in ihr Dekolleté sehen. Wunderschön. Feste junge Titten. Er würde die Nacht seines Lebens mit dieser reizenden Fotze haben; er würde ihr buchstäblich den Arsch aufreißen.

»Kein Grund zur Sorge, okay?«, sagte er beschwichtigend. »Das sind die Johns. Die lieben ein bisschen Bondage.« Er knetete den Gürtel in seinen Händen. »Ich werde dich nicht zu fest einschnüren. Das ist alles nur gespielt …«

»Ich mag das nicht«, wimmerte Sandra, und ihr Mund zitterte.

»Natürlich magst du das.« Jason grinste und rollte den Gürtel auseinander.

»Tue ich nicht …«

»Er hat sie vor unseren Augen vergewaltigt«, sagte Sarah, der Schmerz dieser schrecklichen Nacht hatte sich in ihren Augen festgefroren. »Er hielt die zerbrochene Flasche über ihr Gesicht. Und wir haben nichts getan. Wir standen da und sahen zu. Joanne erstickte an dem Knebel. Und wir standen da und sahen zu.« Sie erschauderte.

Er hatte sie genau da, wo er sie haben wollte. Mit dem Gesicht nach unten auf der Couch, die Hände auf dem Rücken, der Gürtel um ihre Handgelenke gewickelt und so festgezogen, dass er in ihr Fleisch schnitt. Sandra schrie vor Schmerz auf, als Jason mit all seiner Kraft nach unten stieß und von hinten in sie eindrang. Sie hatte das Gefühl, auseinandergerissen zu werden.

Jason stieß und pumpte weiter. Sandras Kopf wippte auf der Couch unter der Wucht seiner unaufhörlichen Stöße. Sie fühlte sich erdrückt. Sie konnte nichts mehr sehen. Ihr zerzaustes Haar verdeckte ihre Augen und klebte an ihrer Stirn. Ihre Wangen waren gesprenkelt und von den heißen Tränen befleckt, die daran herunterrannen. Sie keuchte, als er tiefer eindrang. Der Schmerz war brennend und zerrte an ihrem Inneren. Sie versuchte zu schreien, aber ihr Kopf wurde gegen die Couch gepresst, und was aus ihr herauskam, klang wie das gedämpfte, verängstigte Quieken eines ausgepeitschten Tieres.

Jason machte immer weiter und grunzte bei jedem Stoß. Schweiß von seiner Brust spritzte auf ihren Rücken. Sein blonder Haarschopf war durchtränkt. In seiner linken Hand hielt er die Fernbedienung. Alle paar Sekunden drückte er auf den Knopf. Der Auslöser klickte. Die Kamera surrte auf ein neues Bild. Er hämmerte weiter und drückte den Knopf. Der Auslöser klickte. Er hatte sich sorgfältig vorbereitet, hatte sich vergewissert, dass eine unbenutzte Rolle eingelegt war. Fünf Bilder hatte er schon, nun waren noch einunddreißig übrig.

»Als alles vorbei war, wurde er plötzlich ganz still. Er warnte uns, dass wir auch schuldig seien. Dass er die Fotos habe, die das beweisen. Er ließ uns gehen. Wir wussten nicht, was wir tun sollten. Wir gingen nach Hause. Wir gingen in unsere Zimmer. Als Mama zurückkam, taten wir so, als würden wir schlafen. Das Schreckliche war, dass wir Joanne einfach dort zurückgelassen haben. Wir wussten nicht mal, ob sie tot war oder nicht …

In der folgenden Nacht hörte ich Geräusche im Garten nebenan. Als ich aus dem Fenster schaute, sah ich Jason und Harvey beim Graben. Sie füllten die Erde in Säcke, und Jason schaffte sie irgendwohin, um sie dort abzuladen. Ich ahnte, warum, aber … aber ich konnte mich nicht darum kümmern.« Ihre Stimme sank zu einem erstickten Flüstern. »Mein Albtraum war das Geräusch dieser Schaufeln. Am nächsten Morgen erzählte ich es Tony. Wir schworen uns gemeinsam, keiner Menschenseele davon zu erzählen. Als ich das nächste Mal aus meinem Fenster schaute, waren dort überall Platten verlegt. Nichts deutete mehr darauf hin, dass etwas vorgefallen war. Manchmal konnte ich fast glauben, dass es auch so wäre … bis sie wieder ausgegraben wurde.«

Sarahs Gesicht fiel in sich zusammen. Sie stöhnte und schluchzte, Tränen tropften von ihrem Kinn und rieselten auf ihre nackten Arme. Sie schüttelte den Kopf, hilflos und verzweifelt. »Was für ein schreckliches Geheimnis, das wir mit uns herumgetragen haben …«

Sie bedeckte ihr Gesicht, und ihr Körper sackte nach vorne, bis sie völlig verkrampft war, von heftigen Schluchzern geschüttelt.

»Oh, Gott, was soll ich nur ohne ihn tun? Ohne Tony …?«

Tennison umrundete schnell den Schreibtisch und kniete sich neben ihren Stuhl. Sie legte beide Arme um Sarah und hielt sie fest.

KAPITEL VIERZEHN

Mit einem Stöhnen rutschte Oswalde nach vorne und schwang seine Füße auf den Boden. Er wackelte mit den Zehen in seinen Reeboks und wölbte den Rücken, um sich zu strecken. Er musste schon über eine Stunde in dieser halb kauernden Position zugebracht haben und war möglicherweise, ohne es zu merken, eingedöst. Seine Pobacken kribbelten, als der Kreislauf in Schwung kam.

Licht drang durch die Vorhänge. Vom Boden des Wohnwagens ertönte ein Bass-Bariton-Duett von Schnarchern; beide CID-Männer waren weit weg im Land der Träume.

Oswalde schob den Vorhang zur Seite und blickte in einen neuen Tag. Über dem Meer zeigte sich der Himmel in einem klaren, ruhigen Blau, als wäre er über Nacht reingewaschen worden. Es war noch früh, nicht einmal halb sieben.

Oswalde starrte bestürzt hinaus und fragte sich, wo zum Teufel Jason Reynolds steckte. Hatte er etwa Wind von ihnen bekommen? Oder war er bloß irgendwo aufgehalten worden und würde später noch auftauchen?

Der Gedanke, den ganzen Tag hier mit dem Phantomfurzer verbringen zu müssen, deprimierte Oswalde zutiefst.

Er trat ins Freie und sog dankbar etwas von der kühlen Morgenluft in seine Lungen. Er sollte wohl Tennison anrufen, dachte er und drehte seinen Kopf, um die verspannten Nackenmuskeln zu lockern. Sie wollte bestimmt auf den neuesten Stand gebracht werden, was vor sich ging, oder besser gesagt, was *nicht* vor sich ging.

Oswaldes Kopf hielt mitten in der Bewegung inne. Weiter hinten, auf der unteren Ebene, parkte eine Cavalier Kombilimousine vor einem der Wohnwagen. Die war gestern Abend noch nicht da gewesen. Wie zum Teufel war sie auf das Gelände gekommen, ohne dass der Kollege am Eingang es bemerkt hatte?

Nachdenklich zog Oswalde den Reißverschluss seiner Jacke zu. Mit leichtem Schritt bewegte er sich den grasbewachsenen Abhang hinunter und näherte sich dem Wohnwagen an der Rückseite, denn er konnte sehen, dass ein Vorhang vor das große Panoramafenster gezogen war und die Sicht verdeckte. Mit ausgebreiteten Armen, um das Gleichgewicht zu halten, schlich er auf Zehenspitzen über das Gras und drückte sein Gesicht dicht an die Scheibe, in der Hoffnung, es könnte eine Lücke im Vorhang geben. Doch er hatte kein Glück. Er hielt auf die Tür zu und blieb an einem anderen Fenster stehen, aber auch dieses war von Vorhängen verdunkelt.

Oswalde schlich sich an die Tür heran und griff nach der Klinke. Mit einer schnellen, geschmeidigen Bewegung öffnete er sie und huschte durch die Türöffnung, blickte mit zusammengekniffenen Augen in das düstere Innere.

Auf dem Bett aus zerknittertem Satin liegend, verdrehten sich Sandras Augen vor Schreck, als der große, athletische schwarze Mann hereinstürmte. Sie trug eine Art Schuluniform – Bluse, grauer Faltenrock, weiße Söckchen – und war gefesselt und angekettet für ein Jason-Special: Schulmädchenfesselung. Oswalde ging auf sie zu. Sandra drückte sich in eine Ecke und schrie, laut und durchdringend, selbst dann noch, als er beide Hände hob, um sie zu beruhigen und ihr Sicherheit zu geben.

»Es ist alles in Ordnung, ich bin Polizist! Ich bin ein Polizist!«

Oswalde kniete sich hin und versuchte, dem Mädchen klarzumachen, dass es vorbei war, dass sie jetzt in Sicherheit war. Hinter ihm kroch Jason durch den schmalen Türrahmen zum Küchenbereich. Er hielt die leere Scotchflasche an deren Hals fest. Seine Lippen zogen sich zu einem leisen Knurren zusammen. Seine blassblauen Augen mit dem blonden Wimpernkranz waren groß und mörderisch. Er holte mit der Flasche aus und ließ sie auf Oswaldes Hinterkopf krachen. Oswalde ging zu Boden, eine Kaskade aus Sternen und blitzenden Funken erfüllte sein Universum. Er drückte sich zurück auf die Knie und schüttelte träge den Kopf. Es dauerte weitere zehn Sekunden, bis er taumelnd auf die Füße kam. Als er sich umdrehte und unter Schmerzen zur Tür spähte, war Jason weg.

Oswalde stolperte nach draußen. Er fasste sich in den Nacken. Blut sickerte durch seine Haarwurzeln. Er taumelte ein paar Schritte vorwärts, schüttelte den Kopf, um wieder klar zu werden, und sah sich hektisch um. Der Bastard konnte nicht weit gekommen sein. Dann entdeckte er den blonden Haarschopf, der gerade zwischen den wogenden Büscheln des hohen Grases am Rande der Sanddünen verschwand. Er war auf dem Weg zum Strand.

Oswalde lief ihm hinterher. Die Ellbogen wie Kolben rudernd, rannte er auf die abgebrochene Klippenkante zu, wo sie rissig wurde und sich hin zu der flachen, offenen Ebene aus nassem Sand senkte. Der blonde Kopf entkam seinem Sichtfeld, als Jason den abschüssigen sandigen Abhang hinunterhastete. Oswalde rannte durch das grobe Gras und spürte es gegen seine Beine peitschen. Er erreichte die gleiche Stelle und stürmte abwärts, wobei er mit wedelnden Armen das Gleichgewicht zu halten versuchte. Er landete mit einem dumpfen Aufprall auf dem harten, nassen Sand, und dann sprintete er los, die langen Beine voll durchgestreckt, die flüchtende Gestalt im Visier, der blonde Kopf taumelte, als Jason müde wurde.

Hab ich dich, du Mistkerl!

Oswalde holte mit jedem Schritt auf und verringerte schnell den Abstand zwischen ihnen. Er konnte Jasons schweres Atmen hören, als er die Untiefen der zurückweichenden Flut erreichte. Jason patschte durch sie hindurch, taumelte und ließ einen Vorhang aus Gischt aufspritzen. Er hatte sich gerade wieder erholt, als sich Oswalde auf ihn stürzte. Er traf Jason wie ein Schnellzug. Sie fielen beide ins Wasser. Oswalde packte Jasons Handgelenk mit eisernem Griff und drehte ihm den Arm halb hinter den Rücken. Mit der anderen Hand packte er Jason am Kragen und zwang dessen Kopf ins Wasser.

Hustend und prustend kam Jason hoch. Er drehte sich um, das Gesicht voller Hass. »Affe, schwarzer Bastard, Dschungelkind …«

Oswalde rammte ihn nach unten.

Jason kam wieder hoch, spuckte Meerwasser und knurrte: »Rastus, Sambo, verdammter Kanake!«

Oswalde rammte ihn nach unten.

Jason kam wieder hoch, hustend und keuchend. »So ist es richtig, du verdammter Affe, töte mich auch noch!«

Oswalde hätte es leicht tun können, auf der Stelle, er wusste es. Und nichts auf der Welt hätte er lieber getan, als den kleinen Scheißer zu ersäufen. Die Welt von diesem perversen Abschaum zu befreien.

Stattdessen zog Oswalde mit eisiger Entschlossenheit seine Handschellen heraus und legte sie ihm an. Während er noch nach Atem rang, verwarnte ihn Oswalde vorschriftsmäßig. »Jason Reynolds, ich verhafte Sie wegen des Verdachts des Mordes an Joanne Fagunwa …«

Die beiden CID-Kollegen kamen watend durch das Watt. Oswalde fuhr fort: »Sie sind nicht verpflichtet, eine Aussage zu machen, aber wenn Sie es tun, kann diese als Beweismittel verwendet werden.«

Jason hob seinen Kopf und spuckte Oswalde ins Gesicht. Die CID-Kollegen zogen ihn auf die Beine und schleppten ihn weg, während er immer noch schrie: »Affe, Kanake, verdammter schwarzer Arsch …!«

Oswalde saß im Wasser. Er schloss die Augen. Er konnte die Wärme der Morgensonne auf seinem Gesicht spüren. Es fühlte sich sehr gut an.

Tennison wartete im Hinterhof von Southampton Row, als Jason eintraf. Sie wollte die Genugtuung erleben, mit eigenen Augen zu sehen, wie der kleine Scheißer hergebracht und formell angeklagt wurde. In Handschellen und umringt von zwei Beamten wurde Jason hineingeführt. Als er an Tennison vorbeiging, ruckte sein blonder Kopf in ihre Richtung, und er starrte ihr ins Gesicht.

»Danke für die Show neulich Abend. Genau dein Geschmack, was? Ein leckeres Stück Rindfleisch … ein schönes schwarzes Steak in deiner Pfanne!«

Dann wurde er durchgeschleust, schnaubte und kicherte vor sich hin. Tennison wandte sich ab. Sie hatte gesehen, was sie sehen wollte. Sie hielt nichts von der Todesstrafe, aber sie war immer offen für Vorschläge.

Es war ein feuchter und nebliger Morgen. Oswalde kam den gepflegten Kiesweg entlang, gekleidet für eine Beerdigung, an der er nicht teilgenommen hatte; diese war gestern gewesen, nur wusste er, dass sein Beisein nicht willkommen gewesen wäre, dass es die Familie Allen verärgert hätte.

Tonys Grab war mit Kränzen und in Zellophan eingewickelten Blumen bedeckt. Oswalde trug einen kleinen Blumenstrauß bei sich, aber es war keine Karte dabei. Er stand eine Weile da, betrachtete den Grabstein und legte dann die Blumen am Fuß des Grabes ab.

Plötzlich überkam ihn die Rührung, er ging in die Hocke und senkte den Kopf. Jane hatte gesagt, dass ihn keine Schuld treffe. Sie hatte gesagt, wenn andere Leute einen Fehler machten, ginge es nur um Geld. Machte aber die Polizei einen Fehler, war manchmal ein Menschenleben in Gefahr. Und manchmal war ein Menschenleben verloren. Er hatte versucht, ihr zu glauben, sich selbst davon zu überzeugen, dass sie recht hatte, aber es klang hohl, und der Schmerz wollte einfach nicht vergehen. Er würde ihn für den Rest seines Lebens mit sich herumtragen, wie eine ätzende Säure, die sich in seine Seele fraß.

Er stand auf und ging langsam zwischen den Grabsteinen zurück zum Kiesweg, eine große dunkle Gestalt, die nach und nach vom Morgennebel verschluckt wurde.

Commander Trayner und DCI Thorndike tranken mit Kernan in dessen Büro einen Sherry. Es herrschte eine unterschwellige und doch deutliche Freude. Kernan verabscheute Sherry für gewöhnlich, aber der Anlass schien es zu verlangen, also stieß er mit den beiden an und stürzte das Zeug hinunter, wobei er sich mühte, keine Grimasse zu schneiden.

Thorndike war in höchstem Maße überheblich und hochtrabend. Seine Stimme glich einem pedantischen Brummen, und seine dünnen Mundwinkel verzogen sich zu einem winzigen selbstgefälligen Lächeln.

»Sie verstehen, dass dies nicht offiziell ist, aber unter den gegebenen Umständen scheint es angebracht, Sie kurz im

Voraus zu informieren. Meine Empfehlung lautet, Calder, DI Burkin und DS Oswalde abzumahnen. Die Art und Weise, wie das Revier geführt wurde, sehe ich kritisch.« Er warf einen Blick auf Kernan, der blinzelte und einen weiteren Schluck von dem ekelerregenden Gesöff zu sich nahm. »Die Abläufe müssen gestrafft werden«, fuhr Thorndike hochnäsig fort. »Es gibt einfach zu viele Kantinenknechte. Aber ich kann niemanden für den Tod von Tony Allen verantwortlich machen.«

Kernan atmete erleichtert auf.

Commander Trayner nickte erfreut. »Es ist klar, David, dass Sie der richtige Mann sind, um diese Station zu leiten.« Er wandte sich an Kernan und lächelte. »Und natürlich gratuliere ich auch Ihnen, Mike. Sie haben Jason Reynolds überführt und den Zug nach oben bekommen. Ich werde Ihnen den Namen meines Schneiders geben müssen. Er ist besonders geschickt darin, jedwede Tendenz zu einer Ausdehnung im mittleren Lebensabschnitt zu kaschieren …«

»Danke, Sir.« Kernan füllte das Glas des Commanders nach. »Beabsichtigen Sie, etwas wegen der Pressegeschichte zu unternehmen, Sir?«

Trayner überlegte einen Moment, dann schüttelte er den Kopf. »Lassen wir es auf sich beruhen. Oswalde ist wieder in West End Lane.«

»In Ordnung, Sir«, sagte Kernan abermals erleichtert. Er fügte nachdenklich hinzu: »Übrigens ist Tennison ein verdammt guter Detective.«

»Vielleicht«, sagte Commander Trayner, der diese Tatsache eher widerwillig zur Kenntnis nahm. »Aber jemand, der einen erheblichen Mangel an Urteilsvermögen an den Tag gelegt hat … Ich denke, Sie wissen, was ich meine?«

Auch die Nachbesprechung im Einsatzraum war eine gedämpfte Angelegenheit. Das Team hatte seine Arbeit gut gemacht und allen Grund, stolz zu sein, aber Tony Allens Tod in Polizeigewahrsam warf einen langen, düsteren Schatten.

Tennison hatte alle Detectives, die an dem Fall gearbeitet hatten, versammelt; alle bis auf einen. Bob Oswalde war abwesend, und sie fühlte ein unbestimmtes, schmerzhaftes Schuldgefühl, da er heute nicht hier war, auch wenn die Stimmung alles andere als feierlich war. Er hatte etwas Besseres verdient, als ohne ein Abschiedswort, ohne die kleinste Geste der Vorgesetzten wieder auf seinen alten Posten zurückgeschickt zu werden. Aber so war Mike Kernan eben. Er war mehr an seinem Ruf interessiert, an seinen verdammten Aufstiegschancen.

Trotz ihrer Gefühle setzte sie ein fröhliches Gesicht auf.

»Ich glaube nicht, dass es irgendeinen Zweifel daran gibt, dass Jason Reynolds für eine sehr lange Zeit weggesperrt wird. Die Staatsanwaltschaft hat mich darüber informiert, dass ansonsten gegen niemanden Anklage erhoben wird.«

Die Männer tauschten Blicke aus. Es gab also doch ein wenig Gerechtigkeit. Es wäre unnötig grausam gewesen, wenn die Staatsanwaltschaft Sarah Allen in die Mordermittlungen einbezogen hätte.

»Ich weiß nicht, wie es Ihnen geht«, rief Tennison und klatschte leicht in die Hände, »aber ich gehe jetzt in den Pub, wo ich vorhabe, jedem von Ihnen einen großen Drink zu spendieren …«

»Das wird nicht nötig sein, Jane.«

Alle drehten sich um. Commander Trayner war eingetreten. Einige runzelten verwirrt die Stirn, als Kernan und Thorndike ihm hereinfolgten. Es war nicht üblich, dass die gesamte Führungsspitze sich die Ehre gab, selbst wenn ein Fall erfolgreich abgeschlossen wurde.

Trayner sagte mit einem schwachen Lächeln: »Vielleicht

kann ich die Gelegenheit nutzen, um eine Ankündigung zu machen. Mr Kernan hier wird Ihnen von nun an als *Chief Superintendent* Kernan bekannt sein.«

Spöttisches Stöhnen der Männer, ein paar sarkastische Beifallsbekundungen und vereinzelter Applaus. Kernan blickte verlegen drein.

»Ich freue mich außerdem sehr, seinen Nachfolger hier in Southampton Row vorstellen zu können: *Superintendent* Thorndike.«

Ein einsames Husten von irgendwoher unterstrich die ohrenbetäubende Stille. Die Männer schauten überall hin, nur nicht zu Tennison. Als Kernans ranghöchste Ermittlerin wäre sie zu Recht als Erste für seinen Job infrage gekommen.

Tennison spürte, wie ihr das Blut aus dem Gesicht wich. Es wäre dasselbe gewesen, wenn Trayner, anstatt Thorndikes Namen zu nennen, auf sie zugegangen wäre und ihr einen Schlag in den Magen versetzt hätte. Sie starrte quer durch den Raum zu Mike Kernan, der seinen Blick eilig abwandte. Sie war nicht wütend, *noch* nicht; sie fühlte sich einfach wie benommen.

Thorndike trat vor und rieb seine Handflächen aneinander. »Danke, Commander. Mir ist klar, dass ich mir durch die interne Ermittlung im Namen von MS15 ein paar Feinde gemacht habe.« Er hustete leicht, begleitet von einer wässrigen Entschuldigung für ein Lächeln. »Das Beste ist, wenn wir sofort reinen Tisch machen. Wenn jemand der Ansicht ist, das könnte ein Problem für ihn sein – den reibungslosen Betrieb der Station behindern –, dann sollte er sofort eine Versetzung beantragen. Da wir nun alle bald dienstfrei haben, und um zu beweisen, dass ich auch eine angenehme Seite habe, habe ich für uns einen Drink zu diesem Anlass arrangiert.«

Die meisten Teammitglieder blickten deutlich freundlicher drein, als zwei uniformierte PCs mit mehreren Sixpacks Tennants Export und einer Kiste Budweiser hereinkamen.

Die eben noch vorherrschende Förmlichkeit löste sich auf, und binnen weniger Augenblicke kam es zu angeregten Gesprächen und Gelächter, während die Männer tranken. Thorndike mischte sich unter sie und nahm sogar eine Dose entgegen, an der er nippte, als wäre es ein Glas Sherry. Jemand bot Tennison einen Drink an, den sie jedoch ablehnte. Sie stand etwas abseits, sehr blass, und hielt sich aufrecht, als kostete sie die Anstrengung alle Willenskraft. Sie drängte sich durch die Menge und ging auf Kernan zu.

»Ich habe also nicht einmal ein Vorstellungsgespräch verdient«, sagte sie steif.

Kernan sackte ein wenig zusammen. »Jane …«

Aber sie war bereits zu Thorndike weitergegangen. Höflich und förmlich sagte sie: »Kann ich Sie kurz sprechen, Sir?«

»Offiziell oder inoffiziell?«, fragte Thorndike.

»Offiziell.«

Kernan versuchte mit schmerzverzerrter Miene zu intervenieren. »Jane, das kann doch sicher warten …«

»Nein, kann es nicht.«

Thorndike sah sie mit großen Augen an. »Dann kommen Sie wohl besser in mein Büro.«

Thorndike saß hinter dem Schreibtisch und nahm den Stuhl ein, der früher Mike Kernan und jetzt ihm gehörte. Er hatte sich bereits die bewährte Methode angeeignet, die Fingerspitzen zusammenzupressen und die Lippen zu schürzen, während er darauf wartete, dass Tennison, die vor dem Schreibtisch stand, das Wort ergriff.

Leise begann sie: »Sie werden gleich morgen früh meinen förmlichen Antrag auf Versetzung erhalten.«

»Nun gut«, sagte Thorndike sofort und ohne das geringste Zögern. Er saß unbeweglich da und starrte sie an.

Tennison stand vor ihm. Sie wusste nicht, worauf sie

wartete, es sei denn, vielleicht auf einen winzigen Ausdruck des Bedauerns über ihre Entscheidung. Oder sogar einen Ausdruck der Traurigkeit über ihren Weggang. Oder den Ratschlag, dass sie vielleicht darüber schlafen sollte. Oder die Aussage, dass ihre harte Arbeit in Southampton Row sehr geschätzt worden war. Oder, was für eine gute Polizistin sie war und dass man sie vermissen werde. Oder einfach nur ein Danke und gute Wünsche.

In diesem Fall erhielt sie nichts. Gar nichts.

Sie drehte sich um und ging hinaus.

Tennison begab sich direkt in ihr Büro, zog ihren Mantel an und nahm ihre Aktentasche. Die anderen feierten noch immer in der Einsatzzentrale, als sie vorbeikam, lachten laut und plauderten angeregt.

Es war immer ein erhebendes Gefühl, wenn ein Fall abgeschlossen war. Sich entspannen, locker werden, alles rauslassen.

Am Ende des Korridors bog Tennison rechts ab. Sie ging weiter durch den Eingangsbereich, die Treppe hinunter und hinaus auf die Straße.

ÜBER DIE AUTORIN

Lynda La Plante wurde in Liverpool geboren. Sie absolvierte eine Bühnenausbildung an der RADA und arbeitete mit dem National Theatre und der RSC zusammen, bevor sie Fernsehschauspielerin wurde. Dann wandte sie sich dem Schreiben zu – und schaffte ihren Durchbruch mit der phänomenal erfolgreichen Fernsehserie Widows.

Ihre Romane waren alle internationale Bestseller. Ihr Originaldrehbuch für die vielbeachtete Serie Prime Suspect wurde von der BAFTA, dem British Broadcasting und der Royal Television Society ausgezeichnet und erhielt 1993 den Edgar Allan Poe Writer's Award.

Lynda La Plante wurde zum Ehrenmitglied des British Film Institute ernannt und erhielt im Jahr 2000 den BAFTA Dennis Potter Writer's Award. Im Jahr 2008 wurde sie im Rahmen der Queen's Birthday Honours List mit dem CBE ausgezeichnet und 2009 in die Crime Thriller Writer's Hall of Fame eingeweiht.

Besuchen Sie Lynda auf ihrer Website: www.laplanteproductions.com

Printed in Poland
by Amazon Fulfillment
Poland Sp. z o.o., Wrocław

60850357R00164